Mörderisches Rheinhessen 4

Ein Mord zu viel

Mörderisches Rheinhessen 4
Ein Mord zu viel

Herausgegeben von Christian Pfarr

LEINPFAD
VERLAG

Die Handlung und alle Personen sind völlig frei erfunden; Ähnlichkeiten wären rein zufällig.

© Leinpfad Verlag
Herbst 2011

Alle Rechte, auch diejenigen der Übersetzung, vorbehalten.
Kein Teil dieses Buches darf in irgendeiner Form (Druck, Fotokopie, Mikrofilm oder ein anderes Verfahren) ohne die schriftliche Genehmigung des Leinpfad Verlages reproduziert oder unter Verwendung elektronischer Systeme verarbeitet, vervielfältigt oder verbreitet werden.

Umschlag: kosa-design, Ingelheim
Lektorat: Christian Pfarr, Angelika Schulz-Parthu, Frauke Itzerott
Layout: Leinpfad Verlag, Ingelheim
Druck: TZ Verlag & Print GmbH, Roßdorf

Leinpfad Verlag, Leinpfad 5, 55218 Ingelheim,
Tel. 06132/8369, Fax: 896951
E-Mail: info@leinpfadverlag.de
www.leinpfadverlag.com

ISBN 978-3-942291-27-9

Inhalt:

Christian Pfarr: Vorwort	7
Wolfhard Klein: Der Müllmann	9
Antje Fries: Crossover	25
Christian Pfarr: Triumvirat	46
Claudia Platz: Ausgemobbt	64
Peter Jackob: 's Rahmsüppche	81
Marion Schadek: Ausliefern	90
Olaf Paust: Ein Mord zu viel	105
Vera Bleibtreu: Der Tod war pünktlich	130
Astrid Reck: Für Rache ist es nie zu spät	150
Friederike Harig: Eingeheiratet	166
Jürgen Heimbach: Sterben lernen oder In the air tonight	176
Heidrun Immendorf: Fünfzehn	195
Andreas Wagner: April 1945. Das letzte Gefecht	209
Die AutorInnen	224

Vorwort
Christian Pfarr

Die gute Nachricht zuerst: Mit der offiziellen Kriminalstatistik lässt sich eine Autorenvereinigung namens „Mörderisches Rheinhessen" kaum rechtfertigen. Und der Landstrich unterm Rheinknie ist Gottseidank zu friedlich, als dass nun schon die vierte Anthologie mit der literarischen Aufarbeitung rheinhessischer Schwerverbrechen mit einigermaßen Anspruch auf Wahrheitsgehalt vorgelegt werden dürfte.

Wenn dies trotzdem geschieht, mag man sich im Wesentlichen auf zwei Argumentationslinien stützen.

Erstens: Es gibt den perfekten Mord – nämlich jenen, der nicht als solcher erkannt wird, sondern mit Totenschein und amtlichem Siegel als Selbstmord, Unfall oder natürliche Todesursache zu den Akten gelegt wird. Mutmaßlich auch in Rheinhessen.

Zweitens: Der literarischen Fantasie sind keine Grenzen gesetzt. Wer also meint, zwischen Rheinfront, Rebenhügeln und grauer Städte Mauern Gesetze brechen und Leichen drapieren zu müssen, ist dazu herzlich eingeladen – solange er oder sie sich dabei auf Schreibtischtäterschaft beschränkt.

Mit der vorliegenden Textsammlung hat die „Wilde 13" wieder einmal zugeschlagen: Ob düsterer Psychothriller oder augenzwinkernde Krimikomödie, ob zielgerichteter Whodunit oder geistreiches Verwirrspiel – hier kommen Krimiliebhaber auf jeden Fall auf ihre Kosten.

Übrigens hat Rheinhessen als Krimilandschaft eine lange Tradition: Zählen Sie doch einmal spaßeshalber die strafrechtlich relevanten Tatbestände im Nibelungen-Lied zusammen, speziell die in Worms und Umgebung angesiedelten! Und wenn Sie dabei durcheinanderkommen sollten, fragen Sie einfach Volker von Alzey ...

Der Müllmann
Wolfhard Klein

Frank war sofort am Telefon. „Kannst du mir helfen? Ich will die Garage ausräumen und hab ein paar Sachen für euch." Frank war der Neffe von Frau Hommes, der ich den Gefallen mit dem Dackel getan hatte: Weil sie bei der Einäscherung ihres Dackels Waldemar nicht dabei sein konnte, hatte ich sie vertreten. Frank arbeitete auf dem Wertstoffhof und hatte für mich den Sperrmüll mitgenommen, als ich die Wohnung meines Vaters entrümpelt hatte.

„Klar. Mach ich. Aber im Moment ist hier Hektik." Frank Hommes schnaufte in das Telefon. „Wir haben eine Leiche im Container, das ist der Vogt, der mit den Etiketten. Interessiert dich das?"

Und wie mich das interessierte! Vogt war der Mann, den ich suchen und überwachen sollte. Vor zehn Minuten hatte ich den Auftrag von seiner Tochter bekommen. Ich konnte ihr Parfüm noch riechen. Der Duft hing schwer in den Räumen meines Büros für Recherche. Und jetzt war Walter Vogt aufgetaucht. Als Leiche, in einem Container mit Altpapier im Wertstoffhof in Welgesheim. Das gefiel mir gar nicht. Es ist nicht gut für das Geschäft, wenn das Beobachtungsobjekt als Leiche in einem Altpapiercontainer auftaucht. Höchst unpassend ist so etwas, aber zum Toten passte es. Walter Vogt hatte sein Leben lang mit Papier zu tun gehabt. Seine Druckerei belieferte Rheinhessens Winzer mit Flaschenetiketten. Egal ob Rollenklebe- oder Nassleimetiketten, Walter Vogt erfüllte jeden Sonderwunsch und er war preiswert. Deshalb war er steinreich geworden. Er konnte es sich erlauben, Weinbücher zu verlegen, und selbst damit verdiente er Geld. Sein „Riesling-Führer Rheinhessen", das „Dornfelder-Brevier" und das „Handbuch Rheinhessen-Silvaner" lagen in jeder rheinhessischen Vinothek und in den

Probierstuben seiner Kunden. Walter Vogts Weinverlag war über die Region hinaus bekannt und vom Landkreis als innovativer Betrieb mehrfach ausgezeichnet worden.

„Ich muss Schluss machen, Charlotte", sagte Frank, „die Kripo kommt, die wollen was wissen."

Für die meisten Kollegen ist ein Fall spätestens dann erledigt, wenn ihnen das Objekt ihrer Recherche wegstirbt und die Kripo den Fall übernimmt. Für mich nicht. Ich hatte eine Anzahlung bekommen, 2.500 Euro bar auf die Hand. Ich brauchte das Geld. Gut, der Job sollte erst morgen beginnen, aber seit dem Telefonat mit Frank wusste ich, dass es mich verdammt neugierig machte, wenn jemand mausetot zwischen dem Altpapier lag, von dem ich herausfinden sollte, was er nach Geschäftsschluss trieb. Das wäre meine Arbeit gewesen. Und das blieb meine Arbeit. Die ließ ich mir vom Tod nicht wegnehmen. Auftrag ist Auftrag. Und eine Leiche, die in einem Abfallcontainer im Wertstoffhof aufgetaucht war, sprach für alles Mögliche, nur nicht für ein natürliches Ableben. Im Gegenteil. Der Fundort sprach für Mord. Sollte die Kripo ihre Arbeit machen, ich würde tun, wofür ich bezahlt worden war. Ich konnte zwar nicht mehr herausfinden, was Walter Vogt abends machte, aber meine Auftraggeberin hatte ein Recht, wenigstens zu erfahren, was ihr Vater in der Vergangenheit an seinen Abenden gemacht hatte. Vielleicht lag da auch der Schlüssel für sein plötzliches Ableben. Recherchen über einen Toten sind mühevoll, einen Lebenden zu beobachten ist leichter.

Ich machte mich an die Arbeit. Einen anderen Auftrag hatte ich nicht.

Rheinhessen ist überschaubar. Man kennt sich. Noch bevor sich der Mord an dem Druckereibesitzer herumgesprochen hatte, erfuhr ich eine Menge über den Toten. Walter Vogt war vor drei Monaten 72 Jahre alt geworden. Die Druckerei hatte er als Zwanzigjähriger aufgebaut. Zuerst hatte er alles Mögliche gedruckt, Werbeblätter, Flugblätter, Diplomarbeiten, Dissertationen, Briefpapier und Visitenkarten. Die Weinetiketten waren das große Geschäft geworden. Neben der Tochter, die mich mit der Recherche beauftragt hatte, gab es noch zwei Vogt-Söhne. Vogts Frau war vor fünf Jahren gestorben. Mein Vater hatte die Beerdigung organisiert, daran konnte ich mich erinnern. Und daran, dass Vogts Ehe nicht glücklich und die Familie zerstritten gewesen war. Wer mit dem Tod groß wird, erfährt viel über die Lebenden. Als Tochter eines Bestatters hatte ich gelernt, gut zuzuhören. Seit ich mein Büro für Recherche betrieb, wurde mir immer klarer, wie wichtig diese Fähigkeit war.

Der tote Walter Vogt gehörte zu den bekanntesten Persönlichkeiten der Region. Er war Weinbruder, Rotarier, Träger des großen Bundesverdienstkreuzes am Bande, ein gefragter Sponsor kultureller Veranstaltungen und er engagierte sich für die in fünf Jahren geplante 200-Jahrfeier Rheinhessens.

Seine Tochter fürchtete um ihr Erbe. Nicht wegen des kulturpolitischen Engagements ihres Vaters. Die Summen, die da bewegt wurden, waren Image fördernd, in Anbetracht des Vermögens aber überschaubar. Sie hatte Angst, ihr Vater würde sein Geld mit einer Frau durchbringen, die so alt war wie sie. Mit Rita Schrader. Rita hieß bei uns in Langenheim nur der Schwarze Schwan. Sie war die Wirtin vom Gasthaus Schwan. Das und ihre dunklen Haare hatten ihr den Spitznamen eingebracht.

Bei uns im Ort gibt es keine Geheimnisse. Wir haben den Schwan, einen Bäcker, eine Friseurin und wir fegen die Gassen. Daher wusste ich, dass der schönen Rita ein lockerer Umgang mit Männern nachgesagt wurde, aber von einem Verhältnis mit Walter Vogt hatte ich noch nichts gehört. Vogts Tochter wollte, dass ich herausfand, was für eine Beziehung ihr Vater zu Rita gehabt hatte, ob es Liebe war oder Altersgeilheit und ob Geld an Rita geflossen war. Vor allem das wollte sie wissen. Vogts Tochter hatte auf mich immer den Eindruck einer Dame aus der besseren Gesellschaft gemacht, aber als sie über Rita herzog, wechselte ihre gehobene Sprache erst in Mundart, dann ins Ordinäre. Sie nannte Rita eine Schwanzraspel, die mit jedem ins Bett ging, wenn ihr danach war. „Diese billige Nutte", schimpfte sie vor sich hin, als sie mir die Anzahlung auf den Tisch blätterte. „Die kassiert ihn ab. Sie müssen verhindern, dass mein Vater uns ruiniert." Dazu hat eine Leiche keine Gelegenheit. Es machte also nichts, dass ich diesen Teil ihres Auftrags nicht mehr erledigen konnte. Zu ihren Gunsten nahm ich an, dass sie bei unserer Unterhaltung nicht gewusst hatte, dass ihr Vater tot war. Aber ich wollte jetzt dringend wissen, was Vogt gemacht hatte, warum seine Tochter den Ruin der Familie befürchtete, und vor allem, wer Walter Vogt umgebracht hatte. Bezahlt hatte man mich ja.

Der Rheinhesse ist maulfaul und verschwiegen wie die Mafia. Fremden gegenüber. Ich bin hier geboren. Deshalb konnte ich meinen Gesprächspartnern glaubwürdig versichern, dass ich nichts weitersagen würde. Deshalb waren meine Telefonate ergiebig. Ich bekam einiges zu hören, denn Tratsch ist die Kehrseite des Schweigens. Vogt kam aus kleinen Verhältnissen. Angetrieben hatte ihn nicht der Ehrgeiz, etwas zu leisten, sondern der Ehrgeiz, anderen zu beweisen, dass er etwas leisten konnte. Er wollte anerkannt werden. Er tat so, als bemerke er nicht, dass er wegen seines Geldes hofiert wurde und nicht aus Respekt vor seiner Persönlichkeit und seiner Leistung. Seine Frau hatte seinen Ehrgeiz klug gesteuert. Seit ihrem Tod neigte er dazu, Anflüge von Minderwertigkeitsgefühlen durch Arroganz auszugleichen. Frauen gegenüber galt er als charmant und zuvorkommend, als In-den-Mantel-Helfer, Türenaufhalter, Komplimentemacher und Blumenverschenker. Einige Frauen machten keinen Hehl daraus, dass Vogt sie damit beeindruckt hatte. Sie waren geschmeichelt. Und Vogt genoss seine Wirkung auf Frauen. Die Reaktion einiger Ehemänner ignorierte er. Ein Fehler, schoss es mir durch den Kopf. Ich wusste aus eigener Erfahrung, wozu eifersüchtige Männer fähig waren. Ja. Auch zum Mord. Aber bei uns in Langenheim?

Was ich nicht wusste, war, dass Werner Vogt und ich denselben Steuerberater hatten. Ich würde mir einen neuen suchen müssen, denn er war ein bisschen zu auskunftsfreudig: Ich erfuhr von ihm alles über Vogts finanzielle Situation. Umsatz, Außenstände, Kontostand. Vogts wirtschaftlicher Erfolg war größer denn je. Trotz seines Alters hatte er das Sagen in der Firma, seine drei Kinder arbeiteten für ihn. Sie wurden gut bezahlt. In letzter Zeit hatte es Familienstreit um Werner Vogts Nachfolge gegeben. Vogt hatte die Diskussion angezettelt und dann, wegen der Streitigkeiten, damit gedroht, die Druckerei zu verkaufen. Das wäre schlecht für seine Kinder gewesen, aber deshalb ermordet man seinen Vater nicht. Dachte ich.

Ein Winzer, der seine Etiketten von Vogt drucken ließ, machte mich auf Walter Vogts Hobby aufmerksam. Vogt schrieb Krimis. Weinkrimis. Das hatte ich nicht gewusst. Das machte er auch nicht unter seinem richtigen Namen, sondern unter dem Pseudonym Erwin Felten. Unter diesem Namen waren zwei Rheinhessenkrimis erschienen: „Ein Wein zu viel" und „Gärgasmord". Walter Vogt alias Erwin Felten war keiner der „Mörderischen Rheinhessen", zu denen sich die besten Krimiautoren der Region zusammengeschlossen hatten. Die kannte ich vom Rheinhessischen Krimifestival, da ging ich hin, seit sich einer von ihnen bei mir nach der Arbeit von Detektiven erkundigt hatte. Die legten Wert darauf, dass ihre Mitglieder ihre Bücher in einem ordentlichen Verlag veröffentlichen und nicht in einem Selbstverlag ohne gründliches Lektorat. Für Vogts Bücher traf das nicht zu, sie erschienen im Eigenverlag. Trotzdem hatten seine Krimis respektable Auflagen, denn er räumte den Kunden seiner Druckerei satte Rabatte ein, wenn sie seine Bücher vertrieben. Viele Winzer machten das. Statt einer Gratisflasche gab es zu jeder Kiste Wein einen Erwin Felten-Krimi als Geschenk. Ich hatte die Bücher auch geschenkt bekommen, angelesen und gleich wieder weggelegt. „Gärgasmord" und „Ein Wein zu viel" waren die billigsten Krimis in Rheinhessen, in jeder Beziehung. Eine Druckerei zu besitzen ist nicht das Schlechteste für einen miesen Autor. Zum Glück ist das selten.

Frank war Krimifan. Er machte mich darauf aufmerksam, dass in der Zeitung gestanden hatte, Walter Vogts dritter Krimi sei für den renommierten Rheinhessischen Krimipreis, den „Mordspokal" des Vereins für Kriminalliteratur Rheinhessen e.V. nominiert worden. Der Roman hätte den Titel „Der Müllmann". Ein makabrer Titel für das Buch eines Mannes, der als Leiche im Müll gelandet war, dachte ich. Aber sein gewaltsames Ende im Wertstoffhof konnte Vogt nicht vorhergesehen haben; so wie ich nie vermutet hätte, dass er einen Literaturpreis bekommen würde. Ausgerechnet diesen Preis, den Mordspokal, für das Werk eines drittklassigen Autors? Das war undenkbar. Das Buch konnte nicht von Walter Vogt sein. Und wenn doch? Dann würde er in der Autorenszene schlagartig noch mehr Neider haben. Aber wegen eines erfolgreichen Romans und einer Ehrung jemanden umbringen? Das hielt ich für ausgeschlossen. Vielleicht hatte sein Tod mit dem Inhalt des Buches zu tun. Ich würde es mir besorgen müssen. Im Buchladen in Nieder-Olm, in dem ich heute Vormittag gewesen war, hatte ich auf dem Tisch mit den Neuerscheinungen keinen Krimi mit dem Titel „Der Müllmann" liegen sehen. An Vogt als Erfolgsautor wollte ich nicht glauben, solange ich das Buch nicht in der Hand hatte und vom Gegenteil überzeugt wurde. Ein Buchhändler in Alzey hielt es für möglich, dass Walter Vogt einen Ghostwriter engagiert hatte. Das Geld dazu hätte er gehabt. Vielleicht hatte er mit dem Mann gestritten, eine Auseinandersetzung mit tödlichem Ausgang wegen der Bezahlung oder, eitel wie er war, wegen der Urheberschaft und des Autorennamens auf dem Titel. Ich würde mich bei den „Mörderischen Rheinhessen" umhören. Die kannten sich aus, in der Literaturszene und im richtigen Leben. Ich hatte ihnen einen Gefallen getan und meine Arbeit erklärt. Jetzt konnten sie sich revanchieren. Es geht nichts über Netzwerke. Selbst Autoren, die beim Schreiben in andere Welten abtauchen, kriegen eine Menge mit. In Rheinhessen ist das so. Hier gibt es ein Leben nach der Arbeit. Von irgendwem müssen die Wirte ja leben. Und irgendwohin müssen Autoren schließlich gehen, wenn sie nicht am Schreibtisch sitzen. Autoren sind gute Kunden und Weintrinker haben eine Menge zu erzählen. Kluge Autoren wissen: Die Geschichten aus dem Leben sind die besten. Auch wenn die nicht immer zwischen Buchdeckel passen. Auf den Gedanken, dass jemand von den „Mörderischen Rheinhessen" Vogt umgebracht haben könnte, kam ich nicht.

Spekulationen helfen in meinem Beruf nicht weiter. Was ich brauchte, waren Fakten. Ein paar Mal hatte ich bei meinen Recherchegesprächen das Wort Geld gehört. In miesen Krimis, wie sie Walter Vogt unter dem Namen Erwin Felten schrieb, hätte jetzt gestanden: Folge der Spur des Geldes. Die amerikanische Variante money talks ist genauso banal. Geld spricht nicht, höchstens indirekt, wenn ich es im Büro vergessen hatte und mein Magen vor Hunger knurrte. Aber es stimmt natürlich. Geld, Gier, Hass und Neid sind die häufigsten Ursachen für Verbrechen. In genau dieser Reihenfolge. Bei einem Mord lautet die erste Frage immer: Wer hat etwas davon, wenn jemand stirbt? Außer der Trauer, meine ich. Meine Auftraggeberin hatte mich auf die Geldspur gesetzt. Mein Noch-Steuerberater hatte das bestätigt. Vogt wollte die Druckerei verkaufen. Das hätte für die Erben schlecht ausgehen können, je nachdem, was er mit dem Geld gemacht hätte. Nun gehören alle Zweige der Familie Vogt zu dem, was man bessere Kreise nennt. Aber wenn man Millionen verschwinden sieht, dann ist das ein starkes Mordmotiv. Auch in der gehobenen Gesellschaft behält man gerne, was man hat. Vogts Tochter hatte auf mich den Eindruck einer Frau gemacht, die nicht einmal bereit war, auf das zu verzichten, was ihr noch gar nicht gehörte. Sie hatte sehr genau benannt, wie Vogt das Geld investiert hatte und weiter investiert hätte. In sein Verhältnis mit der schönen Rita. Unser Schwarzer Schwan war ihm lieb und teuer gewesen. Wie teuer, wollte ich genauer wissen. Alle in unserem Ort haben ihre Konten bei der Bankfiliale im Nachbardorf. Beim Leiter der kleinen Zweigstelle hatte ich etwas gut, weil ich seiner Frau geholfen hatte, das Problem ihrer kostenfreien Einkäufe bei Schlecker diskret zu lösen. Die beiden kommen auch aus Langenheim, da hilft man sich gern. Ich rief an und bat um eine telefonische Beratung. Die Sekretärin stellte mich durch. Drei Minuten später wusste ich, gestern hatte Vogt 100.000 Euro von der Bank geholt. Bar. Und während des letzten halben Jahres mehrfach fünfstellige Beträge, zuletzt vor einer Woche. Das sah nicht gut aus für die Familie. Ich würde einen Hausbesuch machen müssen. Und zwar jetzt. Es war besser, mit Rita zu reden, bevor der Betrieb im Schwan losging.

Das Telefon klingelte. Frank war dran.

„Mit wem redest du denn dauernd? Ich versuche seit ner halben Stunde anzurufen."

„Frank, das ist mein Beruf", sagte ich. „Gibt's was Neues? Ist die Polizei noch bei euch auf dem Hof?"

„Die sind noch da. Die haben mit allen gesprochen, auch mit den Fahrern, die heute Morgen das Papier gebracht haben, aber keiner hat was gesehen. Die untersuchen den Container, Vogts Leiche haben sie weggebracht."

„Haben die gesagt, wie Vogt gestorben ist?"

„Nee, nur, dass er seit gestern Abend tot ist. Aber ich hab gesehen, wie sie ihn in den Sarg gelegt haben. Deshalb ruf ich an. Da war ne Menge Blut am Kopf, sonst war nichts zu sehen. Der ist erschlagen worden. Ich hab gedacht, das interessiert dich."

Das tat es. Sehr sogar. Jetzt konnte ich Vogts Tochter als Täterin ausschließen. Es ist nicht frauentypisch, Männer zu erschlagen. Nicht mal, wenn sie über siebzig sind. Die schöne Rita konnte ich aus demselben Grund von meiner Liste streichen. Außerdem hatte sie ein Verhältnis mit Vogt gehabt, so diskret, dass ich nichts davon mitbekommen hatte. Wenn sie Vogt geliebt hatte, hatte sie keinen Grund ihn umzubringen. Und wenn sie mit ihm für Geld ins Bett gegangen war, erst recht nicht. Es war mir ein Rätsel, dass ich von der Beziehung nichts mitgekriegt hatte. Um ihre früheren Liebschaften hatte Rita nie ein Geheimnis gemacht. Sie musste einen Grund für ihre Diskretion gehabt haben. Den hätte ich gern gekannt. Nach Walter Vogts Tod würde jedenfalls Schluss sein mit dem Eurosegen. Dafür würde Vogts Tochter sorgen – oder seine Söhne. Mit denen hatte ich mich leider noch nicht beschäftigt.

Die schöne Rita war kreidebleich und hatte verheulte Augen. Aber sie bemühte sich um Haltung. Sie trug schwarz. Walter Vogts Tod hatte sich also herumgesprochen. „Du hast ihn geliebt", sagte ich.

Rita nickte. „Ja." Sie sah mich mit den traurigen Augen eines verletzten Tieres an. „Er war so anders. Respektvoll. Aufmerksam. Zärtlich. Er war ... wie aus einer anderen Zeit. Wir waren zwei Jahre zusammen. Er fehlt mir."

„Ich weiß, dass er dir Geld gegeben hat. Was seine Tochter über dich denkt, muss ich dir wohl nicht erzählen."

„Seine Tochter", sagte sie.
„Sie sagt, du wolltest sein Geld."
„Seine Tochter ist krank", sagte Rita. Und sie erzählte mir, wie die Tochter Vogts Scheidung verhindert hatte und, seit ihre Mutter tot war, jede Frau weggebissen hatte, die in seine Nähe gekommen war. Rita war sich sicher, dass die Tochter ihren Vater immer gehasst und ihre Mutter vergöttert hatte. Den Hass hätte die Mutter gesät, weil Vogt seine Frau schon vor Jahren verlassen wollte. Die Mutter hätte der Tochter eingeredet, dass Vogt ihretwegen, wegen seiner Tochter, weg wollte, weil er sein Kind nicht ertrug. Die Tochter hätte das nicht verkraftet. Sie wäre damals in einer Therapie gewesen, weil sie versucht hatte, sich umzubringen. Walters Ehe bezeichnete Rita als die Hölle.
„Und dann kriegt man drei Kinder?", fragte ich.
„Als wenn Sex alles wäre." Sie schilderte Vogts Frau als die bestimmende Person in der Beziehung. Kinder hätten für sie zum Bild einer perfekten Familie gehört. Sie hätte über alles bestimmt, den Sex, Vogts Geschäfte, seine Freizeit, sein Leben. Sie hätte ihm keine Luft gelassen und ihren Mann mit seiner Herkunft gedemütigt. Die höhere Tochter aus einer Familie mit Geld und Beziehungen, die studiert hatte, die Umgangsformen besaß und ihr selbstsicheres Auftreten benutzte, um ihren Mann klein zu machen. „Schon ihr Mädchenname hat Türen geöffnet. Und Walter war der kleine, eingeheiratete Drucker", sagte Rita. Vogt hätte nur die Geschäfte machen dürfen, die sie zugelassen hätte. Er sei in seinem Beruf spitze gewesen, aber ihr gegenüber schwach, weil er dazugehören wollte, zu ihren Kreisen, zu den feinen Leuten, wie alle, die von unten kommen. Das hätte seine Frau benutzt, um ihn zu steuern. Immer wenn Vogt versucht hätte, sich durchzusetzen, hätte es Streit gegeben. Das wäre so weit gegangen, dass sie oft mit Selbstmord und Skandal gedroht hätte. Als sie gestorben sei, hätte seine Tochter ihre Rolle übernommen. Jetzt wolle Mamas Prin-

zesschen alles kontrollieren. Sie hätte jede Beziehung kaputt gemacht, die Vogt eingegangen sei. Deshalb hätten Walter Vogt und sie alles versucht, dass niemand etwas von ihrer Beziehung mitbekam. Fast zwei Jahre sei das gut gegangen.

Rita weinte. Sie hatte Walter Vogts Familiengeschichte so wiedergegeben, wie sie sie von ihm kannte. Das hatte ich nicht anders erwartet. Betroffene erzählen immer ihre Sicht der Dinge. Verliebte neigen dazu, die Version ihrer Partner ungeprüft zu übernehmen. Das macht es unsereins schwer, denn wenn es mehr als einen Betroffenen gibt, dann gibt es mindestens zwei Wahrheiten. Dass Walter Vogt ein Frauentyp war, hatte ich in den letzten Stunden oft genug gehört. Er mochte Frauen und die Frauen ihn. Einem Mann, der Bestätigung sucht, reicht es nicht, die Hand zu tätscheln. Das mochte jetzt so sein, aber seine Frau hatte es nicht leicht mit ihm gehabt. Aus dem Gespräch mit seiner Tochter hatte ich nicht den Eindruck, dass ihr das Liebesleben ihres Vaters Sorgen machte. Ihr ging es um das Geld, das sie erben wollte. Und genau die Frage hatte die schöne Rita nicht beantwortet.

„Rita", sagte ich, „danke für deine Offenheit, aber vom Geld hast du nichts gesagt. Ich frag's nochmal. Wie viel hat er dir gegeben?"

„Geld?" Sie streckte mir ihre Hand entgegen. Der Brilli in der Weißgoldfassung funkelte. Ich schätzte den Ring auf gut 5.000 Euro. „Das ist alles, was ich von ihm bekommen habe. Und den wollte ich auch nicht. Ich habe sein Geld nicht, ich brauche es nicht und ich will es nicht. Soll doch seine geldgeile Tochter dran ersticken."

Der Zorn hatte die Farbe in ihr Gesicht zurückgebracht. Ritas Ärger war echt. Das Gerücht, Vogt hätte ihr den Schwan gekauft, war falsch. Der Grundbuchauszug bestätigte, dass ihr das Gasthaus seit Jahren gehörte. Wenn sie das Geld nicht hatte, wer dann? Walter Vogt hatte in kurzer Zeit eine Viertelmillion in bar vom Konto geräumt. So viel Geld verschwindet nicht spurlos.

Rita hatte mir noch erzählt, dass Vogt sie gestern Abend gegen zehn Uhr angerufen hatte. Er hätte gesagt, er mache die Druckerei dicht, die anderen wären schon weg. Er fühle sich nicht wohl und würde gleich ins Bett gehen. Das war das Letzte, was sie von ihm gehört hatte. Ich überprüfte, was Vogts Kinder gestern gemacht hatten. Sie waren abends zusammen im Golfclub gewesen. Die Tochter war nach dem Essen nach Hause gefahren, die Nachbarin hatte gesehen, wie sie ankam und wann das Licht im Schlafzimmer ausging. Ihre Brüder waren geblieben, bis das Restaurant dicht gemacht hatte.

„Als die weg sind, waren die hackevoll."

Es hörte sich am Telefon an, als würde sich die Kellnerin angewidert schütteln. Komasaufen war im Golfclub nicht üblich. Dass sich jemand betrank, kam öfter vor.

„Hatten die beiden einen Unfall?", wollte sie wissen. Das klang, als mache sie sich Vorwürfe, dass sie kein Taxi gerufen hatte.

„Nein, die vermissen eine Brieftasche", sagte ich.

„Hier ist nichts liegen geblieben", sagte die Kellnerin.

Damit waren die Brüder fein raus. Ihr Vater musste tot gewesen sein, bevor sie das Restaurant verlassen hatten.

Wenn es die Familie nicht gewesen war und wenn Walter Vogt wegen der schönen Rita in den letzten Jahren die Finger von anderen Frauen gelassen hatte, also Eifersucht als Mordmotiv wegfiel, dann war der Heuhaufen, in dem ich herumstocherte, bis jetzt kaum übersichtlicher und kein bisschen kleiner geworden. In Momenten wie diesem hasste ich meinen Ehrgeiz. Was hatte ich davon, dass ich inzwischen wusste, dass der Tote seine Abende mit Rita Schrader verbracht hatte? Ich hatte immer noch keine Ahnung, wer sein Mörder war. Ich hätte den Auftrag nach Vogts Tod zurückgeben sollen, wie das meine

Kollegen gemacht hätten. Und natürlich auch das Geld. Aber das konnte ich mir nicht leisten. Ich hatte bisher vergeblich recherchiert und wurde langsam sauer, weil ich mir die Finger wund wählte, ohne einen der „Mörderischen Rheinhessen" zu erreichen.

Es klingelte, ich unterschrieb und der Bote drückte mir einen dicken Umschlag in die Hand. Mein Alzeyer Buchhändler hatte mir Walter Vogts preisgekrönten Krimi geschickt. Auf dem kleinen gelben Klebezettel stand: „Lohnt sich! Ist heute vom Verlag ausgeliefert worden, leider erst nach unserem Telefonat." Ein Hardcover-Buch. Mir fiel sofort auf, dass es unter Vogts richtigem Namen erschienen war und nicht unter seinem Pseudonym. Auch nicht im Selbstverlag, sondern in einem der ganz großen Verlage. Es hatte 426 Seiten. Ich blätterte, dann las ich. Das Buch hatte das, was den anderen Vogt-Büchern fehlte: Spannung und eine brillante Sprache, die mich wie ein Strudel berauschender Worte immer tiefer in den Roman hineinzog. Ich konnte nicht aufhören. „Der Müllmann" war die Geschichte eines Ermittlers, der die Seiten gewechselt hatte und als „Cleaner" die Spuren vernichten musste, die das organisierte Verbrechen bei diversen Straftaten hinterlassen hatte. Egal, was zurückgeblieben war, er beseitigte alles, von Fingerabdrücken bis zu Leichen. Manche Passagen erinnerten mich fatal an die Männer, die vor einem Jahr im Nachbardorf ein Tierkrematorium betrieben hatten. Hatte jemand Walter Vogt die Akten zugespielt? Er wusste jedenfalls mehr, als in der Zeitung gestanden hatte. Ich blätterte gierig. Dass Vogts „Müllmann" verhaftet werden konnte, hatte die Polizei einer taffen Detektivin zu verdanken, die durch einen Zufall in den Fall hineingeraten war. Die Frau war sehr sympathisch beschrieben. Kein Wunder, dass ich so oft gehört hatte, Vogt sei ein Frauenfreund. Sein Krimi spielte in Rheinhessen, in ihm stimmte alles. Die Handlung, die Orte, die Sprache, die Menschen und ihre Mentalität. Das Buch war kein bisschen provinziell, es war originell, es war genial. Vogt hatte den Mordspokal zu Recht bekommen. Dachte ich.

Dann fragte ich mich, ob das Buch überhaupt von Vogt war.

Meine Mailbox blinkte. Eine Sprecherin der „Mörderischen Rheinhessen" beantwortete meine Mail vom Vormittag. Damit hatte ich nicht mehr gerechnet. Sie hätten sich abgestimmt, daher hätte es etwas gedauert, mailte die Frau. Nein, niemand von ihnen hätte in letzter Zeit Kontakt mit Vogt gehabt. Niemand hätte für ihn geschrieben. „Wir helfen uns gegenseitig und wir geben auch anderen Autoren Ratschläge, wenn wir gefragt werden. Aber wir schreiben nicht für Dritte. Und für Stümper, die mit Dreck den Markt verstopfen, schon gar nicht." Das war deutlich. Wenn es stimmte. Ich wollte sicher gehen, aber es würde dauern, mir die Kontoeingänge der Mitglieder der Autorengruppe anzusehen. Da hätte ich Hilfe gebraucht, auch wenn ich theoretisch wusste, was ich mit dem Computer machen musste, um die Datenspeicher von Banken aufzuschließen wie meinen Briefkasten. Schade, dass nicht alle „Mörderischen Rheinhessen" in Langenheim wohnten. Dann hätte ich meinen Freund, den Zweigstellenleiter, fragen können.

Ich konnte warten. Morgen war Zeit genug, herauszufinden, ob einer der Autoren größere Beträge zur Bank gebracht hatte. Ich war mir sicher, dass Vogt nicht fähig gewesen war, einen hochklassigen Krimi wie den „Müllmann" zu schreiben, und trotz des Dementis sprach viel für die Autorenschaft eines „Mörderischen Rheinhessen". Der Autor musste schreiben können und er musste aus der Gegend kommen. Niemand sonst wäre in der Lage gewesen, die Landschaft und die Eigenschaften der Menschen so treffend wiederzugeben. Wer immer den „Müllmann" geschrieben und sich mit dem Buch um den Mordspokal beworben hatte, er musste sich in Rheinhessen auskennen. Es war bereits eine preiswürdige Aufgabe, die Postadresse des Vereins für Kriminalliteratur herauszufinden.

Weil ich herausfinden wollte, ob es in unserer Gegend einen herausragenden neuen Krimiautor gab, kam ich auf die Idee mit den Verlagen. Ich rief bei den rheinhessischen Verlagen an und fragte, ob ihnen ein Manuskript angeboten worden sei, in dem es um einen Ex-Polizisten ging, der gegen Bezahlung Spuren von Straftaten beseitigte. Ich stellte mich als Agentin eines neuen Autors vor, die den Eindruck hatte, das Buch sei vom Autor an ihr vorbei bereits direkt angeboten und abgelehnt worden.

Beim dritten Verlag landete ich einen Treffer. Die Verlegerin erinnerte sich an den Plot. Das Buch war unter dem Arbeitstitel „Höllenbrand" angeboten worden. Wer das Manuskript eingereicht hatte, wusste sie nicht mehr. Den Vorgang hatte ihre Lektorin bearbeitet. Der Zeitvertrag der Lektorin, die den Text geprüft und abgelehnt hatte, war allerdings vor einem halben Jahr ausgelaufen. Ich bekam die Telefonnummer und rief sofort an. Die Dame zierte sich. Ich sagte ihr auf den Kopf zu, was sie gemacht hatte. Daraufhin gab sie mir ihre Adresse und ich fuhr los. Sie war eines dieser transparenten, durchgeistigten Wesen, die unverständliche Lyrik liebten, aber Sinn für Geschäfte hatten. Vogt hatte sie dafür bezahlt, einen Autor zu finden, der bereit war, sein Werk an ihn zu verkaufen. Den hatte sie gefunden. Und weil das Buch ein Thriller war, auch den Verlag, der es auf den Markt gebracht hatte. Sie hatte von Vogt jeden Monat Bargeld bekommen, eine Art Gehalt. Der Autor hatte mehrere Raten kassiert und gestern Mittag, als „Der Müllmann" ausgeliefert worden war, einen Schlussbetrag von 100.000 Euro eingestrichen. Der Autor war neu im Krimigeschäft, er hatte aber erfolgreich mehrere historische Romane veröffentlicht. Zu den „Mörderischen Rheinhessen" gehörte er nicht. Und er hatte ein Alibi. Er hatte am Abend in der Stadtbücherei Nieder-Olm gelesen. „Ich war auch da", hauchte die Lektorin. „Hinterher waren wir noch essen. Die Leiterin der Bücherei kann das bezeugen, die war mit."

Ich fuhr zurück in mein Büro. Es machte mich immer wütend, wenn ich Zeit mit falschen Spuren verplemperte. Aber so falsch gelegen wie diesmal hatte ich schon lange nicht mehr. Jeder Verdacht, dem ich nachgegangen war, hatte sich im Nichts aufgelöst. Ich beschloss, mir einen schönen Abend zu machen. Neues Spiel, neues Glück. Morgen war auch noch ein Tag. Ich rief meinen Freund Thomas an. Er war noch in der Redaktion seiner Zeitung in Alzey. Ich fragte ihn, ob er in einer Stunde mit mir im Schwan essen wollte.

„Du lädst mich ein?", sagte er, „bist du krank? Na klar komme ich, ich freu mich auf dich. Ich muss nur noch den Nachruf fertigschreiben, aber das schaffe ich."

„Was für einen Nachruf?", fragte ich.

„Der Vogt ist tot, der mit den Etiketten. Herzinfarkt. Der ist auf der Verladerampe in seiner Druckerei zusammengebrochen. Zuerst hat die Polizei gedacht, der ist ermordet worden, weil er eine Platzwunde über dem Ohr hatte. Aber er hatte sich den Kopf aufgeschlagen, als er von der Rampe in den Papiercontainer gefallen ist. Na ja, jetzt wird meine Story zum Nachruf. 72 ist kein Alter zum Sterben."

Ich schwieg. „Sei pünktlich", sagte ich dann.

Heute hatte ich Trost nötig.

Crossover
Antje Fries

Sie trafen sich seit acht Wochen. Esther erwartete seitdem ungeduldig jeden Dienstag und jeden Freitag. Endlich kam sie mal wieder raus. Das hatte ihr lange Zeit gefehlt. Daniel schaffte es jedes Mal, dass sie sich nach ihren schweißtreibenden Treffen bestens fühlte. Zufrieden, ausgeglichen und ausgetobt, fit und sportlich. Aber so soll das ja auch sein bei einem Lauftreff. Anfangs hatte Esther mörderischen Muskelkater gehabt, doch das hatte sich beizeiten gegeben. Immerhin, sie hatte wenigstens noch Muskeln! Und endlich mal wieder ausschließlich mit Erwachsenen zusammen zu sein, das tat auch gut.

Die etwa zwanzigköpfige Gruppe war wie stets unterhalb des Ingelheimer Bismarckturms verabredet. Esther gehörte regelmäßig zu den Ersten, die eintrafen, Daniel zu den Letzten. „Wer da wieder alles noch was von mir wollte im Büro, du kannst es dir nicht vorstellen!" Nein, das konnte Esther nicht. Sie kam seit Jahren nur noch vor die Tür, wenn ihre Kinder Zeit dazu ließen. Alles drehte sich um Krabbelgruppen, Kinderturnen oder musikalische Früherziehung. Nur zweimal war sie in den vergangenen Jahren ganz allein durch Mainz gebummelt, während Jochen auf die Kinder aufgepasst hatte. Ansonsten verbrachte ihr Mann ebenso wie Daniel lange und anstrengende Tage im Büro. Wie sie das hasste: Er lebte für seinen Beruf, machte Karriere, bekam Bestätigung, verdiente das dicke Geld, aber sie hatte den Kindern zuliebe alles aufgegeben. Und ausgerechnet mit genau so einem Karriere-Typen fühlte sie sich hier beim Lauftreff am wohlsten!

„Was ist, träumst du?"

Daniel stand erwartungsvoll vor Esther, die ihren Gedanken nachgehangen und gar nicht mitbekommen hatte, dass alle längst die Schuhe geschnürt hatten. Es konnte losgehen! Wie immer setzte sich eine Gruppe von jahrelang geübten Läufern schnell nach vorne ab, während die absoluten Anfänger nach hinten fielen und in langsamem Trott versuchten, die erste Steigung zu bewältigen. Esther und Daniel trabten locker in der Mitte nebeneinander.

„Meinst du, wir schaffen das noch bis Mai?", fragte Daniel.

„Ich hoff's doch!", japste Esther, denn der Lauftreff war gegründet worden, um gemeinsam innerhalb eines halben Jahres auf den Mainzer Gutenberg-Marathon hinzuarbeiten. Ob nun ein halber oder ein ganzer Marathon, das war egal, aber die erfolgreiche Teilnahme an der Massenveranstaltung in der Mainzer Innenstadt war das erklärte Ziel aller.

Esther war sich jetzt schon sicher, dass ihr ein Halbmarathon genügen würde. Sie musste sich ja nicht vollends verausgaben. Jochen zu Hause hatte, als er von der halben Distanz hörte, über seine Frau gelästert: „Das war ja klar, dass du kneifst. Und siehst du, das genau ist der Unterschied zwischen erfolgreichen Menschen und denen, die mit ihrem Leben nicht klarkommen. Top-Typen würden niemals mit halben Sachen anfangen!" Das hatte weh getan, richtig weh. Esther hatte Daniel beim Laufen davon erzählt und leider hatte er Jochen auch noch verstanden. Er hatte sich die kompletten 42 Kilometer vorgenommen. „Was glaubst du, warum ich die ganze Strecke schaffen will? Etwa, weil mir das Spaß macht? Quatsch! Ich will den richtigen Kick: meinen Namen für alle lesbar auf der Finisher-Liste!"

Enttäuscht hatte Esther danach längere Zeit nichts mehr gesagt, aber Daniel hatte sie schnell wieder aufgemuntert. Er erzählte beim Laufen gern von seiner Familie: Seine Frau lebte wohl nur noch für die Kinder und war nach deren Geburt völlig auseinandergegangen. Sport interessierte sie überhaupt nicht. Stattdessen vertrödelte sie lethargisch ihre Zeit. „Außer wenn sie putzt!", hatte Daniel gelacht. „Das ist ihr Sport, da ist sie in ihrem Element. Das solltest du mal sehen, die totale Putzwut!"

„Aber warum seid ihr dann noch zusammen?"

„Die Kinder, verstehst du? Außerdem haben wir keinen Ehevertrag, da kann ich auch gleich verheiratet bleiben. So kriege ich wenigstens noch die Hemden gebügelt und mein Essen gekocht. Ich bin so froh, dass du ganz anders bist!"

Das hatte Esther gut getan. Als sportlich und ansehnlich hatte Jochen sie schon lange nicht mehr bezeichnet. Dabei hielt sie sich hier ja ganz gut, immer im Mittelfeld der Gruppe, sogar problemlos neben dem attraktiven und durchtrainierten Daniel!

„Und stell dir vor, sie hat tatsächlich gemeckert, dass der Lauf am Muttertags-Sonntag stattfindet", hatte Daniel ihre Gedanken unterbrochen. „Ob das denn sein müsse, an so einem Tag. Dabei kriegt sie morgens ihre Halskette und die Pralinen, was will sie mehr?"

Esther hatte gelacht: „Siehst du, und ich hab mir das extra gewünscht: am Muttertag frei haben für den Lauf. Das schenke ich mir quasi selbst."

Zwei Wochen später traute sich Esther tatsächlich, nun auch über ihre Ehe zu berichten. Auch ihr Jochen wurde ja mehr und mehr zum Stubenhocker: tagsüber im Büro, abends zu Hause vor der Glotze. Längst hatten sich erste Ringe um seine Hüften gebildet, die er früher niemals toleriert hätte, heute aber als „erste Altersbeschwerden" abtat. Und schlimmer noch: Er warf Esther Schlankheitswahn vor, nur weil sie sich nicht mit diesen Ringen abfinden wollte. Übrigens auch nicht mit denen am eigenen Bauch, die aber sowieso eher vom Kinderkriegen zurückgeblieben waren als von zu wenig Bewegung. Daniel lachte laut bei der Beschreibung von Jochens Hüftregion. „Kenn ich, sitzt in allen Büros neben mir! Und zu Hause auch noch. Weißt du jetzt, warum ich unbedingt hier mitmachen musste?"

„Weg vom Speck, oder?", fragte Esther.

„Genau! Das ist es! Mann, ich bin richtig froh, dass du hier mitläufst. Guck dir die anderen doch bloß mal an: Lauter Spaßbremsen. Aber wir zwei, wir wollen nicht nur Erfolg haben und gleichzeitig was für die Gesundheit tun, sondern uns auch noch amüsieren dabei."

So hatte Esther ihre regelmäßigen Laufrunden bislang noch nicht betrachtet, aber es kam schon hin. Zufrieden trabte sie an Daniels Seite durch den Wald.

In der Woche danach fragte Daniel zum ersten Mal, ob Esther nicht Lust hätte, nach dem Training noch irgendwo etwas trinken zu gehen. „Einfach so, ganz locker", hatte er gesagt.

Sie hatte nicht sofort geantwortet, aber das Herz hatte ihr während des Laufens dauerhaft bis zum Hals geschlagen, obwohl das Tempo nicht sonderlich hoch gewesen war. Zurück auf dem Parkplatz entschied sie sich schließlich spontan zu einem Ja. Eilig fuhren Esther und Daniel in ihre Häuser, duschten schnell und erklärten den jeweiligen Ehepartnern, dass es noch eine Besprechung wegen des Marathons gebe, die sie nicht versäumen dürften.

Bald darauf saßen beide in einer Weinstube in der Binger Altstadt und ehe sie sich's versahen, waren beide beim zweiten Rotwein angelangt und schütteten sich gegenseitig schon wieder das Herz über die phlegmatischen Ehepartner zu Hause aus. „Haben wir eigentlich sonst kein Thema?", kicherte Esther irgendwann.

„Ja, scheint fast so", stimmte Daniel zu. „Dabei würde ich mit dir liebend gern ganz andere Dinge besprechen. Aber da siehst du mal, wie sehr dich dieser Alltags-Scheiß runterzieht. Da merkst du dann plötzlich auch, wie sehr dir die gute Zeit von früher fehlt, die Freiheit, die Lockerheit."

„Und du weißt, dass es noch ewig so weitergehen wird. Unausweichlich. Bis dass der Tod uns scheidet", ergänzte Esther.

Trübsinnig nickte Daniel und stierte in sein Weinglas. „Eigentlich ist das ja kontraproduktiv, dass wir hier sitzen und Alkohol trinken", brummte er dann. „Aber ich genieße es gleichzeitig, mir mal alles von der Seele zu reden. Und mit dir zusammen geht es mir sowieso richtig gut. Beim Laufen und hier auch."

Esther hatte das Gefühl, dass sie rot angelaufen war, aber als Daniel sie nachdenklich musterte, schien er nichts davon zu bemerken.

„Manchmal müsste man einfach eine zweite Chance bekommen!", sagte er seufzend, bevor er die Rechnung für beide übernahm. Auf dem Weg zu Esthers Auto, er wollte sie im Dunkeln nicht allein laufen lassen, ergriff er wie beiläufig ihre Hand. Sie wollte zuerst verunsichert zurückziehen, aber dann genoss sie die Wärme, die aus Daniels großer Hand in ihre strömte.

Bei den Lauftreffs blieben sie nun ausschließlich bei sportlichen oder beruflichen Themen, aber einmal pro Woche trafen sich Daniel und Esther jetzt auch in der Weinstube und dort ging es mehr und mehr um den Alltag, das Unglück in der Ehe. Irgendwann fiel dann auch zum ersten Mal der Ausdruck „loswerden" und in ihrer Wut über einen Streit mit Jochen war Esther hereingestürmt und hatte etwas von „umbringen" geschnaubt. Diesmal hatte Daniel ganz offen am Tisch ihre Hand gehalten. Nach dem dritten Wein, keiner wusste, wie er noch anständig nach Hause fahren sollte, hatten sie die Köpfe zusammengesteckt und glucksend geplant, wie sie ihre Ehepartner am besten verschwinden lassen könnten.

„Die setzen wir gemeinsam in ein leckes Schlauchboot auf offener See!"

„Griechische Fähren sollen da ja noch zuverlässiger sein."

„Ach was, da gibt es zu viele Ufer in der Nähe. Manipulierte Bremsen am Auto würden genügen."

„Oder wir spendieren einen längeren Japan-Urlaub."

„Kennst du keinen Auftragskiller? Dann müssen wir uns die Finger nicht schmutzig machen."

Später, allein im Auto und durch die Kälte wieder relativ nüchtern und wach, waren Esther die Albernheiten noch einmal durch den Kopf gegangen. Eine Scheidung konnte auch sie sich nicht leisten. Sie hatte ja nichts. Nicht mehr. Früher, mit eigenem Job und eigenem Konto, da hatte sie sich freier gefühlt. Aber heute .... Und wirklich, in letzter Zeit ging Jochen ihr mehr und mehr auf die Nerven. Es kam wohl auch nicht von ungefähr, dass sie ohne großes Nachdenken zahllose Ideen hatte, wie sie sich von ihm befreien könnte. „Blödsinn!", rief sie sich selbst zur Ordnung, bevor sie ihr Auto vor der vor einigen Jahren erworbenen Doppelhaushälfte parkte. „Daniel ist auch nicht besser, obendrein eine unbedachte Schwärmerei. Ich bin doch keine zwanzig mehr!"

Dennoch wartete Esther ungeduldig auf das nächste Lauftraining. Verschwörerisch grinste sie Daniel an, der zurückzwinkerte. Beide lieferten heute Höchstleistungen ab.

So ging es bis in den Mai: zweimal pro Woche gemeinsam laufen und Allgemeinplätze austauschen, einmal pro Woche danach Treffen in der Weinstube mit Händchenhalten und kurzem Glück. Sportlich steigerte sich Esther immer mehr und schob vormittags, wenn die Kinder für die wenigen Stunden endlich den Kindergarten besuchten, weitere Trainingseinheiten ein. Ihr Ehrgeiz war erwacht: Vielleicht schaffte sie die komplette Strecke ja doch noch? Daniel und die anderen Läufer ermutigten sie dazu, Jochen erwartete es beinahe.

Dann kam der Marathon-Sonntag. Jochen erklärte, er wolle

das Spektakel am Fernseher verfolgen. „Allein mit zwei Kleinkindern in dem Rummel, vergiss es!", hatte er gesagt.

Daniels Frau wollte die Kinder bei der Nachbarin abgeben und sich an die Strecke stellen. Irgendwo zwischen Südbahnhof und Malakoff Park würde sie winken.

Vor dem Start starb Esther schier vor Aufregung. Daniel hielt ihre Hände fest. „Du schaffst das!", versuchte er sie zu beruhigen. „Ich bin ja bei dir."

Plötzlich schlang Esther beide Arme um Daniel und gestand: „Das ist überhaupt das Beste am Laufen: dass du dabei bist!"

Mitten im Gedränge vor dem Start küssten sie sich nach einem halben Jahr zum ersten Mal in der Öffentlichkeit, aber Esther hatte nicht lange Gelegenheit, sich darüber zu wundern oder ihre Verwirrung zu beschreiben, weil der Startschuss fiel. Es dauerte noch einige Minuten, bis sie sich mit der Masse in Bewegung setzen konnten. Esther konnte kaum glauben, wie leicht heute alles ging. Mühelos hielt sie das angepeilte Tempo, Daniel immer an ihrer Seite. Sie hatte das Gefühl, unterwegs Dutzende Läufer zu überholen und selbst nur selten überholt zu werden. Als sie aus der Altstadt in Richtung Rheinufer abbogen, zischte Daniel auf einmal: „Da drüben, meine Frau!" und winkte vergleichsweise lustlos zu einer großen Frau mit langen blonden Haaren hinüber, die ihrerseits laut schrie und klatschte, um besonders diesen einen Läufer anzufeuern. „Das ist deine Frau?", fragte Esther wenige Schritte danach.

„Sage ich doch", gab Daniel zurück.

Esther glaubte kurzzeitig, ihr Kreislauf mache nicht mehr mit. Die Frau am Straßenrand hatte sie völlig irritiert, wie sie da einfach so am Straßenrand stand und Daniel zu winkte. Ihrem Mann, Esthers heimlichem Traumprinzen.

„He, was ist? Willst du aufgeben?" Besorgt beugte sich Daniel nach vorn, um Esther besser ins Gesicht sehen zu können. „Hast du Probleme?"

Esther atmete ein paarmal bewusst durch, dann sagte sie: „Alles in Ordnung. Ich halte durch. Und ich gewinne!"

„Das werden wir sehen!", lachte Daniel fröhlich.

Sie lief die nächsten Kilometer wie in Trance, aber das musste nicht der Schrecken über Daniels real existierende Ehefrau gewesen sein, sondern vielleicht auch die Erschöpfung, die vor dem Hochgefühl kam, das Esther durchflutete, als sie Kilometer vierzig passierte. Endlich kamen die Glückshormone an, von denen immer alle berichteten! Sie fühlte sich leicht und beschwingt und hatte keinerlei Probleme, lächelnd mehrere Meter vor Daniel über die Ziellinie zu traben, während er direkt dahinter zusammensackte und von einem Sanitäter betreut werden musste. Immerhin, sie hatten beide ihr Ziel erreicht und den Marathon geschafft.

Jochen lag auf dem Sofa und schlief vor laufendem Fernseher, als Esther nach ihrem großen Erfolg nach Hause kam. Die Kinder hatten derweil eine Wand im Flur bekritzelt und sämtliche Süßigkeiten-Vorräte aus dem Schrank durchprobiert. Jochen brummte müde, als er geweckt wurde, und musste einräumen, dass er nicht viel von der Live-Übertragung des Rennens mitbekommen hatte. „Bist du denn angekommen?", fragte er.

„Natürlich."

„Na ja. Zwanzig Kilometer, wer's braucht ..."

„Jochen, ich hab den Marathon gepackt! Die ganzen 42 Kilometer!"

„Ach so." Und da er nun schon einmal wach war, schaltete er auf einen Sportkanal um, der die Formel 1 zu bieten hatte.

Heulend vor Enttäuschung verzog sich Esther ins Bad und duschte, bis der Warmwasserspeicher erschöpft war. Später löste sie das Durcheinander in Küche und Esszimmer auf und versuchte erfolglos, die Malereien im Flur von der Wand zu waschen. Am Ende übergab sich eines der Kinder auch noch mitten im Wohnzimmer, sodass Esther dort halbverdaute Zuckermassen vom Teppichboden kratzen musste.

Auch bei Daniels Frau schien sich die Begeisterung über den Zieleinlauf in Grenzen zu halten. „Sie hat zwar an der Strecke gestanden, aber die Zeit hat sie nicht die Bohne interessiert. Sie hat bloß gemeckert, dass sie schon wieder stinkende Sportsachen zu waschen hat."

Das konnte Esther nun allerdings nachvollziehen: Gebrauchte Funktionskleidung konnte man waschen, sooft man wollte, sie roch einfach.

Die Läufer trafen sich auch weiterhin zweimal in der Woche am Bismarckturm. Jetzt, wo die meisten wenigstens den Halbmarathon bewältigt hatten, wollten alle weitermachen. Es nagte zwar an Daniel, dass Esther ihn letztendlich abgehängt hatte, aber er ließ sich nichts anmerken. Immer häufiger erwähnte er, wie sehr ihn sein Zuhause nervte. Und schließlich griff er auch den Gedanken wieder auf, den sie im Winter schon gehabt hatten, als sie sich eines der ersten Male in „ihrer" Weinstube getroffen hatten: Man müsste beide Ehepartner einfach loswerden.

„Stell dir vor", sagte er eines Freitags zu Esther, „ich habe wirklich schon mal im Internet recherchiert, wie man Bremsschläuche am besten kappt."

„Ui, dann ist es ernst!", meinte sie. „Aber mir geht es ja nicht anders. Ich habe in letzter Zeit eine Menge über Vergiftungen gelesen und muss gestehen, es fasziniert mich sehr. Ich weiß nur nicht, wie ich das umsetzen soll, ohne in den Knast zu wandern."

Daniel senkte seinen Blick in den Rotwein und hielt Esthers Hand. Schweigend verbrachten sie die nächsten Minuten, bis Daniel plötzlich auffuhr: „Gegenseitig, das ist es!"

„Was?" Esther verstand gar nichts.

„Ganz einfach: Wir bringen unsere Partner einfach gegenseitig um die Ecke. Dann können wir gleichzeitig für ein perfektes Alibi sorgen."

Esther lächelte. „Nicht schlecht. Auch die emotionalen Zweifel wären dann kein Thema, weil wir ja jeder einen Unbekannten vor uns hätten."

„Einziger Haken an der Sache: Wir dürften uns dann länger nicht treffen, sonst zieht nachher noch jemand die falschen Schlüsse daraus."

„Vielleicht sollten wir auch schon beim Lauftreff ein bisschen auf Distanz gehen", meinte Esther. „So schwierig das auch wird, aber du nur noch dienstags, ich nur noch freitags, was meinst du?"

Daniel nickte. „Sehr gut. Aber hier könnten wir uns freitags weiterhin treffen, hier kennt uns ja keiner."

„Genau. Das bisschen Spaß dürfen wir uns ruhig weiterhin gönnen."

„Wir könnten uns aber auch endlich mal in einem Hotel treffen", schlug Daniel vor.

Esther spürte, wie ihr warm wurde. Daniel wollte einen Schritt weiter!

„In Alzey im Gewerbegebiet ist eins, ganz nah an der Autobahn, völlig anonym."

„Ach, woher weißt du das denn so genau?", wollte Esther wissen.

„Weil ich seit Monaten, wenn ich auf der A 61 daran vorbeifahre, davon träume, mit dir dort eine Nacht zu verbringen."

Esther sagte nichts und hielt Daniels Hände fest. Sie wäre liebend gern sofort mit ihm in dieses Hotel gefahren, aber es ging ja nicht. Noch nicht. Wie es wohl wäre, mit ihm zusammenzuleben? Manchmal beschlich sie ein leiser Zweifel: Immerhin war Daniel ja offensichtlich genau so ein Karrieretyp wie Jochen. Vom Regen in die Traufe? Ach was, Daniel war anders!

Er bemerkte sie wenigstens als Frau, das tat so gut. Schon allein dafür lohnte sich die ganze Heimlichtuerei.

„Meine Frau kann nicht schwimmen", gab Daniel eines Abends zu bedenken, als sie wieder einmal Pläne schmiedeten.

„Das trifft sich gut", lächelte Esther. „Unser Schuppen ist übrigens absolut solide gebaut, anderthalbstöckig mit offenem Dachstuhl und wunderbar dicken Balken."

Daniel nickte und grinste. „Dann ist es also ausgemacht: nächsten Samstag."

Auch Esther nickte: „Nächsten Samstag. Die Kinder sind bei den Großeltern und ich fange an."

Diesmal küssten sie sich nicht einmal mehr, als sie auseinandergingen. Beide waren viel zu aufgeregt.

Am Samstag darauf fuhr Daniel ins Büro und achtete darauf, dass der Pförtner ihn bewusst registrierte. Das ausgiebige Gespräch über das drückende rheinhessische Sommerwetter erstaunte den Mann zwar, da dieser gelackte Bürohengst ihn noch kein einziges Mal wahrgenommen hatte, aber er bestätigte hinterher Daniels lückenloses Alibi.

Aus einer der letzten noch existierenden Telefonzellen rief er am Abend Esther an. Die lachte erleichtert und berichtete: „Ich habe deine Frau ans Rheinufer bestellt, dorthin, wo auch an so schönen Sommerabenden wie heute kaum Leute sind. Denn natürlich wollte sie hören, was ich ihr über unsere Affäre zu sagen hatte."

„Und jetzt?", fragte Daniel atemlos.

Esther lachte wieder: „Ich habe deine Frau in die Hosen machen sehen vor Angst. Köstlich! Was eine Spielzeugpistole ausrichten kann! Jedenfalls ist sie fast freiwillig in den Fluss gefallen, wo die Strömung am stärksten ist und wo schon öfter Schwimmer ertrunken sind. Ich hoffe, sie finden sie nicht vor Rotterdam wieder. Jetzt bist du dran!"

Daniel joggte in der mittsommerlichen Abenddämmerung am Rhein entlang zu Esthers Haus. Auf Höhe des Strandbades waren noch mehrere Leute unterwegs, aber als er seinen Weg Richtung Rheingewann einschlug, war er mutterseelenallein und gelangte von der Rückseite her bestens an das Haus. Er sah den Mann seiner Freundin im Sessel hängen und starr geradeaus dorthin blicken, wo der Fernseher stehen musste. Esther war mit einer Freundin in die Spätvorstellung im Kino gegangen. Als es endlich völlig dunkel war, schlich Daniel sich ans Haus und klingelte. Jochen, für den Fernsehabend im Jogginganzug, öffnete die Tür einen Spalt breit und fragte unwirsch: „Ja?"

Daniel hatte sich entschlossen, die gleiche Strategie anzuwenden wie Esther: „Guten Abend. Ich bin der Geliebte Ihrer Frau und würde Sie gern endlich mal kennenlernen."

„Hä?" Jochen stutzte.

„Nun lassen Sie mich schon rein, oder soll mich etwa jeder hier sehen?"

„Äh, ja." Verdattert öffnete Jochen die Tür ganz und wies Daniel den Weg ins Wohnzimmer, wo die hundertste Chartshow der Saison über den Bildschirm flimmerte. Daniel ließ sich auf die Polster fallen. „Schöne Einrichtung. Na, Esther hat halt Geschmack", sagte er.

Jochen setzte sich wieder auf seinen Stammplatz in bester Ausrichtung zum Fernseher und stellte den Ton ab. „Wie kommen Sie dazu, zu behaupten, Sie hätten ein Verhältnis mit meiner Frau?", fragte er.

„Ich behaupte das nicht, ich habe es. Und wenn ich Sie hier so sehe, verstehe ich auch sofort, warum. Esther ist eine Klassefrau und Sie hocken sich hier den Hintern vor der Glotze breit. Klar, dass sie sich da irgendwann anders orientieren muss!"

„Raus hier!", schnaubte Jochen wütend.

„Aber wir haben doch gerade erst angefangen, uns kennenzulernen", säuselte Daniel und genoss die Situation ganz plötzlich sehr. „Wann waren Sie eigentlich das letzte Mal mit Ihrer Frau im Bett?", fragte er dann.

„Jeden Abend. Das geht Sie gar nichts an. Hauen Sie ab, bevor ich die Polizei rufe!"

„Jeden Abend, soso. Nacht, Schatz! Rumdrehen und einschlafen, was?"

„Ich sagte ..."

„Ich weiß. Aber warten Sie mal!" Daniel griff in die Tasche seiner Laufjacke und zog einen kleinen Revolver hervor. Jochen hob sofort die Hände.

„Was soll das werden?", fragte er. „Damit kommen Sie doch niemals durch, wenn Sie mich hier abknallen!"

„Stimmt! Deshalb gehen wir jetzt auch in die Küche und setzen uns schön an den Tisch. Esther hat dort schon heute Nachmittag Schreibpapier und Stifte bereitgelegt. Ich diktiere Ihnen den Abschiedsbrief und dann geht's weiter. Los, aufstehen!"

Jochen lief vor Daniel in die Küche. Der ließ zuerst den Rollladen herunter. „Es braucht uns ja nicht jeder gleich zu sehen", meinte er. „So, und nun schreiben Sie mal!"

„Hören Sie auf mit dem Blödsinn! Wollen Sie Geld? Ich hab einen guten Job, ich könnte was von der Bank holen."

Daniel schüttelte den Kopf: „Nicht nötig. Esther erbt das sowieso alles und ich kriege Esther samt dem ganzen Geld. Ist doch viel praktischer so!"

Jochen begriff ganz langsam den Ernst der Lage und begann zu schwitzen. Natürlich war der Jogginganzug eigentlich auch viel zu warm für einen Sommerabend. Was hatte dieser Typ vor? Wollte der ihn mit dieser winzigen Damen-Waffe wirklich erschießen?

„Geliebte Esther", begann Daniel zu diktieren.

„Was?"

„Nun schreib schon, du Hänger!", regte sich Daniel auf und fuchtelte mit der Pistole vor Jochens Nase herum. Jochen notierte wie befohlen, dass er nicht mehr könne, dass er sie aber alle sehr liebe, dass sie ihm nicht böse sein sollten, dass ihn aber der Alltag auffresse und er keinen anderen Ausweg mehr sehe.

„Welchen Ausweg?", fragte er.

Daniel warf den Kopf in den Nacken und stöhnte: „Eben keinen Ausweg, du Flachpfeife! Los, schreib irgendwas drunter, was du immer schreibst, dein Hasenbärchen, was weiß ich!"

„Ich schreibe Esther nicht."

„Dann erfind was, du Depp!"

Jochen schrieb in seiner Verzweiflung „Dein dich liebender Ehemann" und legte den Kugelschreiber ab. Daniel überflog den Text noch einmal und grinste: „Okay! So dachte ich mir das. Dann lass uns mal gehen!"

„Gehen? Wohin?"

„Wir gehen jetzt schön unauffällig durch den Garten in den Schuppen."

„Wollen Sie mich dort erschießen?", fragte Jochen und riss die Augen auf.

„Nicht fragen, gehen!", kommandierte Daniel und drückte seinem Kontrahenten die Waffe zwischen die Rippen. Er wusste, dass im Schuppen gleich rechts auf dem Regal in Augenhöhe das dicke Abschleppseil lag. Er zischte: „Stehenbleiben, an die Wand gucken und nicht bewegen!", streifte sich die in der anderen Tasche der Laufjacke mitgebrachten Latex-Handschuhe über und griff nach dem Seil. Er warf es über den mittleren Querbalken der Dachkonstruktion. Wie man einen Henkersknoten band, hatte er mühelos auf Wikipedia herausgefunden und die ganze Woche über heimlich geübt, sodass jetzt alles schnell und bestens gelang. Jochen stand mit dem Kopf zur Schuppenwand und zitterte bedrohlich.

„Wenn du mir umkippst, bevor wir diesen Spaß hier durchgezogen haben, muss ich dich doch noch erschießen!", brummte Daniel und stellte einen Hocker unter die wirklich filmreif schön geknüpfte Schlaufe. „Komm her und stell dich auf den Stuhl!", befahl er dann.

Jochen drehte sich um und wurde noch blasser, als er ohnehin schon war. „Das können Sie nicht machen!", bettelte er. „Was habe ich Ihnen getan?"

„Mir? Nichts. Aber Sie langweilen Ihre Frau. Und ich will kein Geld dafür ausgeben, mit Esther ins Hotel zu gehen, wo sie doch so ein schönes Zuhause hat. Ich mein', das Schlafzimmer werden wir bestimmt noch umgestalten, damit wieder Pep da rein kommt, aber das sind Peanuts."

Jochen traute sich nicht, den Kopf zu bewegen, als Daniel ihm das Seil überstreifte.

„Los jetzt, aufsteigen, oder ich schieße doch noch!"

Jochen stand mit gesenktem Kopf vor dem Hocker. Kaum hörbar floss und tropfte sein Urin im linken Hosenbein nach unten, der Stoff färbte sich langsam dunkel.

„Ich fass' es nicht! Jetzt pisst der auch noch! Mann, aufsteigen, bevor ich abdrücke!"

„Aber ich habe Kinder!"

„Ich auch! Los, rauf da!"

Schließlich resignierte Jochen und stieg umständlich auf den wackligen Hocker. Dann aber konnte er sich aufrichten, wobei Daniel das Seil straff zog und an einem seitlichen Balken festknotete. „Noch ein letzter Wunsch?", fragte er grinsend, aber Jochen konnte nicht mehr antworten, denn beinahe im selben Moment verlor er das Gleichgewicht und fiel vom Hocker. Es knackte kurz und deutlich, als ihm das Genick brach. Daniel sah nicht mehr hin, sondern nahm den Revolver, den er zwischenzeitlich auf einen alten Blumenkasten gelegt hatte, und steckte ihn zurück in die Laufjacke. Er löschte das Licht im Schuppen und bemerkte erst auf dem Rückweg, wie praktisch es doch war, dass nicht nur der Boden im Schuppen, sondern auch der Weg vom Haus dahin gepflastert war und es keinerlei Fußabdrücke geben würde. In der Küche nahm er den Abschiedsbrief mit einem Geschirrtuch auf und legte ihn dekorativ mitten in die Diele. Seine Fingerabdrücke konnte man ruhig finden, nur eben nicht an Dingen, die mit Jochens Tod zusammenhingen, hatte er sich überlegt. Dabei waren sie ja sowieso noch nicht registriert. Aber falls man doch irgendwie auf ihn kommen sollte, wollte er schon ein wenig Sicherheit. Er atmete tief durch und streckte sich ausgiebig, bevor er aus dem Haus schlüpfte und in der Dunkelheit wieder in Richtung Rheinufer verschwand. Bevor er zum Duschen nach Hause lief, warf Daniel einige Münzen in den Schlitz des öffentlichen Telefons am Strandbad. „Darling, es ist alles erledigt. Er hängt im Schuppen, falls du ihn suchst. Dein Alibi ist doch hoffentlich perfekt?"

„O ja", kicherte Esther in ihr Handy. „Ich war in Mainz im Kino, danach in der Altstadt noch in einer Weinstube und jetzt machen wir uns auf den Heimweg. Ich liebe dich, ich danke dir!" Und damit unterbrach sie die Verbindung.

Erst weit nach Mitternacht kehrte Esther heim, und da sie gemeinsam noch einen Absacker trinken wollten, hatte sie ihre Freundin Steffi überredet, sie zu begleiten. Als sie die Haustür öffneten, fanden sie einen Brief auf dem Fußboden. Esther bückte sich nach dem Papier und las: „Nein, was für ein Blödsinn! Das hat er sich bestimmt komplett selbst ausgedacht", sagte sie und reichte ihrer Freundin das Blatt. „Dann wollen wir mal gucken, ob wir ihn finden", meinte die bloß. Draußen im Garten, noch bevor sie die Schuppentür ganz geöffnet hatten, fragte Esther: „Hast du dein Handy an?" Die andere nickte stumm. Dann machten sie Licht in der Hütte und betrachteten sich den baumelnden Jochen. „Okay, ich ruf dann mal die Polizei an."

„Mach das, Steffi! Ich lasse mir so lange einfallen, wie ich möglichst mitgenommen aussehe, bis die Kripo kommt."

Als die Mainzer Kriminalpolizei vor Ort war, wunderte man sich über den völlig überraschten Gesichtsausdruck, den Jochen auch im Tod noch zeigte. „Als wäre er erstaunt darüber, dass der Hocker tatsächlich umkippen konnte", sagte eine Frau, die sich Esther und Steffi als Hauptkommissarin vorgestellt hatte. Man stellte den beiden eine Menge Fragen, aber mit Rücksicht auf den eben erlittenen Verlust wurde vereinbart, das Gespräch am Folgetag fortzusetzen. Erst spät zogen auch die Leute von der Spurensicherung ab. So konnte Esther Daniel erst jetzt anrufen. „Gib mir mal dein Handy, das ist sicherer", sagte sie zu Steffi.

„Es hat alles geklappt, du hast ganze Arbeit geleistet. Können wir uns treffen?", fragte sie in das Telefon. Daniel wollte sich natürlich gern treffen, jetzt, wo die Bahn frei war. Obwohl sie vorerst noch heimlich zu Werke gehen mussten. „In einer halben Stunde am Bismarckturm. Ganz oben drauf. Bis gleich, ich freu mich!"

„Was willst du um diese Zeit im dunklen Wald? Noch dazu oben auf dem zugigen Turm? Der ist doch eh zu um diese Uhrzeit." Daniel hatte sich eindeutig ein lauschigeres Fleckchen zum Treffen erhofft.

„Daniel, ich hab den Schlüssel. Und frag bloß nicht, woher! Nun jammer nicht! Wir haben eine laue Sommernacht und der Schampus ist gekühlt."

Also stimmte er zu und Esther beendete das Telefonat. „Los geht's!", sagte sie zu Steffi. Die Frauen stiegen in Steffis Auto und fuhren aus der Stadt hinaus und auf die Anhöhe, von der aus man prospektreif über Ingelheim und die Rheinebene sehen konnte. Selbst nachts, denn tausende Lichter erhellten das Tal. Das Schloss an der alten Tür ließ sich ganz leicht knacken. Flüsternd und kichernd stiegen die Freundinnen die zahlreichen Stufen im Turm nach oben und warteten auf Daniel.

Zuerst tauchte nur sein Kopf aus der Wendeltreppe auf der

Plattform des Turms auf. Er blickte auf vier Schuhe statt der erwarteten zwei, stieg schnell drei weitere Stufen hoch und wäre fast gestolpert, als er sah, zu wem die Beine gehörten: „Steffi? Aber das kann doch gar nicht ...!", und vor Schreck taumelnd und nach Luft schnappend musste Daniel sich am Geländer festklammern. „Du bist doch ... Du lebst?", fragte er. Doch Männer wie Daniel bekamen sich schnell wieder in den Griff, stellten beide Frauen fest. Offensichtlich wollte er das Beste aus der Situation machen: „Na so was! Da freue ich mich aber, dass es dir gut geht."

„Heuchler!", zischte Steffi.

„Nein nein, ich bin ja so froh! Aber so ein Zufall, euch beide hier zu sehen! Steffi, also das hier ist Esther, die ist auch beim Lauftreff."

„Ich weiß."

Nun dämmerte es Daniel, dass das Zusammentreffen beileibe kein Zufall war: „Ihr kennt euch?"

Steffi lachte. „Das hättest du nicht erwartet, nehme ich an. Macht nichts. Ich bin auch nur hier, um dich davon zu überzeugen, dass es das Einfachste ist, wenn du freiwillig springst."

„Springst?" Daniel verstand gar nichts.

„Na, von hier oben nach da unten, mein Lieber!"

„Esther, kannst du mir das erklären?", fragte Daniel.

„Ich kann, aber Lust habe ich dazu eigentlich nicht. Steffi hat schon recht: Spring einfach, dann hast du all deine Probleme gelöst!"

Mit diesen Worten zog sie ihre Pistole aus der Handtasche und hielt sie Daniel auf die Brust. „Wenn du jetzt nicht springst, verbringst du dein Leben hinter Gittern, und das willst du doch bestimmt auch nicht. Überleg mal, was die anderen von dir denken, wenn du als Mörder eingebuchtet wirst! Da ist ein Freitod wegen einer unglücklichen Liebe oder so viel edler."

Daniels Stirn zerfurchte sich immer tiefer. „Wieso sollte ich als Mörder festgenommen werden?"

Steffi grinste: „Okay, er will's nicht anders! Dann bekommst du halt doch alles zu hören, bevor du den Abflug machst. Esther, fängst du an?"

Esther begann beim ersten Termin des Lauftreffs: „Ich habe gleich gewusst, dass du ein ganz besonderer Mann bist, und ich war sofort ein bisschen verliebt in dich."

Daniel lächelte, doch Esthers Gesicht blieb hart. „Unsere Pläne waren wirklich ausgereift. Es hätte auch durchaus etwas mit uns werden können, bis dann der Mainz-Marathon kam. Als du mir zugeraunt hast, dass deine Frau am Straßenrand steht, und ich sie gesehen habe, ist mir plötzlich abwechselnd heiß und kalt geworden, mein Kreislauf hat durchgedreht, ich wäre beinahe umgefallen. Vielleicht erinnerst du dich. Du hattest nie zuvor den Namen deiner Frau genannt. Und nun hatte ich sie gesehen: Die Frau am Straßenrand war eindeutig Steffi gewesen, meine beste Freundin aus der Schulzeit, die ich seit Jahren völlig aus den Augen verloren hatte. Steffi, die wild entschlossen gleich nach dem Abi völlig allein eine Weltreise mit dem Rucksack angetreten hatte. Damals konnte man noch nicht aus jeder Buschhütte Mails verschicken und so hatte ich, mittlerweile zum Studium nach Berlin gezogen, nicht mehr mitbekommen, was aus Steffi geworden war. Zu den Klassentreffen war ich sowieso nie gegangen: Anfangs hatte ich keine Lust gehabt, später kamen erst der Beruf, dann die Kinder dazwischen. Und nun stand Steffi einfach so am Straßenrand und winkte ihrem Mann. Meinem Daniel."

Daniel wollte etwas sagen, doch Steffi bremste ihn rüde mit einem Stoß vor die Brust. „Ruhe! Jedenfalls hat Esther danach Kontakt zu mir aufgenommen. Da erst habe ich erfahren, dass ich einen Putzfimmel habe, völlig unansehnlich bin und als brütende Glucke zu Hause hocke und mir ein feines Leben auf deine Kosten mache. Du Schwein, du! Und dass ich nach den Kindern etwas mehr auf den Hüften habe, das ist leider die Folge von zweimal fünf Minuten Sex, bei dem auch nur du deinen Spaß hattest. Zum Glück waren Esther und ich uns sehr schnell einig, dass nicht die Nicht-Läufer in unseren Ehen das Problem waren, sondern schlicht und einfach die beiden Männer. So waren wir heute", sie blickte auf die Uhr, „nein, gestern, gemütlich am Rheinufer spazieren. Das hättest du wohl gern gehabt, dass Esther mich in den Fluss schubst! Aber wie zielsicher du Jochen umgebracht hast, Kompliment! Und genau deshalb springst du jetzt bitte da runter!"

Daniel schnaubte vor Wut. Er war hintergangen worden! „Gar nichts werde ich tun!", brüllte er wütend. Doch der Lauf der Pistole, der sich wieder hart gegen sein Brustbein drückte, ließ ihn verstummen. Flach atmend fragte er: „Ist das deine Waffe, Esther?"

„Du meinst die Spielzeugpistole, mit der ich angeblich Steffi bedroht habe? Ich bin doch nicht blöd! Die hier ist echt. Willst du einen Beweis? Dann könntest du aber vielleicht nicht mehr springen und das wäre maßlos schade."

„Spinnt ihr total? Was wollt ihr eigentlich?"

„Nichts weiter als deinen Tod. Als verspätetes Muttertagsgeschenk sozusagen. Und nun mach endlich!" Steffi klatschte mit der flachen Hand auf die glatte Kante des Turms, wie um Daniel anzulocken.

„Ich gehe jetzt!"

„Du gehst, aber bitte von uns. Im Fluge!" Steffi blieb hart.

Daniel auch, und so mussten die beiden Frauen sich dann doch mit einem eiligen Blick abstimmen, sich blitzschnell ducken, Daniel an den Beinen packen und über die Brüstung schieben.

Im Hinabstürzen schrie Daniel noch wie ein Stier, doch kurz

vor dem Aufprall am Fuß des Turms wurde er still, sodass man nur den dumpfen Schlag hörte, mit dem sein Körper auf den Boden donnerte.

In Daniels privatem Computer fand man später mehrere Dateien, die auf schwere Störungen der Persönlichkeit hindeuteten. Das Fragment eines Abschiedsbriefes fand man ebenfalls: Er habe nicht mehr damit leben können, dass er sich in die beste Freundin seiner Frau verliebt habe und nun deren Mann nach dem Leben trachte, der obendrein auch sein bester Freund sei. Falls man ihn, Daniel, tot auffinden solle, habe er vorher Jochen ermordet. Dieser sei im Gartenhaus auf seinem Grundstück zu finden, dort, wo sie beide manchen Abend mit einem guten Wein verbracht hätten.

Dazu passten die Aussagen der beiden Witwen: Die Männer waren jahrelang beste Freunde gewesen, die Frauen sowieso schon seit der Schulzeit eng befreundet. Beide hatten sich nichts dabei gedacht, als Daniel und Jochen nach längerer Zeit mal wieder einen getrennten „Männerabend" beziehungsweise „Frauenabend" vorgeschlagen hatten. Dass solch dramatische Dinge geschehen würden, hatte keine der Frauen jemals für möglich gehalten, denn keine von ihnen hatte auch nur im Entferntesten geahnt, dass Daniel eine unerfüllte Liebe zu Esther hegte, die diese ohnehin nicht erwiderte.

Beide Lebensversicherungen wurden zeitnah ausbezahlt.

Triumvirat
Christian Pfarr

Hochverehrte Exzellenzen, Magnifizenzen, Eminenzen, Prominenzen! Ehrwürdige Spektabilitäten, Nobilitäten und Tollitäten! Wertgeschätzte Honoratioren, Laudatoren, Kommentatoren – und natürlich nicht zu vergessen: Sponsoren! Wenn Sie aus meiner Anrede Ironie und Spott herauszuhören glauben, so darf ich Ihnen versichern, dass Sie mit Ihrer Annahme absolut richtig liegen. Ich muss Sie aber darüber hinaus in Kenntnis setzen, dass Hohn und Spott nach meiner Überzeugung noch das Beste ist, was Sie verdienen, denn die Alternative hieße Schimpf und Schande.

Wir sind hier im Großen Saal des Kurfürstlichen Schlosses zusammengekommen, um meine Ernennung zum Ehrenbürger der Stadt Mainz zu feiern. Während der vorausgegangenen Ansprachen und der ebenso ausführlichen wie schmeichelhaften Laudatio habe ich mich mehr als einmal gefragt: Bin ich das tatsächlich? Bin ich der hier so wortreich gepriesene Bauunternehmer Fridolin Goldberg, von dessen segensreichem Wirken steinerne und gläserne Zeugen an allen Ecken und Enden seiner Vaterstadt künden? Bin ich der feinsinnige Kunstkenner und Mäzen, ohne dessen großherzige Unterstützung das kulturelle Leben der Landeshauptstadt unvergleichlich ärmer wäre? Sind meine Verdienste so groß, dass mein sechzigster Geburtstag als Anlass ausreicht, mich in den Stand eines Ehrenbürgers zu erheben? Und schließlich: Bin ich wirklich willens, diese Ehre – so es denn eine ist – entgegenzunehmen?

Sie sehen: Fragen über Fragen, wo eigentlich eine Dankesrede folgen sollte.

Wer mich kennt, weiß, dass übermäßige Selbstzweifel nicht zu meinen hervorstechenden Charaktereigenschaften gehören.

Meine Skepsis ist deshalb nicht etwa Ausdruck einer tatsächlichen oder kokett behaupteten Bescheidenheit. Vielmehr sehe ich mich angesichts bestimmter Vorfälle in den vergangenen Wochen und Monaten außerstande, die Mainzer Ehrenbürgerschaft vorbehaltlos anzunehmen. Und wenn ich Ihnen eingangs meine Verachtung vielleicht ein wenig undifferenziert zum Ausdruck gebracht habe, so möchte ich im Gegenzug meinen persönlichen Anteil an den ungeheuerlichen Vorgängen, von denen ich hier spreche, weder verschweigen noch kleinreden.

Statt einer Dankesrede erwartet Sie vielmehr eine Mischung aus Beichte und Anklage – und wer weiß: Vielleicht haben wir am Ende sogar ein Verbrechen aufgedeckt. Mir scheint derweil, als würde dem einen oder anderen von Ihnen gerade etwas blass um die Nase. Aber da ich nicht weiß, inwieweit alle hier Versammelten über die Einzelheiten des besagten Falls im Bilde sind, habe ich mich entschlossen, das Was, Wer, Wie und Warum etwas ausführlicher zu erzählen – und zwar buchstäblich von Anfang an.

Ich leite das Bauunternehmen Goldberg in der vierten Generation und darf mit einigem Stolz behaupten, dass es sich um einen der ältesten Familienbetriebe in Mainz handelt. Es war seinerzeit selbstverständlich, dass ich die Firma von meinem Vater übernehmen würde. Keineswegs selbstverständlich war es dagegen, dass man mir erlaubte, meinen Neigungen zu folgen und ein Studium der Kunstgeschichte vorzuschalten. Allerdings bestand mein Vater darauf, dass ich in Mainz studierte, weil ich mich gleichzeitig in die Betriebsabläufe einarbeiten sollte.

Während des Studiums freundete ich mich mit zwei Kommilitonen an, mit denen mich neben dem gemeinsamen Interesse für Kunst auch eine gleichermaßen stark ausgeprägte Vorliebe für – wenn man so burschikos sagen darf – Wein, Weib und Gesang verband. Max Abendgrün war ein Lehrersohn aus

Wiesbaden, bei dem sich bald abzeichnete, dass er eine wissenschaftliche Laufbahn einschlagen würde. Richard Meister entstammte einer Winzerfamilie aus dem tiefsten Rheinhessen und übernahm innerhalb unserer kleinen Gruppe die Rolle des Bohemien. Er betrachtete das Kunstgeschichtsstudium lediglich als Übergangsphase und richtete sich auf eine Weltkarriere als freischaffender Künstler ein. Noch als Student legte er sich den Künstlernamen Rico Rotmeister zu, den er bis zu seinem mysteriösen Tod führte. Und eben dieser Todesfall, der im Übrigen noch gar nicht so lange zurückliegt, brachte mich dazu, bestimmte Dinge zu hinterfragen, Recherchen anzustellen und Schlüsse zu ziehen, die auf so manchen hier im Saal ein alles andere als günstiges Licht werfen.

Aber weiter mit dem Triumvirat – so nannten wir nämlich unseren Drei-Männer-Bund. Nachdem wir gemeinsam diverse Rockfestivals abgetrottet, diverse Joints an bretonischen Stränden geraucht und zwischen der Akropolis und der Augustinerstraße diverse Hektoliter Rotwein vernichtet hatten, endete mein Studium eines Tages beinahe ein wenig überraschend mit dem Magisterexamen und die väterliche Firma nahm mich mit offenen, um nicht zu sagen, gierigen Armen auf.

Max Abendgrün studierte weiter und schrieb eine Doktorarbeit über den Barockmaler Adam Elsheimer, auf den wir noch zu sprechen kommen. Rico Rotmeister gelang es, für einige Zeit in die Klasse von Joseph Beuys aufgenommen zu werden. Er wurde tatsächlich freischaffender Künstler, wenn auch – entgegen seinen Ambitionen – kein zweiter Andy Warhol. Aber so verschieden sich unsere persönlichen Lebenswege auch entwickelten: Mindestens einmal im Jahr unternahm das Triumvirat eine Kurz-Exkursion zu kunstgeschichtlich interessanten Örtlichkeiten oder Events und wir verwandelten uns für drei oder vier Tage wieder in Studenten – ohne Ehefrauen und

Lebenspartnerinnen, dafür mit reaktiviertem Sinn für juvenilen Humor und der Bereitschaft zum Exzess.

Im vergangenen Jahr ging unsere Wallfahrt nach Rom – wie immer organisiert von Max Abendgrün, der bekanntermaßen seit Jahren als Professor für Kunstgeschichte an der Johannes-Gutenberg-Universität lehrt. Anlass war die große Caravaggio-Ausstellung zum 400. Todestag dieses genialen Künstlers. Bei den Gesprächen konnte es gar nicht ausbleiben, dass das Thema auch auf Adam Elsheimer kam, der im selben Jahr wie Caravaggio gestorben war und als bedeutendster – wenn nicht sogar einzig bedeutender – deutscher Maler des Barock gilt. Elsheimer hatte die letzten zehn Jahre seines Lebens in Rom verbracht.

Caravaggio und Elsheimer – zwei Genies zur gleichen Zeit in Rom: was für eine Vorstellung! Wahrscheinlich sind sich die beiden nie begegnet, desillusionierte uns Professor Abendgrün mit leisem Bedauern in der Stimme. Zu unterschiedliche Lebensentwürfe: hier der italienische Sauf- und Raufbold, unstet, impulsiv, immer auf der Flucht und nicht selten in zweifelhaften Kreisen verkehrend – dort der introvertierte, zu Depressionen neigende Deutsche mit der Vorliebe fürs Kleinformat, weshalb ihn sein dem Monumentalen zugeneigter Freund und Kollege Peter Paul Rubens scherzhaft als „Faulenzer" titulierte. Aber was für ein Künstler! Welcher Detailreichtum auf kleinstem Raum – allein die exakte Darstellung des nächtlichen Sternenhimmels bei seinem Gemälde „Die Flucht nach Ägypten", das, wie man heute anhand von Computermodellen rekonstruieren kann, die tatsächliche astronomische Konstellation des römischen Nachthimmels am 16. Juni 1609 gegen 21.45 Uhr wiedergibt.

Schade, dass er nicht den Himmel Rheinhessens gemalt hat, meinte Rico Rotmeister – wenn er doch schon Elsheimer hieß. Er habe tatsächlich rheinhessische, genauer: ins heutige Stadecken-Elsheim verweisende familiäre Wurzeln, bestätigte Abendgrün. Zudem sei nicht hundertprozentig geklärt, ob Elsheimer im Jahr 1578, wie meist angenommen, tatsächlich in Frankfurt oder nicht vielleicht doch im rheinhessischen Wörrstadt das Licht der Welt erblickt habe. Und wenn er später doch noch einmal nach Rheinhessen zurückgekommen wäre?, spintisierte Rotmeister weiter. Einfach nur so, um seine alte Heimat wiederzusehen? Das wäre etwa so wahrscheinlich wie die Vorstellung, dass sich Elsheimer und William Shakespeare in Rom begegnet sind, entgegnete Abendgrün. Es gebe absolut keine Anhaltspunkte dafür und so könne man munter das Blaue vom Himmel herunterphantasieren.

Liebe Festgemeinde, ich weiß nicht mehr, wer an jenem Abend in der Osteria in Trastevere zwischen Pasta, Barolo und reichlich Sambuca die zündende Idee hatte – ich würde mich allerdings zu gerne rühmen, dass ich es gewesen war. Diese Idee, die im Laufe des Abends mit immer mehr Details angereichert wurde, lief darauf hinaus, der Stadt Mainz einen spektakulären Streich zu spielen. In einer abenteuerlich ausgeschmückten Legende wurde zunächst das Zusammentreffen von Adam Elsheimer und Shakespeare in Rom entworfen. Daraufhin eine gemeinsame Reise der beiden nach Rheinhessen und Mainz, wo Shakespeare eine Komödie mit dem Titel „Keep it up, folks!", zu Deutsch: Macht nur so weiter!, verfasst haben soll, die um die Liebeswirren zwischen dem italienischen Prinzen Grimaldo und der Mainzer Bürgerstochter Babettchen während des Mainzer Karnevals kreist. Außerdem soll Elsheimer bei dieser Gelegenheit ein vor der Kulisse des Doms angesiedeltes, für seine Verhältnisse ungewöhnlich großformatiges Gemälde mit dem Thema „Der Tanz ums Goldene Kalb" angefertigt haben. Dieses Bildnis biete nicht nur überraschende Erkenntnisse zur Mainzer Architektur des frühen 17. Jahrhunderts, sondern leiste auch durch die realistische Wiedergabe von Mainzer Bürgern in der Rolle von tobenden Götzenanbetern einen delikaten Beitrag zur Stadtgeschichte. Sowohl Elsheimers Bild als auch Shakespeares Drama gälten als verschollen, würden aber von einschlägigen Experten in geheimen Archiven und Verstecken innerhalb von Mainz vermutet. Dies alles wurde, wie gesagt, in einer lauen römischen Frühlingsnacht von drei alkoholgetränkten Hirnen ausgebrütet.

Womit wir, verehrte Festgäste, wieder zurück nach Mainz kämen. Dort spielte uns, respektive mir, der Umstand in die Hände, dass die Stadt Mainz just zu diesem Zeitpunkt händeringend nach einem neuen Touristik-Konzept suchte und hierfür einen Ideenwettbewerb auslobte.

Zunächst zauberte Professor Abendgrün einen ihm angeblich über dunkle Kanäle zugespielten Brief Elsheimers ans Tageslicht, in dem der Maler in holprigem Italienisch von einem „poeta e commediante" schrieb, mit dem er sich angefreundet hätte. Dieser „Guglielmo Inglese" aus der „città di Londra" habe ihn gebeten, ihn auf seiner Rückreise nach England bis an den Rhein zu begleiten und ihm dort als Dolmetscher behilflich zu sein.

Selbstverständlich bekam kein Mensch diesen Brief je zu Gesicht und Abendgrün begnügte sich damit, einige Zitate aneinanderzureihen und in einen reichlich vagen Sinnzusammenhang zu stellen, wobei er auch beiläufig das Gerücht erwähnte, dass Elsheimer tatsächlich noch einmal für kurze Zeit nach Rheinhessen zurückgekehrt sei und dort den „Tanz ums Goldene Kalb" gemalt habe. Dies werde aber von seriösen Wissenschaftlern als Hirngespinst abgetan.

Abendgrüns kleiner Aufsatz erschien im Mainzer Stadtmagazin „Babbel Gamm". Dieses monatlich erscheinende Hochglanzprodukt, das den meisten von Ihnen bekannt sein dürfte, wird von einem gewissen Ingolf Grau herausgegeben, der es sich notorisch zum Ziel gesetzt hat, das Mainzer Kulturleben aus seiner provinziellen Enge herauszuführen. Bemerkenswert ist in diesem Zusammenhang die Tatsache, dass Graus Lebensgefährtin Chiara Silberer als persönliche Referentin des Kulturdezernenten den aktuellen Zustand des Mainzer Kulturlebens maßgeblich mitverantwortet. Wir kommen noch darauf zurück.

Jetzt schlug Rico Rotmeisters Stunde. Rico lebte recht und schlecht davon, dass er Tapeten- und Serviettenmuster für eine Baumarkt-Kette entwarf, obwohl ihn sein schon seit Studienzeiten berühmtes Talent zur Nachahmung und sein Hang zur Stilkopie zum professionellen Kunstfälscher prädestiniert hätten. Ihm kam nun die heikle Aufgabe zu, das angeblich existierende Bild vom „Tanz ums Goldene Kalb" im Stil Elsheimers zu malen und dann ausschnittsweise im Internet zu lancieren – vorwiegend auf kleineren Foren und Plattformen, die keine unmittelbaren Rückschlüsse auf die Urheberschaft zuließen, auf die man aber mit Suchbegriff-Kombinationen wie „Mainz" und „Kultur" und „Stadtgeschichte" unweigerlich stoßen musste.

Sowohl Abendgrüns Beitrag im „Babbel Gamm" als auch Rotmeisters kryptische Detailansichten im Internet lösten in Mainz zunächst keine große Resonanz aus – außer bei Ingolf Grau, der, wie insgeheim erhofft, sofort Witterung aufnahm. Es dauerte nur wenige Tage und Grau brachte mit grellen publizistischen Fanfarenstößen eine kühne Vision von Mainz als Shakespeare-Stadt in den Ideenwettbewerb zur Tourismusförderung ein: Ausstellungen, Führungen, Aufführungen, der „Sommernachtstraum" im Botanischen Garten der Universität, „Julius Cäsar" im Römischen Theater, „Macbeth" zwischen den Frachtcontainern des Zollhafens, „Romeo und Julia" in der Coface-Arena, wobei die Montagues in Mainz 05-Trikots aufzulaufen hätten, die Capulets dagegen in den Farben von Eintracht Frankfurt.

Das Triumvirat brauchte ab jetzt nichts weiter tun, als sporadisch neue Informationen über Shakespeares und Elsheimers angebliche Reise nach Mainz zu streuen und abzuwarten, was Eitelkeit, Großmannsucht, Realitätsverlust und Kleingeisterei daraus machen würden – und ich darf vorwegnehmen, dass hier ganze Arbeit geleistet wurde.

Meine lieben hier versammelten Freunde und auch Nicht-Freunde! Ich spüre, dass sich unter Ihnen eine gewisse Unruhe breitmacht und sich in den hinteren Reihen erste Absatzbewegungen abzeichnen. Ich möchte Sie aber herzlich bitten, noch zu bleiben, denn das Beste kommt ja erst!

Ich spreche wohl ein offenes Geheimnis aus, wenn ich Ihnen gestehe, dass ein großer Teil des Umsatzvolumens des Bauunternehmens Goldberg Auftraggebern zu verdanken ist, die man gemeinhin mit dem Attribut „stadtnah" in Verbindung bringt. Daraus können Sie auf eine gewisse Nähe meinerseits zu bestimmten Personen und Institutionen schließen, die bei der Entscheidungsfindung für den besagten Ideenwettbewerb ein wichtiges Wörtchen mitzureden hatten. Aufgrund dieser persönlichen Vernetzung blieb ich immer auf dem Laufenden, was den jeweiligen Stand der Dinge hinter den Kulissen der Kommunalpolitik betraf.

Bisher war alles ein von drei grauhaarigen Buben ausgeheckter Studenten-Ulk gewesen, dessen Verselbstständigung Max Abendgrün, Rico Rotmeister und ich entsprechend genossen. Aber jetzt wurde daraus Ernst – blutiger Ernst, wie ich überzeugt bin.

Ingolf Graus Vorstoß schlug bei den städtischen Entscheidungsträgern ein wie eine Bombe. Seine kruden Ideen wurden ihm förmlich von den Lippen gerissen und quer durch alle Parteien als kreatives und innovatives Konzept gepriesen. Als erstes rief man eine städtische „Arbeitsgruppe Shakespeare" ins Leben, die Graus Vorschläge auf ihre Umsetzbarkeit hin überprüfen sollte. Diese Arbeitsgruppe wurde von Chiara Silberer aus dem Kulturdezernat koordiniert. Die Prüfung ergab, dass Ingolf Graus Konzept auf ganzer Linie überzeugte. Daraufhin wurde dieser von der künftigen Shakespeare-Stadt als Projektleiter eingestellt, der die unter einem etwas angestaubten Image leidende Gutenberg-Metropole in eine goldene touristische Zukunft führen sollte.

Apropos Gutenberg: In Mainzer Lehrerkreisen formierte sich flugs eine Shakespeare-Fördergesellschaft, die sich dafür aussprach, die Gutenberg-Statue gegenüber dem Staatstheater durch ein Shakespeare-Denkmal zu ersetzen und Gutenberg in die Nähe des nach ihm benannten Museums abzuschieben. Außerdem wurde die Gründung einer William-Shakespeare-Gesamtschule angeregt, alternativ die Umbenennung des bisherigen Rabanus-Maurus-Gymnasiums in William-Shakespeare-Lyceum.

Das Amt für Stadtentwicklung schlug vor, das Adenauer-Ufer entlang des Rheins in Shakespeare-Boulevard umzubenennen und durch Aufstellen von bekannten Figuren aus Shakespeares Dramen in eine Art Themenpark umzuwandeln. Stadthistoriker und Heimatforscher, die bisher eher in der zweiten oder dritten Reihe gewirkt und publiziert hatten, traten mit immer waghalsigeren Spekulationen über Shakespeares Aufenthalt in Mainz an die Öffentlichkeit.

Als Professor Abendgrün dem jede Information dankbar aufsaugenden Ingolf Grau den Floh ins Ohr setzte, Shakespeare habe während seines Mainz-Aufenthalts vermutlich in einem Haus in der Gaustraße gewohnt, das heute die Buchhandlung „Shakespeare und so" beherbergt, fand er diese These am nächsten Tag als Sensationsmeldung in der Tagespresse wieder – glücklicher- wie bezeichnenderweise ohne Angabe der Quelle. Eine renommierte Sektkellerei in der Oberstadt erweiterte ihr Sortiment um ein Mixgetränk aus Bier und Kräuterbitter und vermarktete das neue Produkt als Shake's Beer. Und die Fastnachtsvereine einigten sich in einem selten kurzen Prozess auf das Motto für die nächste Kampagne: Ob Julia, ob Romeo/ de Shakespeare macht die Meenzer froh!

Während die ganze Stadt von einem Shakespeare-Fieber geschüttelt wurde, geriet Adam Elsheimer, was das öffentliche Interesse anbelangt, heillos ins Hintertreffen – sehr zum Bedauern von Abendgrün und Rotmeister. Vielleicht machte die Verbitterung darüber, dass sein Engagement und seine handwerkliche Kunstfertigkeit wieder einmal nicht die erhoffte Aufmerksamkeit erfuhren, Letzteren unvorsichtig. Bei den Bildausschnitten im Internet, die mittlerweile auch auf youtube zu sehen waren und in sozialen Netzwerken wie facebook diskutiert wurden, tauchten jedenfalls immer öfter Gesichter auf, die real existierenden Mainzer Politikern und sonstigen Würdenträgern zum Verwechseln ähnlich sahen. So fanden sich beim „Tanz ums Goldene Kalb" die Oberbürgermeisterin als enthemmte Hure, ein hochrangiger Banker als verkniffener Geizhals und der Direktor der Kunsthalle als betrunkener Gaukler dargestellt. Das Goldene Kalb selbst trug unverkennbar Züge eines bekannten Mainzer Fußballfunktionärs. Alle Bildausschnitte waren als Teile von Elsheimers Gemälde deklariert, veröffentlicht von einem gewissen „Jack S. Peer".

Mehr oder weniger verehrte Anwesende, Sie dürfen mir glauben: Es war kein schöner Anblick, als an jenem Tag dieser riesige Heißluftballon mit dem rot-weißen Emblem des FSV

Mainz 05 erschreckend tief über den Dächern des Domgebirges gondelte und dabei ständig an Höhe verlor. Ein Windstoß trieb die offenbar außer Kontrolle geratene Montgolfiere über die Köpfe der vor Schreck aufschreienden Passanten zum Theater hinüber. Der Korb des Ballons knallte an die Glaskuppel des Theaterrestaurants und das Ungetüm trudelte ein Stück zurück, bevor es dann ungebremst auf die Ludwigstraße stürzte. Die rot-weiße Ballonhülle legte sich mit grotesker Eleganz um die Schultern des Johannes Gutenberg-Denkmals von Thorvaldsen. Es sah beinahe so aus, als sei der bislang als größter Sohn der Stadt gehandelte Schwarzkünstler auf dem Weg zu einem Heimspiel der Nullfünfer. Ich schildere Ihnen das alles deshalb so detailliert, weil ich zufällig Augenzeuge dieses Vorfalls war – und deshalb auch als einer der ersten an der Gondel, neben der ein lebloser Körper lag: Rico Rotmeister!

Rotmeister starb zwei Tage später in der Uniklinik, ohne noch einmal das Bewusstsein erlangt zu haben. So spektakulär der Fall als solcher war und in der Tagespresse entsprechend aufgegriffen wurde, so spärlich und vage fielen die Informationen zu dem Getöteten aus. Da wurde von einem „Grafiker aus dem Mainzer Umland" gesprochen, der weder befugt noch in der Lage gewesen sei, einen Heißluftballon zu führen, schon gar nicht ohne erfahrene Begleitung. Der Ballon, so las man, war unter ungeklärten Umständen, aber eindeutig illegal aus einem rheinhessischen Depot entwendet worden und eher zufällig Richtung Mainz getrieben. Zwischen den Zeilen wurde angedeutet, dass es sich wohl um einen Fall von Selbstmord handelte. Und weil kein nennenswerter Sachschaden entstanden war, ließ man die Sache zumindest nach außen hin recht schnell auf sich beruhen.

Anders Max Abendgrün und ich, die beiden verbliebenen Mitglieder des Triumvirats. Wir hatten uns bei Rico Rotmeisters

Beerdigung getroffen und festgestellt, dass man die Trauergäste an zwei Händen abzählen konnte, sich das Interesse an dem Verstorbenen also in engen Grenzen hielt.

Ich hatte in der Zeit zwischen dem Ballonabsturz und Rotmeisters Beisetzung meine Fühler verstärkt Richtung Stadt ausgestreckt und dabei erfahren, dass die Shakespeare-Maschinerie weiterhin auf vollen Touren lief und unter der Ägide von Ingolf Grau am laufenden Meter prestigeträchtige und millionenschwere Projekte ausspuckte. So sollte die vor sich hin dümpelnde Städtepartnerschaft mit Erfurt aufgekündigt und durch die attraktivere Variante Stratford-upon-Avon ersetzt werden. Das Taubertsberg-Schwimmbad wollte man zu einem Eventbad ausbauen, dessen Kulisse sich am Setting des Schauspiels „Der Sturm" orientierte – im Gegenzug für diese Investition sollte der komplette Winterdienst der Stadt Mainz für die kommenden fünf Jahre ausgesetzt werden. Den Mainzer Weinstuben in der Altstadt wurde eine jeweils sechsstellige Summe in Aussicht gestellt, wenn sie sich nach Shakespeare-Figuren umbenennen würden und entsprechende bauliche Veränderungen in Anlehnung an die Architektur eines altenglischen Wirtshauses vornähmen – angeblich kursierte schon eine Namensliste für interessierte Gaststätten-Betreiber: Falstaff's Pub, Hamlet's Inn, King Lear's Tavern. Die hierfür benötigte Summe gedachte Ingolf Grau durch Aufschub von Sanierungsmaßnahmen bei Schulen und städtischen Kindergärten zu erwirtschaften.

Den Vogel schoss jedoch der Plan für einen sogenannten Musical-Dome am Rheinufer unterhalb des Rathauses ab: Hier sollte ein mächtiger Theaterbau entstehen, in dem ausschließlich Musicals gespielt würden, deren Textvorlagen auf Shakespeare zurückgehen, wie zum Beispiel „West Side Story" oder „Kiss Me, Kate". Ingolf Grau ging sogar soweit, dass er die Expertise eines Anglistik-Professors der Mainzer Universität präsentierte, derzufolge Andrew Lloyd Webbers Musical „Das Phantom der Oper" auf der literarischen Metaebene eine Variation von „Othello" darstelle.

Überhaupt war es gleichermaßen aufschlussreich wie erschütternd, zu beobachten, wie sehr die Vertreter des öffentlichen Lebens – von Kunst und Kultur, von Wissenschaft und Wirtschaft, von Medien und der Politik – scheinbar einmütig partei-, interessen-, konfessions- und genreübergreifend Hand in Hand zusammenarbeiteten, um dem großen Ziel zu dienen, obwohl den meisten doch bewusst sein musste, dass sie munter am Zaubermantel für den nackten Kaiser mitwebten. Alle Vorhaben wurden im Eilverfahren durch sämtliche Ausschüsse und Abstimmungen gewunken, keiner erhob Einspruch, jeder wollte dabei sein, wenn dereinst die Dividende verteilt wurde. Alle Fäden liefen aber in den Händen von Ingolf Grau zusammen, der das Projekt „Shakespeare-Stadt Mainz" auf der nächsten Internationalen Tourismus-Börse in Berlin in Glanz und Gloria einer verblüfften Weltöffentlichkeit vorzuführen gedachte.

Verehrte Anwesende! Ich bemerke, dass in den ersten Reihen auffällig häufig auf die Armbanduhr geschaut wird, und verspreche Ihnen, mich so kurz wie möglich zu fassen. Vielleicht lassen Sie Ihren Fahrern, die draußen warten, eine SMS zukommen, dass es noch ein kleines Weilchen dauern wird!

Bei meinen Recherchen im städtischen Unterholz war ich öfters auf den Namen Buddy Blaumann gestoßen, ohne dass ich hätte sagen können, welche genaue Funktion diesem Menschen zukam. Einmal wurde er als Gewährsmann für vertrauliche Informationen erwähnt, ein andermal stand sein Name als Adressat auf einer Überweisung, die der Stadtkämmerer ohne Angabe des Verwendungszwecks veranlasst hatte und deren Kopie wie zufällig in einem Aktenordner landete, dessen Einsicht man mir aufgrund meiner Unternehmertätigkeit gewährte – schließlich sollten nach dem Willen der Verantwortlichen innerhalb der Stadtverwaltung der Umbau des Taubertsbergbads und der Neubau des Musical-Dome wie üblich nicht zum Nachteil der Firma Goldberg ausgeschrieben und vergeben werden.

Blaumann hier, Blaumann dort: ein nützliches Phantom, ein stummer Diener, ein Mann fürs Grobe, der keine Spuren hinterließ – so war jedenfalls mein Eindruck. Klar, dass sich diese städtische Allzweckwaffe in keinem Adress- oder Telefonverzeichnis fand. Blaumann, so wurde mir zugeraunt, war auch derjenige, der anhand der angeblichen Elsheimer-Abbildungen im Internet schließlich die Spur zu Rico Rotmeister zurückverfolgt hatte. Irgendetwas, das spürte die lokalpolitische Kaste, war da faul und man rätselte, was dahinter steckte und was zu tun sei. Die Antwort gab Ingolf Grau, der angesichts der zunehmenden Nervosität seiner kommunalen Partner sein Geschäftsmodell gefährdet sah.

Grau wusste, – wie übrigens viele der hier Versammelten – dass es ein inoffizielles Gremium gibt, das zu bestimmten Zeiten tagt und von dessen Entscheidungen viel für die Geschicke der Stadt Mainz abhängt – unter Umständen sogar mehr als von regulären Ratssitzungen. Zu diesem Gremium gehören hochrangige Mitglieder des Stadtvorstands, Vertreter der Parteien, der Wirtschaftsverbände, der Universität sowie kultureller und kirchlicher Körperschaften. Man trifft sich in der Regel außerhalb der Stadt im bekannten Landgasthof Zum Goldenen Schnitt, der von dem österreichischen Nobel-Gastronomen Edi Silberer geführt wird. Bei diesem handelt es sich, wie Sie richtig vermuten, um den Vater von Chiara Silberer.

Hier wird getafelt und gesoffen, getratscht und getuschelt, gemauschelt und getrickst, gedroht und getauscht – und am Ende sind alle zufrieden. Diese Tafelrunde würde nach dem Willen von Ingolf Grau das Tribunal abgeben, das Rico Rotmeisters Rolle ein für allemal klären und seine andauernden Störfeuer beenden sollte.

Rico stand also der versammelten Stadtprominenz und ihrem selbsternannten Wortführer Ingolf Grau sichtlich amüsiert Rede und Antwort, enttarnte die Elsheimer- und somit Shakespeare-Show als großen Bluff, war aber vorsichtig genug, meine und Max Abendgrüns maßgebliche Rolle aus dem Spiel zu lassen. Im Gegenteil: Rotmeister erklärte Abendgrün zum Opfer, weil er dem ahnungslosen Kunsthistoriker den alles auslösenden angeblichen Brief Elsheimers zugespielt und ihn dadurch auf eine falsche Fährte gelockt habe. Er selbst, Rotmeister, sehe sich nicht als Hochstapler, sondern als heimlichen Helden einer Provinzposse, für deren Auswüchse er nichts könne.

Alles, was danach geschah, muss ich mir selbst zusammenreimen, denn hier endet die Mitteilsamkeit aller Zeugen und Informanten abrupt. Aber wir brauchen nur zwei und zwei zusammenzuzählen: Shakespeare und Mainz war eine Chimäre, das musste auch dem Dümmsten klar werden. Aber dumm, geldgierig und verantwortungslos waren sie eben alle gewesen, alle gemeinsam, und alle wussten das auch von allen. Zuviel war bereits auf dem Weg, als dass man es noch ohne Gesichtsverlust hätte stoppen können. Was war also zu tun? Professor Bömmels Vorschlag aus der „Feuerzangenbowle" aufgreifen und den Schülerstreich als offizielle schulische Anordnung deklarieren? Das konnte man zumindest versuchen – aber: Würde Rotmeister mitspielen?

Liebe Festgäste, ich weiß etwas, was Sie nicht wissen, und ich weiß es von Max Abendgrün, den ich bei der Beerdigung getroffen habe: Rico Rotmeister hat ihn nämlich am Tag nach seiner Vorladung in Silberers Landgasthof angerufen und über den Verlauf des Abends informiert, insbesondere auch über seine Darstellung von Abendgrüns Rolle. Und er sei, das erwähnte er gegenüber Abendgrün, für nachher mit einem gewissen Buddy Blaumann verabredet, der ihm im Auftrag des Gremiums mitteilen werde, wie er sich künftig in der für alle peinlichen Angelegenheit verhalten solle. Das, meine verehrten Anwesenden, ist die letzte Nachricht, die Max Abendgrün und somit auch ich von Rico Rotmeister vor seinem Ableben bekommen haben.

Soll ich Ihnen sagen, was ich vermute beziehungsweise weiß? Fangen wir mit dem an, was ich weiß. Ich darf Ihnen zwar nicht sagen, von wem ich das weiß, aber ich kann Ihnen versichern, dass mein Informant Einsicht in den Obduktionsbefund von Rotmeisters Leiche hatte. Darin steht, dass sich im Blut des Toten eine geringe Menge Lysergsäurediethylamid befand, den Nicht-Chemikern und Nicht-Pharmazeuten unter Ihnen auch unter der Abkürzung LSD geläufig. Das kann man jemandem verhältnismäßig leicht verabreichen, und bis er das merkt, setzt auch schon die Wirkung ein. Nehmen wir mal an – und jetzt beginnen meine Vermutungen –, das Gremium ist gemeinsam zur Überzeugung gekommen, es wäre am besten, wenn Rotmeister für immer schweigen und sein Geheimnis mit ins Grab nehmen würde: Wie nur sollte er in dieses Grab hineinkommen? Da gäbe es freilich den bewährten Buddy Blaumann, der schon so oft die Kartoffeln aus dem Feuer geholt hat ...

Wer nun, frage ich, ist dieser Blaumann überhaupt, wer verbirgt sich hinter diesem Decknamen? Vielleicht einer der hier Versammelten? Ein Bürgermeister, ein Dezernent, ein Professor? Oder ein städtischer Beamter, ein Verwaltungshengst, einer von den Entsorgungsbetrieben? Vielleicht ein käuflicher Kleinkrimineller, ein gescheiterter Student, ein namenloser Ersatzspieler von Mainz 05? Oder mehrere Personen mit unterschiedlichen, aber jeweils nützlichen Spezialbegabungen?

Ganz gleich, wer es ist: Er – oder sie – hat nach meiner Überzeugung Rico Rotmeister ohne dessen Wissen einen LSD-Trip verpasst und in eine Montgolfiere verfrachtet, die dann plangemäß Schiffbruch erlitten hat. Blaumann hat vermutlich auch gewusst, dass sich LSD im Körper eigentlich nur so lange nachweisen lässt, wie die akute Rauschwirkung anhält. Falls er es seinem Opfer beispielsweise in einen doppelten Cognac gekippt hätte, wäre der Alkohol im Blut unter Umständen länger nachweisbar als das Halluzinogen – aber das nur nebenbei.

Wenn meine Vermutung – wovon ich ausgehe – stimmt, braucht sich allerdings keiner unschuldig zu fühlen, nur weil er zufällig nicht Buddy Blaumann heißt: Rico Rotmeisters Tod kam allen gelegen, wurde von allen billigend in Kauf genommen, war letztlich eine von allen beschlossene Sache. Zumindest im moralischen Sinn würde ich auf gemeinschaftliche Täterschaft plädieren – und zwar nicht nur für die eigentlichen Mitglieder der Tafelrunde, sondern auch für die gesamte Mischpoke, für die dieses Gremium gewissermaßen ein imperatives Mandat wahrnimmt – also Sie, wie Sie hier versammelt sind. Sie alle hier tragen auf die eine oder andere Weise Schuld an Rico Rotmeisters Tod – daher meine eingangs geäußerte Verachtung. Sie haben ab jetzt eine gemeinsame Leiche im Keller, machen Sie sich das klar!

Aber Sie erinnern sich, dass ich meine eigene Rolle und somit meine Verantwortung bei alledem nicht verschleiern will. Und deshalb nehme ich – gewissermaßen als Wiedergutmachung – die Mainzer Ehrenbürgerwürde an. Allerdings stelle ich dafür hier und vor Zeugen Bedingungen: Erstens wird die Mainzer Kunsthalle in Rico-Rotmeister-Kunsthalle umbenannt und Rotmeisters Gemälde „Der Tanz ums Goldene Kalb" für alle Besucher sichtbar im Eingangsbereich aufgehängt. Zweitens organisiert und finanziert die Stadt Mainz eine umfassende Ausstellung zum Werk Adam Elsheimers; die wissenschaftliche Federführung hierfür liegt bei Professor Max Abendgrün. Drittens wird es jedem künftigen Stadtschreiber zur Auflage gemacht, während seiner Amtszeit ein Theaterstück im Stil Shakespeares oder mit Bezug zu seinem Werk zu verfassen – dies geschieht, um die Erinnerung an das grandiose Projekt „Shakespeare-Stadt Mainz" wachzuhalten. Viertens: Mit der Annahme der Ehrenbürgerschaft durch meine Person endet dauerhaft die Zusammenarbeit zwischen der Firma Goldberg und stadtnahen Gesellschaften.

Gehen Sie jetzt nach draußen und machen Sie sich über das Büfett her! Aber wundern Sie sich nicht, wenn Ihnen der eine oder andere Bissen im Halse stecken bleibt – betrachten Sie es als eine Art Leichenschmaus für Rico Rotmeister!

Und so soll William Shakerspeare das letzte Wort haben. Ich vermute, dass Sie auf „Ende gut, alles gut" hoffen, aber ich halte mich lieber an Hamlet: „Der Rest ist Schweigen."

Ausgemobbt
Claudia Platz

Nicht Liebe oder Sehnsucht hatte sie zusammengeführt, sondern Hass und das Verlangen nach Rache.

Die verhärmt wirkende Enddreißigerin Carmen und der stille, etwas korpulente Mittzwanziger Sascha hätten auch ein seltsames Liebespaar abgegeben. Doch der gemeinsame Wunsch, es ihrem Peiniger heimzuzahlen, schweißte die beiden mehr zusammen, als jede andere Empfindung es vermocht hätte.

„Tun Sie es nicht. Es wäre ein Fehler", hatte sie zu Sascha gesagt, als sie ihn im Fahrstuhl auf dem Weg zur Dachterrasse abfing. „So bekommt er nur seinen Triumph. Das ist doch gewiss nicht das, was Sie wollen, oder?"

Sascha hatte verstört aufgeschaut. „Wie meinen Sie das?", fragte er sich darüber wundernd, dass sie seine Absicht durchschaut hatte.

„Ich weiß, was Sie vorhaben. Lassen Sie's bleiben. Es gibt bessere Wege als diesen. Wollen Sie einen Rat von mir?", meinte sie, ließ ihm aber keine Zeit zu antworten, denn inzwischen waren sie oben angekommen. Die Fahrstuhltür öffnete sich und für den Bruchteil einer Sekunde wandten sich ihnen die Köpfe der Raucher zu, die sich ihre Mittagspause mit einer Zigarette versüßten. Als sie sahen, dass es nur „die Murscheid" und „der Berger" waren, drehten sie sich rasch wieder ab.

Carmen ignorierte dieses unfreundliche Verhalten, nahm seinen Arm und zog ihn bei Seite. „Man kann lernen wegzuhören", fuhr sie fort. „Stellen Sie ihre Ohren auf Durchzug. Ich tue das schon seit Jahren. Lassen Sie nicht zu, dass er seinen Stachel in Ihr Fleisch bohrt. Seine Sticheleien sind ein schleichendes Gift, das sich unaufhaltsam in Ihrem Körper ausbreitet. Vergessen Sie nach Feierabend einfach den ganzen Mist. Wäre ich Sie, hätte ich allerdings längst den ganzen Bettel hingeschmissen. Ich hab damals den Absprung versäumt und sitz nun hier fest, aber Sie können noch gehen. Ihnen stehen doch alle Türen offen. "

Sascha hörte ihr zu und starrte dabei über die Silhouette der Stadt, ohne Einzelheiten wahrzunehmen. Die Gebäude verschwammen vor seinen Augen zu einem nichtssagenden Konglomerat. Diese Frau hatte leicht reden. Was wusste sie schon? Für ihn gab es diese „offenen Türen" nämlich nicht. Wohin er kam, waren sie verschlossen. Egal wie sehr er sich bemühte, es lief immer auf das Gleiche hinaus, stets stieß er auf eine Mauer der Ablehnung. Er hatte versucht, sie zu durchbrechen, aber es gelang ihm weder mit Freundlichkeit noch mit Aufmerksamkeit, Zurückhaltung, Hilfsbereitschaft oder Humor.

Seine Kindheit und Jugend hatte er in Biebelnheim verbracht, einem rheinhessischen Dorf, das wie so viele seiner Art vor einigen Jahren aus seinem Dornröschenschlaf erwacht war und sich seitdem zu einem ansehnlichen Ort gemausert hatte. In Alzey war er aufs Elisabeth-Langgässer-Gymnasium gegangen und studierte danach BWL in Hohenheim. Sein Lebenslauf unterschied sich auf dem Papier kaum von dem seiner Mitschüler, nur dass seine Grundschulzeit von Kopfnüssen und Hänseleien geprägt gewesen war, denen auf dem Gymnasium handgreiflichere Auseinandersetzung folgten, die ihren Höhepunkt in den Schmähungen per Handybotschaft und im Internet fanden. Das alles setzte sich an der Uni fort, sodass seine Ausgrenzung bis zum Ende seines Lebens vorprogrammiert schien.

Über die Jahre hatte er gelernt, sich unsichtbar zu machen. Doch die anderen kannten kein Mitgefühl. Erbarmungslos spürten sie ihn auf und forderten in ihrer Überlegenheit seine Unterwerfung. Er hatte aufgegeben herauszufinden, welches unsichtbare Mal ihn brandmarkte und den anderen die Legitimation für ihre Unbarmherzigkeit zu geben schien.

Mit seiner ersten Arbeitsstelle in Mainz verknüpfte er die Hoffnung, alles könnte sich ändern. Die Stadt war sein neuer und womöglich letzter Zufluchtsort. Er wollte in sie eintauchen, Teil ihrer lebhaften Clubszene und der vielen Studenten werden, die als aufgeschlossen galten. Doch das Schicksal zeigte sich auch hier unerbittlich und der Neuanfang misslang, wie die anderen zuvor. Wieder wurde er abgewiesen, sodass der klägliche Rest seines Selbstwertgefühls zerbarst wie ein zu Boden fallendes Glas. Seine Verzweiflung begann sich in Todessehnsucht zu wandeln. Vor allem sein neuer Chef nährte diesen Wunsch, der mit jedem Tag wuchs. Gestern hatte er die Entscheidung getroffen, sein Leben heute nach Dienstschluss zu beenden.

Und jetzt kam diese fremde Frau und versuchte ihn davon abzuhalten. Sie war in sein Inneres eingedrungen und hatte in seinen Gedanken gelesen. Er fühlte sich ertappt und bloßgestellt, denn sie waren das Einzige, von dem er geglaubt hatte, dass sie noch uneingeschränkt ihm gehörten.

Sie harrte neben ihm aus und schien auf eine Antwort zu warten. Ihre Gegenwart befremdete ihn zwar, aber sie machte ihm auch bewusst, dass es hier zumindest einen Menschen gab, dem er nicht gleichgültig war. Dieser Gedanke tröstete ihn und er schaute sie das erste Mal richtig an.

Eigentlich sah sie ganz nett aus. Etwas müde und abgespannt vielleicht und ein bisschen zu mager. Und obwohl er sie nicht kannte, fasste er zaghaftes Zutrauen. Sascha spürte die tiefer liegenden Schichten unter ihrer unscheinbarer Oberfläche auf. Hinter dem stumpfen Violett ihrer Iris verbarg sich Vorsicht. Ihre Haltung mit den leicht nach vorn gebeugten Schultern und den hochgezogenen Achseln verriet einen Menschen auf der Hut. Ihre zittrigen Hände zeugten von Anspannung. Er erinnerte sich an ihren Gang, der das ausholende Federn selbstbewusster Frauen vermissen ließ. Sie trug kaum Make-up und kein Parfüm. Ihre Kleidung und ihre Frisur machten sie um Jahre älter. In ihr erkannte er sich. Genau wie er wollte auch sie nicht die Aufmerksamkeit der anderen auf sich ziehen und hatte sich den Tarnmantel der Unscheinbarkeit übergezogen.

Carmen Murscheid hielt seiner Musterung stand. Sie fand, dass er ein Recht darauf hatte, sich ein Bild von ihr zu machen, so wie sie sich eines von ihm gemacht hatte. Schon seit Längerem hatte sie ihn beobachtet und schließlich seine zerbrechliche Hülle durchbohrt, unter der sie seine Einsamkeit aufspürte. Wie sehr er sich auch anstrengte, seine Unsicherheit konnte er nicht verbergen. Seine kleinen und großen Gesten der Unterwerfung bis zur Selbstaufgabe waren ihr quälend vertraut. Sein Bemühen, nicht anzuecken, betrübte sie in dem Maße wie seine Versuche, sich gegen die Ausgrenzung zu wehren, Schmerz in ihr hervorriefen. Auch sie war nie über die ihr entgegengebrachte Missachtung hinweggekommen, ertrug sie aber weiterhin geduldig.

Anfangs beschied sie sich mit der Rolle der neutralen Beobachterin und zog aus ihren Betrachtungen sogar eine gewisse Kraft, weil er die Aufmerksamkeit von ihr weg hin auf sich lenkte. Ungewollt war er zu ihrem Blitzableiter geworden, da die anderen ihre Gehässigkeiten nun nicht mehr allein über sie ausgossen. Zugleich empfand sie aber auch Scham, weil sie ihm ihren Beistand verwehrte. Als sie jedoch den Abgrund erkannte, auf den er zusteuerte, beschloss sie zu handeln. Er durfte nicht ein Opfer seines gefräßigen Herrn und seiner willfährigen Diener werden. Auch wenn es ihr schwerfiel, war es Zeit, ihre Deckung zu verlassen.

„Wollen Sie nachher mit mir etwas essen gehen? Ganz ohne Hintergedanken", fügte sie rasch hinzu, als sie sich des Altersunterschieds bewusst wurde.

Sascha Berger nickte. Das war die erste „Verabredung", seit er hier lebte. „Auf was haben Sie denn Lust?", fragte er.

„Italienisch", antwortete sie schnell und nannte ein Lokal. „Kennen Sie es? Es liegt in der Altstadt."

„Ich werde es schon finden. Um sieben?", meinte er zaghaft.

„Gern."

Nun saßen sie sich gegenüber und tasteten sich ab, zuerst mit Blicken dann mit Worten. Dabei waren sie vorsichtig, denn keiner wollte eine Wunde aufreißen, die andere zuvor geschlagen hatten.

Sascha wagte den entscheidenden Vorstoß. „Ohne Sie säße ich jetzt nicht hier", gab er unumwunden zu.

„Sondern wären von der Theodor-Heuss-Brücke in den Rhein gesprungen?", mutmaßte sie kühn.

„Eher von der Dachterrasse unserer Firma", entgegnete er und senkte beschämt die Lider.

„Wie melodramatisch und wie sinnlos! Glauben Sie mir, es hätte ihn nicht die Bohne geschert! Ganz im Gegenteil, er würde nur Genugtuung empfinden."

Mit „ihn" meinte sie Frank Gosswald, ihren aalglatten, hundsgemeinen Vorgesetzten.

„Sie waren vorhin sehr freundlich. Das hat mir richtig gut getan und mich daran erinnert, dass es auch noch nette Menschen gibt. Ich dachte schon, ich habe Aussatz", versuchte er zu scherzen.

„Den haben Sie auch", belehrte sie ihn eines Besseren. „Doch nicht so, wie Sie denken. Es liegt allein an Gosswald."

„Warum? Er kennt mich doch praktisch nicht, was kann er da gegen mich haben?", rätselte er.

Carmen entfuhr ein hartes Lachen. „Er hat Sie vorverurteilt und Sie werden von ihm nie eine Chance erhalten. Zugegeben, an Ihrem Erscheinungsbild ließe sich etwas feilen und Sie wirken gehemmt, aber das ist nicht der Grund für sein Verhalten. Seine Abneigung beruht darauf, dass Sie deutlich jünger sind als er und zudem einen super Abschluss haben, der Ihnen diesen Posten bescherte. Er wollte das unbedingt verhindern, kam aber gegen den Hauptgeschäftsführer nicht an. Das nimmt er nun persönlich und hat dich deshalb zu seinem Intimfeind erklärt. Er fürchtet, du könntest ihn überholen, und greift deshalb zu unlauteren Mitteln, in der Hoffnung, du kapitulierst und beinah wäre seine Kalkulation ja auch aufgegangen."

Sie war unvermittelt ins „Du" gewechselt, was ihn nicht störte, denn es machte sie irgendwie zu Verbündeten.

„Aber was ist mit den anderen Mitarbeitern? Warum stellen die sich gegen mich?"

„Das liegt allein an ihm. Er stachelt sie gegen dich auf, denn er hat nicht nur Angst vor deiner Konkurrenz, sondern auch davor, dass sie dich mögen könnten. Darum hat er dich, noch bevor du deinen ersten Arbeitstag hattest, zum Abschuss freigegeben. Und seine Erfüllungsgehilfen springen, wenn er es sagt. Sie bangen um ihre hart erkämpften Pfründe. Ein Gosswald schenkt einem nämlich nichts. So einfach ist das", stellte sie sachlich fest.

Obwohl Sascha das gar nicht „so einfach" fand und diese Neuigkeit erst einmal verdauen musste, fragte er sich, wie die farblose Assistentin der Geschäftsleitung in Gosswalds Beuteschema passte.

Ihr war sein Grübeln keineswegs entgangen. „Du wunderst dich sicher gerade, wie ich zu seinem Opfer wurde?"

Im Gedanken erraten war sie wirklich gut. Er blieb ihr die Antwort schuldig, weil er sich ertappt fühlte, deutete aber ein Nicken an.

„Neid ist nur eine seiner unangenehmen Eigenschaften. Er ist zudem machtbesessen und einer der Typen, die ihre Daseinsberechtigung daraus beziehen, dass sie andere erniedrigen, um sich selbst zu erhöhen. Er geilt sich auf, wenn er dir seinen Fuß in den Nacken stellt. Und das meine ich nicht nur metaphorisch", äußerte sie voll Bitterkeit.

Sie verschwieg Sascha die Unterwerfungsspiele, die Gosswald während ihrer mehrjährigen Affäre von ihr verlangt und von denen sie anfangs geglaubt hatte, sie gehörten zu der ganz großen Liebe dazu. Damals war sie naiv und unerfahren gewesen. Heute würde sie das gern ungeschehen machen und alles vergessen. Doch selbst nach mehr als zehn Jahren spürte sie noch heute seinen stierigen Körper, wenn er sich in ihr befriedigte.

Irgendwann hatte sie einmal die Kraft aufgebracht und den Schlussstrich gezogen. Sie wollte sogar die Firma verlassen, nur ließ er sie nicht gehen. „Ich habe schöne Fotos von dir, nackt, bemalt wie eine Nutte und angekettet wie ein Hund auf dem Bett in meinem Wochenendhaus. Was glaubst du, wird passieren, wenn ich die deinem neuen Chef anonym zukommen lassen? Dann kriegst du höchstens das Angebot eines Pornoproduzenten, aber nichts Seriöses mehr", hallte seine Drohung ihr immer noch in den Ohren.

Also war sie geblieben, hatte ihm weitergedient, bis er ihres Körpers überdrüssig geworden war. Ihren Bitten, sie endlich freizugeben, begegnete er stets mit Hohn. Stattdessen drangsalierte er sie weiter mit Worten, die verletzender waren als jedes Messer. Einmal hatte sie versucht, mit Schlaftabletten zu entkommen, war aber gerade noch rechtzeitig gefunden worden. Danach war er sich seiner Macht über sie erst recht bewusst gewesen und alles wurde noch schlimmer.

Ihr Mienenspiel verriet mehr als ihr lieb sein konnte, was Sascha peinlich berührte. „Wie stehst du das eigentlich durch?", erkundigte er sich voller Anteilnahme.

„Dank meines Arztes und meines Apothekers. Morgens eine Pille, die mich aufheitert, abends eine, die mich einschlafen lässt."

„Das ist doch keine Lösung! Das treibt dich doch nur in die Abhängigkeit!", empörte er sich.

„Ich weiß, aber wen kümmert's? Anders ertrag ich das alles

nicht. Nenn mir eine bessere Lösung, aber nicht die, die du heute in Erwägung gezogen hast."

„Mein Opa sagte immer: Wenn du ein Problem hast, reiß es mit der Wurzel raus. Er war Zahnarzt!"

„Es gibt aber keine so große Zange, die diesen faulen Zahn ziehen könnte", äußerte sie und widerstand der Versuchung, ihn zu fragen, warum er sich Opas Spruch nicht zum eigenen Lebensmotto erkoren hatte. Dann würde es ihm entschieden besser gehen. „Also sag schon, hast du einen Vorschlag Gosswald betreffend?", hakte sie nach, während sie sich ihren Spaghetti mit Meeresfrüchten widmete.

„Ohne ihn wäre doch wahrscheinlich alles in Ordnung, oder?", gab er zu bedenken.

„Das könnte man annehmen."

„Dann sollten wir ihn mundtot machen", schlussfolgerte er.

„Das klingt logisch!"

„Es darf uns aber niemand damit in Verbindung bringen."

„Völlig richtig."

„Und die Maßnahme muss effektiv und endgültig sein", meinte er, während er sein Steakmesser anstarrte und die kleine Blutlache beobachtete, die sich unter dem Fleischstück sammelte.

Carmen ließ die Gabel sinken. „Du denkst doch nicht an einen tödlichen Unfall oder etwa an Mord? Wobei ich ihm mehr als einmal die Pest an den Hals gewünscht und mir auch schon die ein oder andere spezielle Todesart für ihn ausgedacht habe. Aber Wunsch und Wirklichkeit klaffen weit auseinander", flüsterte sie.

„Es muss ja nicht gleich Mord sein! Dafür fehlt es uns sowieso an Professionalität und außerdem ist das Risiko zu hoch. Aber ein hübsch inszenierter Unfall wäre doch ganz nett. Der ist leichter zu bewerkstelligen und erregt keinen Verdacht, vorausgesetzt wir stellen es geschickt an."

„Und genau darin liegt der Knackpunkt. Ich bin nämlich ein

richtiger Tolpatsch", meinte sie. „Gib mir ein Werkzeug in die Hand und ich verletze mich unter Garantie, noch bevor ich es überhaupt benutzt habe. Wir müssen uns also etwas Anderes überlegen, wenn wir wollen, dass er uns ein für alle Mal in Ruhe lässt", brachte sie es auf den Punkt, während sie eine weitere Ladung Spaghetti mit ihrer Gabel aufdrehte.

Die langen Nudeln erinnerten sie an Fesseln und weckten unvermittelt die Erinnerung an seine perversen Liebesspielchen. Das brachte sie auf einen amüsanten Gedanken. Mit einem Lächeln, das sie um Jahre jünger machte, legte sie das Besteck hin. „Ich hätte da so eine Idee. Vielleicht können wir ihn sogar vom vorzeitigen Ruhestand überzeugen, und das, ohne dass wir uns großartig die Hände schmutzig machen müssten. Dabei werden wir allerdings die Grenzen des guten Geschmacks überschreiten und du müsstest mir helfen. Bist du zu beidem bereit?"

„Um ihn loszuwerden, ist mir jedes Mittel recht!"

Zwei Wochen später

Es war Samstagabend und Carmen und Sascha saßen beim gemeinsamen Abendessen im Bastenhaus bei Dannenfels. Sie hatten in dem Hotel für die Nacht zwei Zimmer gebucht, denn von hier waren es nur wenige Kilometer bis zu Gosswalds „Wochenendresidenz" in Falkenstein. Bereits am späten Nachmittag hatten sie dem Haus einen kurzen Besuch abgestattet und gewisse Maßnahmen in die Wege geleitet. Für Carmen war es ein Leichtes gewesen, eine Kopie des Türschlüssels anfertigen zu lassen, denn ihr Chef verwahrte ihn immer in dem Teil seines Schreibtischs, zu dem sie freien Zugang hatte.

„Und du weißt genau, dass er zuerst seinen Cognac trinkt, wenn er ankommt?", vergewisserte sich Sascha.

„Das ist so sicher wie das Amen in der Kirche. Mit dem Glas in der Hand hockt er sich vor die Glotze."

„Wie hast du ihn überhaupt hierhergelockt, ohne dass er Verdacht schöpfte?"

„Ich hab meine Stimme verstellt und mich als seine Geliebte ausgegeben, die sich an diesem Wochenende unbedingt mit „Brummbärchen" treffen will. Sie haben sich seit drei Wochen nicht gesehen und er war so notgeil, dass er's sofort geglaubt hat. In einer Stunde dürfte er hier sein. Hast du deine Maskierung, die Handschuhe und Füßlinge dabei?", vergewisserte sie sich.

Sascha nickte. Er bewunderte Carmens Voraussicht, er selbst hätte nicht daran gedacht, sich und seine Schuhe zu verpacken, um keine Spuren zu hinterlassen. Aber sie als erfahrene Krimileserin war auf alle Eventualitäten vorbereitet. „Natürlich. Und er wird ganz gewiss nicht auf die Idee kommen, dass wir dahinter stecken?"

„Vertrau mir, wir sind nicht die Einzigen, die es ihm gern heimzahlen würden. Er hat drei Ex-Frauen, mit denen er verkracht ist. Ganz zu schweigen von den vielen abservierten Geliebten."

„Wieso hat er eigentlich ausgerechnet in Falkenstein seine Hütte? Das Dorf kennt doch kaum einer", wollte Sascha wissen.

„Genau das wird wohl der Grund sein. Gesagt hat er mir's zwar nie, aber ich glaube, er wollte einen möglichst entlegenen Unterschlupf haben, damit seine Neigungen im Dunklen bleiben."

„Welche Neigungen?", fragte er unbehaglich.

„Von denen, mein Lieber, willst du gar nichts wissen und von mir erfährst du auch nichts mehr. Aber nachher bekommst du einen kleinen Vorgeschmack", gab sie sich sybillinisch.

Als sie gut eine Stunde später hinter Marienthal Richtung Falkenstein abbogen, war ihnen die Anspannung anzumerken. Während sie die schmale, kurvenreiche Straße zum

Fuchshof hochfuhren, fiel kein Wort. Sascha konzentrierte sich aufs Chauffieren, Carmen hing ihren Gedanken nach. Ihr schauderte vor dem Haus, mit dem sie keine guten Erinnerungen verband. Vor allem das Schlafzimmer, in dem er sie oft stundenlang hilflos zurückgelassen hatte, während er Wildschweine und Rehe schießen ging, flößte ihr noch immer Unbehagen ein. Aber heute würde sie ihre Genugtuung bekommen, die sie möglicherweise mit der Vergangenheit versöhnte.

Auf der Anhöhe oberhalb des kleinen Dorfes zweigte der Weg in das Gebiet mit den Wochenendhäusern ab. In der „Falkensteiner Hütte", die bei Wanderern recht beliebt war, brannte zwar noch Licht, aber der Parkplatz war so gut wie leer. Sie erreichten Gosswalds Haus ohne gesehen zu werden und parkten den Wagen so, dass er nicht auffiel. Sein Protzschlitten stand in der Einfahrt. Sämtliche Rollläden waren geschlossen, sodass kein Licht nach außen drang. Beste Voraussetzungen für ihr Vorhaben.

„Wollen wir losschlagen?", fragte sie.

„Ja", erwiderte er.

Es war nicht einfach, in dem Einser BMW die Overalls überzuziehen. Bei dem Manöver rempelten sie sich gegenseitig an, stießen an den Innenspiegel, das Armaturenbrett, das Dach und die Türen und holten sich so etliche blaue Flecken. Leichter ging es mit den Sturmmasken, den Handschuhen und Füßlingen. Nachdem sie fertig waren, schlossen sie leise die Autotüren und schlichen unbemerkt zur Tür. Sascha trug die Kamera, Carmen eine riesige Handtasche, worüber er sich zwar wunderte, aber nicht wagte zu fragen, weshalb sie sie mitschleppte. Ihre Taschen betreffend waren die meisten Frauen etwas eigen.

Im Haus hatte sich nicht viel verändert. Dieselben schweren Möbel und dieselben geschmacklosen Vorhänge zierten den kombinierten Wohn-Essbereich und abgewetzte Läufer bedeckten den Dielenboden. Nach wie vor hingen die verstaubten Rehgeweihe an den Wänden, die Carmen erschauern ließen. Nur der alte Röhrenfernseher war durch einen Flatscreen ersetzt und der Videorekorder durch ein DVD-Gerät und anstelle der Videokassetten besaß Gottwald jetzt eine umfangreiche DVD-Sammlung allerdings mit recht zweifelhaftem Inhalt.

Sie fanden ihn – genau wie Carmen vorausgesagt hatte – zusammengesunken im Ohrensessel vor laufendem Apparat. Sie schaltete das Gerät aus, während Sascha sich vor den Betäubten kniete. „Du hast ihm hoffentlich nicht zu viele deiner Schlaftabletten in den Cognac getan", äußerte er erschrocken.

„Quatsch", erwiderte sie ohne Mitleid. „Er atmet doch, schau genau hin. Du nimmst ihn an den Schultern, ich pack ihn an den Füßen. Auf „drei" heben wir ihn an."

Gosswald war ziemlich schwer und sie gerieten gehörig ins Schwitzen, als sie den schlaffen Körper ins Schlafzimmer schafften. Als er auf dem Bett lag, machte Carmen sich daran, ihn auszuziehen.

„Wenn's dir peinlich ist, kannst du draußen warten. Ich kann das allein machen und ruf dich, falls ich dich brauche. Du kannst inzwischen den Cognac austauschen. Mach die Karaffe aber nicht voller als sie war. Sicher ist sicher", trug sie ihm auf.

Socken, Hose und Hemd hatte sie ihm bald ausgezogen, auch wenn es anstrengend war. Schwieriger tat sie sich mit den Boxershorts. Am liebsten hätte sie die gar nicht angerührt. Aber kein Mann ließ bei dieser Art Liebesspiel, das sie für ihn geplant hatte, seinen Liebestöter an. Also musste die Buxe runter. Mit spitzen Fingern ergriff Carmen die linke und rechte Beinöffnung und zog mit aller Kraft Richtung Füße. Sicherheitshalber kniff sie dabei die Augen zu, um keine unliebsamen Überraschungen zu erleben. Als er endlich nackt vor ihr lag, betrachtete sie ihn in seiner ganzen Schönheit. Der Zahn der

Zeit nagte auch an ihm und außer seinem stattlichen Bauch gab's nicht viel zu sehen.

Nun begann der eigentliche Teil der Arbeit. Carmen öffnete den Schrank und kramte die Utensilien hervor. Alles befand sich dort, wo es schon immer gewesen war, auf dem obersten Brett hinter den Pullis. Kein besonders einfallsreiches Versteck, aber der Mensch ist eben ein Gewohnheitstier, stellte sie fest, während sie die metallenen Fußfesseln mit dem Schlüssel öffnete und um seine Knöchel zuschnappen ließ. Sie legte die Innenflächen seiner Unterarme aneinander, verschnürte sie mit dem Seil und ließ dabei die Hände frei. Aus dem restlichen Seilstück machte sie noch eine Schlinge, die um seinen Hals kam, sodass es aussah als würde er sich selbst strangulieren. Noch ein paar letzte Handgriffe und er war hergerichtet. Sie rief Sascha, der peinlich berührt auf der Schwelle stehenblieb. Gosswalds Aufzug mit dem grell geschminkten Gesicht, den schwarzen, halterlosen Strümpfen und den roten Lackpumps erinnerte ihn an die Rocky-Horror-Picture Show. Jetzt erklärte sich auch Carmens Handtasche, in der sie die Utensilien mitgebracht hatte.

„Also, das ist jetzt voll krass. Echt abartig. Muss das wirklich sein?", stammelte er verlegen.

„Ja es muss! Aber das verstehst du nicht. Das ist eine Sache zwischen ihm und mir", erwiderte sie ungerührt. „Komm, zier dich nicht länger! Hilf mir lieber ihn auf die Seite zu drehen. Er soll nicht aussehen wie ein schlafendes Murmeltier, sondern wie ein Typ, der gerade seine autoerotischen Fantasien auslebt!"

„Ist das nicht gefährlich, so mit dem Seil um den Hals?", meinte Sascha, während er krampfhaft versuchte nicht auf Gosswalds entblößte Körpermitte zu schauen.

„Das ist doch nur gefaked. Da ist noch massig Spielraum, aber das soll man auf den Fotos natürlich nicht sehen. Und jetzt fass mit an!"

Ihm war es sichtlich unangenehm, den massigen, nackten Männerkörper anzufassen. Besonders als er sich gegen dessen weiße, behaarte Pobacke stemmen musste, die ihn an weichen Quark mit pelzigem Schimmelbelag erinnerte, war er heilfroh, Handschuhe zu tragen. Als er zu maulen begann, weil sein Gesicht von Gosswalds Gesäß nur durch eine Ellenbogenlänge getrennt war, erwiderte sie mitleidlos: „Stell dich nicht so an! Immerhin habe ich die ganze Zeit sein Ding vor Augen und muss es auch noch fotogen ausrichten, was gar nicht einfach ist! Wenn er und seine Kleinigkeit so drapiert sind, dass es echt wirkt, kannst du ihn loslassen."

Endlich lag er so, dass es absolut authentisch wirkte, und jeder Gedanke, der Gefesselte könne rein „zufällig" in diese Stellung geraten sein, abwegig erschien. „Geh jetzt zur Seite", ordnete sie noch an und machte dann mit der Digitalkamera ein paar Bilder.

„Das hier gefällt mir besonders gut!", lachte sie mit Kennerblick, als sie sie gemeinsam begutachteten.

„Das ist aber auch nicht von schlechten Eltern!", stellte Sascha fest. „Schade, dass er da die Augen zu hat!"

„Find ich nicht, er wirkt da so richtig selbstverloren und geradezu entrückt!"

„Dann wären wir wohl fertig. Was machen wir jetzt mit ihm?", fragte Sascha.

In diesem Moment ertönte ein Schnarcher vom Bett.

„Da er so fest schläft wie ein Murmeltier, lassen wir ihn weiter schlummern. Schade, dass ich nicht dabei bin, wenn er aufwacht. Ich würde gern seine Reaktion sehen, sobald er bemerkt, dass er wie ein Hund angebunden ist."

„Du lässt ihn doch nicht etwa so zurück?", meinte er entsetzt, da er erst jetzt das ganze Ausmaß ihres perfiden Plans erfasste.

„Keine Bange! Die Schlinge um den Hals kommt weg. Ich

will ja nicht, dass ihm was passiert. Dafür fessle ich seine Hände an den Bettpfosten, aber so, dass er sich selbst wieder befreien kann. Und sein Handy legen wir in Reichweite, falls er Hilfe braucht. Wir sind ja keine Unmenschen."

„Du bist unerbittlich!"

„Genau wie er: Auge um Auge!"

Als Carmen am nächsten Morgen ihre Jeans anziehen wollte, fiel ein kleiner Schlüssel aus der Tasche. Er gehörte zu den Fußschellen an Gosswalds Knöcheln. Ihr wurde plötzlich siedend heiß. Sie musste ihn gestern Nacht in Gedanken eingesteckt haben, statt ihn auf dem Nachttisch zu legen, so wie sie es vorgehabt hatte.

Kleinlaut ging sie hinunter in den Frühstückssaal. „Wir müssen noch Mal zu seinem Haus", meinte sie zu Sascha und nannte ihm den Grund.

„Schöner Mist, dann erfährt er, dass wir ihm das angetan haben!"

„Das muss nicht sein. Vielleicht kann ich den Schlüssel heimlich in den Flur legen und ihn dann mit unterdrückter Nummer anrufen und sagen, wo er ihn findet. Und falls er's doch rauskriegt, nehm ich's auf meine Kappe. Du wirst sehen, dass die Fotos als Druckmittel ausreichen. Wenn ich damit drohe sie im Internet zu veröffentlichen, wird er nicht wagen, irgendetwas gegen mich zu unternehmen."

Sascha fühlte sich nicht wohl bei der Vorstellung, sie alles allein regeln zu lassen, aber er protestierte auch nicht. Sie stürzten den Kaffee hinunter, bezahlten die Rechnung und fuhren zu Gosswalds Haus. Die knallgelbe Siebzigerjahre-Corvette war weg. Erleichtert atmeten sie auf.

„Er hatte wohl einen Ersatzschlüssel gehabt, sich befreit und ist nach Hause gefahren", stellte Carmen gut gelaunt fest. „Was hältst du davon, wenn wir einen kleinen Spaziergang machen, jetzt wo wir schon mal hier sind? Es gibt da einen schönen Weg zur Kronbuche. Das bringt uns auf andere Gedanken."

„Warum nicht. Ein bisschen frische Luft tut mir bestimmt gut."

Als Carmen und Sascha am Montag ins Büro kamen, erfuhren sie als Erstes von Frank Gosswalds Tod. Sein Auto war in einem Waldstück nahe Kirchheim-Bolanden von der Straße abgekommen und gegen einen Baum geprallt. Aufgrund der ungewöhnlichen Begleitumstände seines Todes vergaßen die Kollegen völlig, dass sie mit „der Murscheid" und „dem Berger" sprachen, als sie ihnen mit einer Mischung aus Entsetzen und Sensationsgier die schlüpfrigen Details berichteten.

In der Mittagspause trafen sich die beiden wie zufällig auf der Dachterrasse. Lange standen sie nebeneinander und starrten vor sich hin. Keiner von ihnen war auf den Gedanken gekommen, dass ihr Denkzettel mit seinem Tod enden könnte. Skrupel meldeten sich und machten sie nachdenklich. Erst als sie sich seine andauernden Gemeinheiten ins Gedächtnis riefen, ließen die Gewissensbisse nach, vor allem da sie sicher waren, dass er sich ganz bestimmt niemals geändert hätte. Zwar hatten sie es herausgefordert, doch das Schicksal hatte entschieden.

Carmen fand als Erste die Sprache wieder. „Dumm gelaufen! Wer hätte gedacht, dass er so blöd ist, sich im Morgengrauen mit gefesselten Füßen hinters Steuer zu setzen, statt den Schlüsseldienst zu rufen, damit er ihn befreit?", bemerkte sie.

„Wahrscheinlich wollte er sich die Schmach ersparen, Dorfgespräch zu werden. Das wäre doch das Topthema in der Zweihundertseelengemeinde und wahrscheinlich auch rund um den Donnersberg gewesen", ergänzte Sascha trocken.

„Möglich", erwiderte Carmen. „Aber trotzdem war es behämmert. Selbst dem größten Trottel dürfte klar sein, dass man sich so nicht hinters Steuer setzt, auch nicht bei einem Automatik. Und es grenzt schon an Ironie, dass ihn ein Wildschwein erledigte, wo doch sonst immer er Jagd auf sie machte", fuhr Carmen fort.

„Was wohl die Polizisten gedacht haben, als ihn fanden? Oben ordentlich mit Hemd und Sakko bekleidet und unten ohne Hose, dafür mit Nylons. Für sie hat „Auto-erotischer Unfall" seit gestern bestimmt eine ganz neue Bedeutung", gluckste Sascha und Carmen stimmte ihm lächelnd zu.

's Rahmsüppche
Peter Jackob

Als ich am Morgen ins Lokal kam, um als Theker die Vorbereitungen für den Tag zu treffen, fiel mein Blick irritiert auf die Tagesempfehlung.

„Rahmsüppchen von der geräucherten Forelle?"

„Mal was aus der Region", klärte mich unser Koch auf, der aus der Küche kam, um sich etwas zu trinken zu holen.

„Schmeckt das überhaupt?"

„Klar, wunderbar, echt ein Genuss. Grundstock sind das geräucherte Forellenfilet, Lauch, Sellerie und Schalotten. Mit Dill oder Kerbel wird verfeinert", er machte eine kurze Pause, „und der Fischfond darf nicht fehlen."

Ich nahm mir fest vor, das Süppchen nach dem Mittagsbetrieb zu kosten.

Es war ziemlich genau 14.15 Uhr, als der Kopf des Mannes, der an Tisch 10 saß, in den Teller mit der Rahmsuppe klatschte. Das berstende Porzellan und das metallene Klirren des auf die Fliesen schlagenden Löffels vermischten sich mit dem Aufschrei einzelner Gäste im Restaurant. Ich wollte hinter dem Tresen hervorstürzen und dem Unglücklichen zu Hilfe eilen, aber mir war bereits ein Mann von vielleicht 55 Jahren zuvorgekommen. Er hatte sich vor dem Opfer aufgebaut und versuchte, die Gäste zu beruhigen.

„Bitte bleiben Sie sitzen! Mein Kollege Dr. Kur ist Gerichtsmediziner und kümmert sich um den Mann und ich werde die Sache, wenn nötig, untersuchen. Mein Name ist übrigens Bekker, Kommissar Schack Bekker."

Leises, aufgeregtes Gemurmel brandete zwischen den, ich schätzte vielleicht fünfzehn, Gästen im Lokal auf. Dann, nachdem der erste Schock ein wenig verdaut war, kehrte Stille ein.

Das dumpfe Brummen der Klimaanlage schien noch lauter als sonst. Der Mann musste an einem Infarkt gestorben sein, woran sonst, dachte ich mir und ging zum Kommissar, um ihn zum weiteren Vorgehen zu befragen.

„Kann ich noch nicht genau sagen. Wir lassen den Herrn Doktor erst mal seine Untersuchung machen. Unter uns gesagt, sah mir das nicht nach einem natürlichen Tod aus. Behalten Sie das aber unbedingt für sich. Wenn ich recht haben sollte, dürfte sich der Mörder des Mannes noch im Raum befinden. In den letzten zehn, fünfzehn Minuten ist hier niemand rein- oder rausgegangen."

Bekker tippte sich mit dem Zeigefinger mehrfach auf die Stirn und wandte sich den Leuten im Restaurant zu. Er wies sie darauf hin, dass er die Personalien benötige und eine Stellungnahme darüber, was sie gesehen hatten. Es sei reine Routine, er gehe bei der Todesursache von einem Herzinfarkt aus. Bekker wiegelte einen jüngeren Mann ab, der auf seine Uhr deutete und mehrfach seinen Termin bei der Rentenanstalt am Brand erwähnte, doch der Kommissar winkte ab.

„Da ruinieren Sie sich eh nur die Nerven. Bis der ganze Papierkram zusammen ist, wollen Sie freiwillig nichts mehr von denen. Im Ernst, rufen Sie dort an und sagen Sie, dass das jetzt nicht geht. Nennen Sie mich als Referenz."

Dann gab er mir Anweisung, den Eingang und die Tür in der Küche, die hinten aus dem Restaurant herausführte, abzuschließen. Als ich zurückkam, besprach sich Dr. Kur flüsternd mit dem Kommissar. Er bückte sich und hob etwas vom Boden auf, von dem ich nicht erkennen konnte, was es war.

Bekker deutete auf den Tisch neben der Eingangstür, Tisch 1, und bat mich, für ihn Notizen zu machen.

„Ich kann nicht denken und schreiben gleichzeitig. Und Sie sind ja vom Haus und kennen vielleicht auch den einen oder anderen."

„Ja, ein paar schon", stimmte ich zu.

„Gut, dann los."

Der Kommissar und der Gerichtsmediziner hatten gemeinsam mit dem Toten an Tisch 10 gesessen. Bekker packte eine Ledertasche unter den Arm, dann hörte ich das klirrende Geräusch von leeren Flaschen, als er eine Plastiktüte vom Boden aufhob.

„Soll ich die wegwerfen?", wollte ich wissen.

„Unterstehn Sie sich! Ich säubere sozusagen en passant unser Städtchen und bekomm noch Geld dafür", sagte er grinsend.

Bekker ignorierte meinen verblüfften Gesichtsausdruck. Der Kommissar war unrasiert, sah aber nicht ungepflegt aus. Er ging schlurfend zum Tisch am Eingang und setzte sich mit dem Rücken zur Tür, sodass er in den Raum hineinsehen konnte. Ich schlug ihm vor, den Gästen während der Wartezeit Kaffee anzubieten, er nickte und murmelte: „Gute Idee."

Ich konnte mir keinen Reim auf diesen eigenartigen Menschen machen. Er wirkte träge und angestrengt, jedoch verrieten seine Augen, dass er hellwach war. Dr. Kur kam erneut zu ihm, ich konnte hören, wie der Gerichtsmediziner zu seinem Kollegen sagte, dass er „darauf achten" würde. Ich wollte eigentlich wissen worauf, hielt mich aber zurück. Bevor wir mit den Befragungen begannen, bat mich der Kommissar um etwas zu essen.

„Klar, was denn?"

„Na dieses Rahmsüppchen", sagte er in völlig ernstem Ton und lächelte hintersinnig, „als Vorspeise!"

„Dieses ... Rahmsüppchen", wiederholte ich langsam. Warum war ich irritiert, fragte ich mich. Unsere Suppe war einwandfrei, aber dennoch ... ein Mann lag tot da und hatte nur wenige Sekunden vor seinem Ableben von der Suppe gegessen ... Ich war mir ziemlich sicher, dass ich etwas anderes geordert hätte. Ich rief Lena zu uns und bestellte die Suppe. Auch sie sah mich ein wenig ungläubig an.

„Der Kommissar will das ... Rahmsüppchen?"
„Ja, junge Dame, heiß und eine schöne Portion!"
„Ihr Leben", sagte sie kurz, lachte auf und war schon auf dem Weg in die Küche. Bekker forderte die ersten Gäste zu sich, Gisela und Reiner Runker. Ich bemerkte den strengen Pagenschnitt der Frau und das beinahe lippenlose Gesicht. Dazu hatte sie eindeutig etwas zu viel Parfum aufgelegt, mir kam es vor, als hätte sie kurz vor dem Gespräch mit dem Kommissar noch einmal nachgesprüht. Ihr Mann hatte einen Schnauzbart, war bierbäuchig und schien mir sehr durchschnittlich. Bekker hielt sich nicht lange mit ihnen auf, ich notierte die Personalien. Der Kommissar fragte noch, ob sie häufiger hierherkamen, was sie bejahten, dann durften sie zurück an ihren Platz. Danach sprachen wir mit Rüdiger Abelt und Theodora Meier, die zwar an einem Tisch gesessen hatten, sich aber nicht kannten. Abelt sprach breitesten Mainzer Dialekt, ganz im Gegensatz zu Frau Meier, die sich feinsten Deutschs bediente. Ich war erstaunt, dass sich die beiden überhaupt hatten unterhalten können. Als Bekker Abelt fragte, wie oft er das Lokal besuchte, sagte dieser: „Ei, wenn mer gut esse will und nit zu viel Schotter hat, kommt mer hierher. Mir Meenzer wolle gut, viel und nit zu deier ... Sie wisse schon, es liebe Geld."

Die Frau war ihrer Aussage nach zum ersten Mal da, sie kam aus Hannover, Freunde hatten ihr das Lokal empfohlen und da es von außen einigermaßen nett aussah, habe sie sich einen Stoß gegeben.

„Man muss sich überwinden, sonst schmeckts nie. Es geht de Mensche wie de Leit", konnte sich der Kommissar nicht verkneifen.

Abelt stimmte lachend zu, die Frau sah ihn ein wenig ungläubig an. Ihr Blick glitt durch seine etwas zu langen Haare, blieb an dem dickstoffigen Holzfällerhemd hängen und bemerkte das farblich nicht wirklich passende Jackett. Bekker hatte ihre

Augen verfolgt. „Vielen Dank, Sie können beide wieder an Ihren Tisch zurück. Wir sind dann hoffentlich bald soweit."

Kurt Liebertz war alleinstehend und hatte vierzig Jahre lang das Auto der Kanalreiniger, das so genannte Puddelauto, gefahren. Seit zwei Monaten pensioniert, besuchte er nach eigener Aussage, die ich bestätigen konnte, das Restaurant mindestens zweimal die Woche.

„Ich ess meistens Nüdelscher, scharf mit Garnelschen." Der Mann drehte sich um und zeigte auf Tisch Nummer 5, der ziemlich mittig an der gegenüberliegenden Wand stand. „Da sitz ich immer montags und mittwochs und immer gegen halber zwei."

Bekker beendete mit der Bemerkung „also immer nur Nüdelscher?" das Gespräch und bedankte sich bei Herrn Liebertz, der trotz des Toten, der in der Nähe des Tresens lag, gut gelaunt schien. Ich stand auf und half Lena, den Kaffee zu verteilen. Bekker trank einen Espresso. Annegret Störte war mit ihren Enkeln Marc, Monika und Ludwig Essen gegangen, sie hatten bei dem Opfer an Tisch 10 gesessen, Bekker und Dr. Kur hatten sich dazu gesetzt. Der Kommissar wollte nur mit ihr reden.

„Wir sind etwa zur gleichen Zeit, wie der Mann da", sie deutete auf den Boden und ihre Augen wurden feucht, „gekommen. Und dann passiert so etwas Fürchterliches."

„Haben Sie mit dem Mann gesprochen? Hat er sich vielleicht merkwürdig verhalten? Zum Beispiel häufig um sich geschaut?"

Sie legte den Kopf leicht in den Nacken und überlegte.

„Also, mir ist nichts aufgefallen, aber wenn Sie es so sagen, er hat ab und an durchs Lokal und zur Tür gesehen."

Bekker schien hellhörig zu werden. Er beugte sich zu ihr vor und sagte leise:

„Können Sie das möglicherweise auf eine der Personen hier

im Raum beziehen? Ich meine, das ist natürlich keine direkte Anschuldigung – allerdings, wenn Sie was bemerkt haben sollten ..."

Wieder dachte sie nach, man konnte ihr regelrecht ansehen, wie sie sich die Szene ins Gedächtnis zu rufen versuchte und die vergangenen Minuten rekapitulierte.

„Nein, ich, nein wirklich nicht. Es tut mir leid."

Der Kommissar verzog den Mund und presste die Lippen aufeinander, bedankte sich, stand auf und kam zu mir.

„Machen Sie mir bitte ne Riesling-Schorle, groß. Die Suppe müsste doch jetzt mal langsam fertig sein, oder?"

In diesem Moment kam Lena mit dem duftenden Rahmsüppchen und einem Korb Brot in der Hand aus der Küche. Bekker eilte zurück an seinen Platz. Ich wurde einfach nicht schlau aus diesem Polizisten, der einerseits nachlässig wirkte, aber bei den Gesprächen ganz klar und konzentriert schien. Ich war gerade dabei, den Wein zu schorlen, als es einen dumpfen Schlag gab. Ich sah auf. Bekker war von der Bank auf den Boden gerutscht und lag dort mit weit aufgerissenen Augen. Dr. Kur stand wie erstarrt da, als wäre er in Trance. Der Küchenmeister kam ins Lokal gelaufen, sah den Kommissar und rief immer wieder panisch: „Das kann nicht sein, das kann doch überhaupt nicht sein!"

Dann endlich, als ich Dr. Kur schreiend aufforderte, etwas zu tun, rannte er zu Bekker, nicht ohne mir zuzurufen, ich solle die Gäste in Schach halten. Ich beschwor die Anwesenden lautstark, sitzen zu bleiben und die Ruhe zu bewahren. Als hätte man ein loderndes Feuer mit einer Decke erstickt, herrschte eine ermattete, jedoch bis aufs Äußerste gespannte Stimmung, die aber jeden Moment wieder auszubrechen drohte.

In diesem Moment begann Gisela Runker schnell zu atmen, sie hechelte regelrecht und bekam keine Luft mehr. Dr. Kur lief zu ihr und verlangte nach einer Tüte. Die Gäste blickten wie hypnotisiert auf den Arzt, der sie ihr an den Mund setzte und ihr zusprach, gleichmäßig aus- und einzuatmen. Langsam beruhigte sich Frau Runker wieder. Mit einem Mal hörte man Bekkers Stimme. Ich war zu perplex, um darüber nachzudenken, was passiert war. Hatte der Kommissar etwa nur gespielt? Oder ging es ihm tatsächlich schon wieder besser?

„Ich bitte Sie alle, Ruhe zu bewahren, in zehn Minuten ist alles geklärt und Sie können nach Hause. Versprochen."

Er ging zu Dr. Kur und erkundigte sich, wie es Gisela Runker gehe.

„Sie ist gleich wieder auf den Beinen."

Bekker sah in die Runde und nahm einen großen Schluck Schorle.

„Jemand hier im Restaurant hat vor einer knappen Stunde Herrn Ulrich Mückel vergiftet", der Kommissar machte eine Pause, „und das hätte auch alles funktioniert, wenn wir nicht zufällig am Tisch des Opfers gesessen hätten. Das hat glücklicherweise verhindert, dass alle hier im Raum aufgesprungen und zusammengelaufen sind. Und genau damit", er machte eine ausgedehnte Pause, „hat der Täter nicht gerechnet. Die Suppe hat mit alledem nichts zu tun, die ist einwandfrei, und das obwohl der Koch Lautern-Fan ist ..."

Der ist doch nicht dicht, dachte ich mir und konnte mir trotzdem ein Schmunzeln nicht verkneifen. Bekker trank einen Schluck Schorle. Dr. Kur kam zu ihm und gab ihm eine Plastiktüte, die Bekker hochhielt und hin- und herschwenkte.

„Fangen wir mal ganz von vorne an: Es muss jemand sein, der die Möglichkeit hatte, etwas am Essen des Herrn Mückel zu manipulieren. Und ich gehe mal davon aus, dass der Täter die Gewohnheiten seines Opfers kannte, zum Beispiel, dass er gerne beim Warten aufs Essen Zeitung las und dadurch abgelenkt war. Dann möchte ich noch auf eine Statistik verweisen, die muss natürlich nicht stimmen, aber: Giftmorde werden zu 84,5% von Frauen begangen. Und warum sollte der Täter oder besser gesagt die Täterin, von dem abweichen, was ihr liegt? Und konkret: Was war vergiftet, wenn es nicht die Suppe war?"

Der Kommissar hielt inne und schaute in die Runde, in der die Frauen jetzt deutlich angespannter wirkten als die Männer.

„Genau, das Besteck. Und was wäre passiert, wenn alle durcheinander gelaufen wären und Kur und ich nicht zufällig nebendran gesessen hätten? Eben, man hätte in dem Chaos das da", Bekker hielt die Tüte erneut hoch, „verschwinden lassen. Aber Sie werden einwenden, dass man doch wirklich nicht wissen konnte, dass Herr Mückel Suppe isst. Exakt, und deshalb bin ich mir sicher, dass es auch noch eine vergiftete Gabel gibt. Die Frage ist nur, ob der Täter sie noch rechtzeitig losgeworden ist. Ich glaube zu wissen, auf welchem Tisch sie jetzt liegt oder in welcher Handtasche sie versteckt ist. Weiterhin bin ich mir sicher, dass unsere Täterin nicht alleine gekommen ist. Das wäre viel zu auffällig. Und sie brauchte einen strategisch günstigen Platz."

Bekker leerte sein Glas und stellte es auf den Tresen. Er sah mich an und schmunzelte. „Machen Sie mir noch eine. Als Belohnung", setzte er zufrieden hinzu und scherte sich nicht darum, dass es bereits die zweite Schorle an jenem Mittag war.

Der Kommissar sah sich um und ging dann auf den Tisch direkt neben dem Tresen zu, an dem das Opfer, Dr. Kur und Bekker, die drei Enkel und deren Großmutter Annegret Störte gesessen hatten. Bekker legte der Frau die Hand auf die Schulter.

„Am Löffel sind neben Mückels bestimmt auch Ihre Fingerabdrücke, denn Sie tragen keine Handschuhe. Und wenn alles so gelaufen wäre wie geplant, wäre der Löffel längst wieder in Ihrer Tasche verschwunden gewesen."

Er drehte sich zu Frau Runker um.

„Es tut mir leid wegen des Schocks, aber ich habe noch ein letztes Indiz benötigt. Als ich die Vergiftung gespielt habe, hat unser Dr. Kur die Frau Störte beobachtet. Und was war ihre Reaktion? Sie hat erst ungläubig gestaunt und dann einen kurzen Moment entgeistert auf ihre Tasche gestarrt."

Es klopfte von außen ans Fenster, die Spurensicherung war eingetroffen. Der Gerichtsmediziner öffnete die Tür und Bekker drehte sich grinsend zu mir um: „Wenn ich dann jetzt noch e vergiftetes Rahmsüppche haben könnt."

Ausliefern
Marion Schadek

Elise war eine ausgesprochen fachkundige Weinnase, fast schon eine Kennerin. Ein echtes Naturtalent. Der Langenlonsheimer Prädikatswinzer Gregor Sturm hatte das gleich bei ihrem ersten Einkauf auf seinem Weingut gemerkt und die Mainzer Grundschullehrerin für die Erledigung hochsensibler Spezialaufträge rekrutiert.

Je einmal während der Oster-, Herbst- und Sommerferien lieferte sie Gregor Sturms beste Weine und Sekte mit ihrem Kombi an eine Einrichtung aus, die in keinem Branchenverzeichnis zu finden war. Elise nahm an, dass es sich um eine Klinik handelte, denn sie hatte bei ihrem letzten Besuch Männer – und eine Frau – in Bademänteln auf der Terrasse sitzen sehen, von denen einer am Tropf hing. Beim Anblick der jungen Frau waren alle, so schnell es Krücken oder Rollator zuließen, im Gebäude verschwunden, das so versteckt im Wald lag, dass Elise sich jedes Mal verfuhr.

Im Gegenzug für ihre Transportdienste verschaffte der Winzer ihr Zutritt zu Weinverkostungen und anderen Veranstaltungen, zu denen sonst nur Fachbesucher und Medienvertreter zugelassen waren. Die nächste Lieferung hatte Elise mit einem Besuch der Frühjahrspressekonferenz von Moselwein e.V. verbinden wollen, doch diesmal gab es Komplikationen. Der Auftrag kam nicht wie üblich von Gregor Sturm. Sie saß abends vorm Fernseher und folgte gebannt Hagen Rethers Auftritt – „… Angst vor dem Islam … Haben Sie auch solche Angst vor dem Islam?" –, als das Telefon klingelte. Ohne den Blick vom Bildschirm zu nehmen, hob Elise ab. Sie vergaß ganz, sich zu melden.

„Frau Karl?", fragte eine sanfte, männliche Stimme.

„Ja … Wer spricht, bitte?"

„Jährlich sterben 70.000 Deutsche am Suff. Haben Sie auch solche Angst vor Riesling?", forderte Hagen Rether sein Publikum heraus. Elise lachte glucksend.

„Hier ist Dr. Klar. Wir kennen uns aus der KSP ...", fuhr die Stimme am Telefon fort.

„Pardon? ... Ich weiß im Moment nicht ... KSP?" Elise war sich sicher, dass sie davon noch nie etwas gehört hatte.

„Oh, störe ich gerade? Haben Sie Besuch?"

„N ... Nein, nein", sagte Elise schnell und schaltete den Fernseher aus, um sich ganz ihrem Anrufer widmen zu können.

„Entschuldigen Sie bitte, ich hatte ganz vergessen, dass Sie meinen Namen vielleicht gar nicht kennen. Wir sind einander nie vorgestellt worden. Ich bin der, der Ihre Lieferungen vom Weingut aus Langenlonsheim entgegennimmt."

Ach, natürlich – die Klinik, oder was immer das war. KSP hieß die also. Elise würde später nachforschen, was das bedeutete. Dr. Klars Name sagte ihr tatsächlich nichts, aber sie sah den Mann mit den knochigen Fingern und den hohlen Wangen, dem sie seit fünf Jahren dreimal pro Jahr den Inhalt ihres Kofferraums vor der Pförtnerloge übergab, jetzt ganz deutlich vor sich. Er war so dünn, dass sie jedesmal, wenn sie ihm eine Kiste reichte, befürchtete, dass er unter der Last zusammenbrechen würde. Sie selbst war auch schon zierlich gebaut, aber im Vergleich zu ihr war Dr. Klar spindeldürr.

„Was kann ich für Sie tun?", fragte Elise.

„Es geht um die nächste Speziallieferung", begann Dr. Klar.

„Von Gregor Sturm?"

„Gewissermaßen ... Darf ich Sie zunächst um Ihre Zusage bitten, dass Sie niemandem gegenüber unser Gespräch erwähnen werden?"

„Das klingt ja spannend", entgegnete Elise scherzhaft.

Doch Dr. Klar war nicht nach Scherzen zumute. „Bitte, es ist wichtig!"

„Jaja, schon gut ... Ich wüsste sowieso nicht, wem ich etwas erzählen sollte."

Seit Nils vor drei Monaten ausgezogen war, hatte Elise alle Außenkontakte auf Eis gelegt oder gekappt. Wie bei den meisten aus ihrem Jahrgang hatte ihre Beziehung das Referendariat nicht überlebt. Elise wollte in Rheinland-Pfalz bleiben, während es Nils wieder nach Nordhessen zog. Sie träumte von einem Haus mit Garten, er von Segeltörns. Sie wollte Kinder, er höchstens einen Hund. Nun hatte es Nils an die Konrad-Duden-Gesamtschule in Bad Hersfeld verschlagen, während Elise in Mainz-Finthen Viertklässlern abzugewöhnen versuchte, sie zu umarmen oder auf ihren Schoß krabbeln zu wollen.

„Es geht um Folgendes ...", begann Dr. Klar. Dann erklärte er Elise sein Anliegen. Mit wachsendem Staunen hörte sie zu. Was er da von ihr verlangte, war schier unglaublich.

„Hallo? Sind Sie noch dran?", fragte Dr. Klar am Ende seiner Ausführungen.

„Ähm ... Ja, natürlich, aber ..."

Elise holte tief Luft.

„Hören Sie, das kann ich nicht machen. Ich KANN nicht!"

Mit gemischten Gefühlen betrat Elise am nächsten Tag das denkmalgeschützte, aber leider baufällige Mainzer Rathaus.

Es war ein laues Aprilwochenende und die Mainzer Winzer hatten zu ihrer Frühjahrspräsentation „Best of Mainzer Wein" eingeladen – ein Termin, den sie als Zuwendung von Gregor Sturm jederzeit mit Begeisterung wahrgenommen hätte.

Doch diesmal hatte Elise eine Mission, die ihrem Gönner gar nicht gefallen würde und die sie außerdem noch unter ungewohnten Erfolgsdruck setzte.

Dr. Klar hatte erklärt, die Klinik wolle ihre Zusammenarbeit mit Gregor Sturm aufgrund unüberbrückbarer „weltanschaulicher Differenzen" und „wegen eines Bruchs der vereinbarten absoluten Vertraulichkeit" unverzüglich beenden. Dann hatte er Elise schnörkellos mit der Suche nach einem neuen geeigneten Weinlieferanten beauftragt.

Als sie ablehnen wollte, hatte er das Thema gewechselt und war im Plauderton auf die erotischen Aufnahmen, für die Elise als Studentin posiert hatte, zu sprechen gekommen.

Verdammt, woher wusste er davon? Keine Veröffentlichung, kein Herumzeigen im Bekanntenkreis, nur für private Zwecke bestimmt, hatte die Abmachung mit ihrem Kommilitonen damals geheißen. Wenn die Schulleitung Wind davon bekäme, wäre sie erledigt. Das wäre Elise auch ohne Dr. Klars Hinweis klar gewesen.

„Leider gibt es in unserer Gesellschaft heute überhaupt keine Toleranz für alternative Lebensentwürfe", hatte er seufzend erklärt.

Nacktfotos als alternativen Lebensentwurf zu bezeichnen, kam Elise dann doch reichlich übertrieben vor. Sie hatte keine besondere Botschaft damit verbunden wie „Ich sage JA zu oben ohne beim Einkaufen im Supermarkt" oder „Friede den Strapsen, Krieg den Hosenanzügen", als sie sich von Dennis ablichten ließ. Sie hatte sich in erster Linie geschmeichelt gefühlt und insgeheim (wenngleich vergeblich) darauf gehofft, dass er ein über den Fototermin hinausgehendes Interesse an ihr entwickeln würde.

Dr. Klar verlangte von ihr, dass sie sich einmal gründlich durch das Angebot der Mainzer Winzer testete und geeignete Kandidaten ausfindig machte. Um sicherzugehen, dass neben der Qualität der Weine auch der weltanschauliche Hintergrund des potenziellen Neulieferanten stimmte, wollte Dr. Klar eine „Vertrauensperson", die sich Elise bei der Präsentation zu erkennen geben würde, schicken.

Gregor Sturm, so hatte sie inzwischen in Erfahrung gebracht, war in Ungnade gefallen, weil er den für seine rechtsextremistischen Ausfälle bekannten Vorsitzenden einer Ein-Punkt-Partei (Burka-Verbot jetzt!) in den Niederlanden beliefert hatte.

Ein Mann, den Elise auf Mitte fünfzig schätzte, mit kurzen, grauen Haaren, Goldrandbrille und Tweedjackett, erhob sich von der Sitzgruppe in der Mitte des Foyers und kam auf sie zu.

„Frau Karl?", fragte er.

Elise nickte.

„Freut mich sehr. Ich bin Tom Scriba. Wir sollen uns heute gemeinsam in den Dienst der guten Sache stellen, habe ich gehört."

Schelmisch zwinkerte er Elise zu, während er ihr die Hand hinhielt.

„Dann lassen Sie uns am besten keine Zeit verlieren", gab sie kühl zurück.

Die ausgestreckte Hand ignorierte sie. Nicht, dass Tom Scriba unsympathisch auf sie gewirkt hätte – wären sie sich unter anderen Voraussetzungen begegnet, hätte sie wahrscheinlich sogar das Gespräch mit ihm gesucht.

Allem Anschein nach war er sehr kultiviert, die klassische Rollkragenerscheinung, und dass er eine Menge von Wein verstand, hatte Elise ganz einfach im Gefühl. Doch er war ein Gesandter von Dr. Klar und damit unbedingt mit Vorsicht zu genießen.

„Oh …"

Schnell zog Tom Scriba seine Hand zurück.

Elises Abfuhr schien ihn ernsthaft zu verwirren. Sie begann bereits, ihr Verhalten zu bedauern. Vielleicht hatte er für Dr. Klar nicht mehr übrig als sie selbst. Gut möglich, dass auch Tom Scriba nur deshalb hier war, weil er erpresst wurde.

„Wo wollen wir mit unserer Runde beginnen?", fragte Elise, nun schon viel freundlicher.

Tom Scriba warf einen kurzen Blick in den Katalog.

„Ich würde sagen an Stand Nr. 10 mit dem Silvaner", sagte er und tippte auf die Seite mit dem Angebot des Weinguts aus Hexem, wie die Mainzer ihren südlich gelegenen Stadtteil gerne nennen.

Elise nickte und wollte sich gerade in Bewegung setzen, als er sie am Arm zurückhielt.

„Unter Expeditionsteilnehmern ist es so üblich, dass man sich duzt. Da ich eindeutig der Ältere bin, muss der Vorschlag dafür von mir kommen. Also ... Wenn Sie nichts dagegen haben – ich bin der Tom."

Wieder streckte er ihr die Hand entgegen.

„Elise", sagte Elise. Diesmal schlug sie ein.

„Puh ... Ich kann nicht mehr."

Elise ließ sich auf die Sitzgruppe im Foyer fallen und streckte alle Viere von sich.

„Warum musstest du denn auch bei jedem Winzer probieren? Die Hälfte hätte genügt, die andere Hälfte hättest du mir überlassen können."

Tom setzte sich neben sie. Elise schüttelte energisch den Kopf.

„Auf keinen Fall! Wenn sie von mir einen Vorschlag für einen neuen Weinlieferanten haben wollen, muss ich auch selbst von jedem Kandidaten einen Eindruck bekommen."

Tom horchte auf.

„Für wen sollst du einen neuen Weinlieferanten suchen?", fragte er.

„Für eine Klinik – aber ich dachte, das wüsstest du."

Elise war verwirrt.

„Nein, ich hatte keine Ahnung", sagte Tom langsam. „Was ist das für eine Klinik?"

Elise zuckte mit den Achseln.

„Keine Ahnung, worauf die spezialisiert sind. Ich habe nur

einmal kurz aus der Entfernung ein paar Patienten gesehen, denen man aber nicht angesehen hat, weshalb sie dort sind. Und unter dem Namen KSP habe ich nur Anwaltskanzleien, Steuerberater, Klassische Schweinepest, Kantonsschule Pfäffikon, die Abkürzung für Klassensprecher und eine französische Gokart-Seite gefunden."

„KSP, sagst du?"

Tom war erkennbar aufgeregt. Ein fiebriger Glanz lag in seinen Augen; seine Wangen waren mit kleinen, roten Flecken übersät.

„Wann fährst du das nächste Mal hin?"

„Sobald ich einen würdigen Nachfolger für Gregor Sturm gefunden habe."

„Und wer ist Gregor Sturm?"

Ein beunruhigender Verdacht stieg in Elise auf.

War Tom am Ende jemand von der Schulbehörde, den Dr. Klar ihr auf den Hals gehetzt hatte, nachdem ihm zufällig ihre Nacktfotos in die Finger gefallen waren?

Vielleicht sollte gar nicht Gregor Sturm abserviert werden, sondern sie. Auf ganzer Linie. Aus moralischen Gründen.

„Lass uns doch mal unsere Verkostungsnotizen vergleichen", sagte sie schnell. „Stand Nr. 1 ... Ach, das ist der mit der gekrönten Dame, oder?"

Elise zog eine Autogrammkarte der Rheinhessischen Weinprinzessin hervor, die sie sich hatte geben lassen. In solchen Fällen reagierte sie wie ein Groupie.

Tom hatte Mühe, sich auf seine Notizen zu konzentrieren; außerdem hatte er sich nur auf eine kleine Anzahl an Winzern beschränkt und sich dort wiederum ausschließlich mit dem Silvaner befasst. Elise war dennoch dankbar für seine Einschätzung, denn manchmal schwankte sie bei einem Winzer zwischen zwei Weinen und gab in solchen Fällen dem den Zuschlag, der auch bei Tom am besten abgeschnitten hatte.

„So", sagte sie schließlich. „Den Top-Wein für jeden Winzer hätte ich schon mal. Jetzt muss ich mich nur noch entscheiden, welches Weingut das Beste ist."

„Wie viele Aussteller sind hier?", fragte Tom.

„Sechzehn."

„Und wie viele sind bei dir in der engeren Auswahl?"

„Sechzehn."

„Ah ... Dann musst du wohl das Los entscheiden lassen."

Tom sprang auf.

„Bin gleich wieder da", versprach er.

Elise sah, wie er von Stand zu Stand ging und Visitenkarten einsammelte.

Nachdenklich betrachtete sie ihr Glas. Die Arbeit war getan, jetzt konnte sie sich im Grunde einen Secco gönnen.

Stand Nr. 2 hatte die Rosé-Variante im Angebot.

Als Tom zurückkam, war Elises Glas über die übliche Probiermenge hinaus gefüllt.

„Zieh", forderte er sie auf und hielt ihr die Visitenkarten wie ein Quartettspiel aufgefächert hin.

„Was denn? Die kommen wirklich alle in Frage? Ich dachte, du würdest vielleicht vorher noch den einen oder anderen aus politischen Gründen aussortieren wollen", entgegnete sie und sah Tom fest in die Augen.

Der hielt ihrem Blick stand.

„Ich weiß nicht, woher dein merkwürdiger Eindruck von mir kommt. Hältst du mich für einen Geheimagenten?"

„Geheimagent – das klingt so positiv. Ich bin davon ausgegangen, dass Dr. Klar dich schickt, um mich zu bespitzeln. Aber wahrscheinlich wirst du mir gleich erzählen, dass du keine Ahnung hast, wer Dr. Klar ist, stimmt's?"

„Falsch. Dr. Klar kenne ich. Aber er hat mir nur gesagt, ich würde hier sehnsüchtig von einer jungen Kollegin erwartet, die auf meine fachkundige Unterstützung setzt."

Kollegin? Wie ein ehemaliger Grundschullehrer sah Tom nun wirklich nicht aus.

„Fachkundige Unterstützung wobei?", fragte Elise.

„Bei deinem ersten Artikel für ein überregionales Medium."

„Bei meinem ... Ja, klar ... Für welches Hochglanzmagazin denn? So was wie Arzt und Auto oder Wein und MVG?"

Elise musste gegen ihren Willen grinsen.

„Nein, eher so was wie Spiegel oder der Freitag", gab Tom zurück. „Allerdings habe ich mich wegen des Themas auch gewundert."

Elises Grinsen gefror.

„Was bedeutet KSP?", wollte sie wissen. „Und erzähl mir nicht, dass du keine Ahnung hast, denn ich habe gesehen, wie du vorhin zusammengezuckt bist, als ich davon erzählt habe."

„Klinik für kultursensible Pflege", sagte Tom.

„Klingt zugegebenermaßen ein bisschen ungewöhnlich. Aber was erschreckt dich daran so?"

„Ich versuche seit zehn Jahren herauszufinden, wo diese ... Klinik ... ist. Es geht das Gerücht, dass dort Geheimnisträger aller Art und andere ...", Tom räusperte sich, „ziemlich problematische Persönlichkeiten dauerhaft verwahrt werden. Jetzt stehe ich kurz vor der Pensionierung und bin noch immer keinen Schritt weiter."

„Doch", erklärte Elise entschlossen, „bist du. Ich kann zwar keine Artikel schreiben, so wie du, aber ich kann dich hinbringen."

„Wann?"

Elise zog eine der Visitenkarten, die Tom ihr noch immer hinhielt, drehte sie um, warf nochmal kurz einen Blick auf ihre Notizen, nickte zufrieden und stand auf, um bei dem frischgekürten Weinlieferanten der KSP zwei Zwölferkartons Silvaner zu ordern.

„Morgen", rief sie über die Schulter zurück.

Mit drei langen Schritten hatte Tom sie eingeholt. „Warte … Wo wohnst du?"

„Sag mir lieber, wo du wohnst. Dann nehme ich dich mit."

Tom wollte gerade antworten, als eine Frauenstimme, der man anmerkte, dass sie einen langen, ereignisreichen Tag hinter sich hatte, aus dem Lautsprecher drang:

„Achtung, eine Durchsage: Das Rathaus schließt um 18 Uhr. Wir bitten alle B'sucherinnen und B'sucher, das Rathaus um 18 Uhr zu verlassen."

„Das nenne ich mal eine rechtzeitige Ankündigung", sagte Tom und reichte Elise seine Visitenkarte.

„Weißt du, wo das ist?"

Elise nickte.

„Ich bin pünktlich um 15 Uhr bei dir", versprach sie.

„Soll ich dir noch helfen, den Wein ins Auto zu laden?", fragte Tom.

„Nein, danke, nicht nötig. Ich muss nie mehr Kisten mitbringen, als ich selbst mit schlimmstenfalls zweimal Laufen verladen kann. Aber zum Schluss noch ein kleines Quiz für den Fachmann: Wie viele Silvaner hast du hier heute gefunden?"

„Fünf."

„Hmja, es gibt aber sechs."

„Das kann nicht … Habe ich einen überlesen?"

„Nein, der sechste steht gar nicht da drin. Stand Nr. 2 musste kurzfristig umdisponieren. Statt des Rosés haben sie weißen Secco vom Silvaner dabei. Es würde mich interessieren, wie du den findest."

„Achtung, eine Durchsage: Das Rathaus schließt um 18 Uhr. Wir bitten alle B'sucherinnen und B'sucher, das Rathaus um 18 Uhr zu verlassen."

„Schaffen wir das noch?", fragte Tom.

„Na klar. Es ist schließlich erst Viertel vor. Außerdem glaube ich nicht, dass sie uns hier einschließen werden."

„Darauf sollten wir anstoßen", befand Tom.
Gemeinsam ließen sie sich ihre Gläser ein letztes Mal auffüllen.

„Hier?", fragte Tom ungläubig, als Elise den Wagen im Gebüsch parkte.
„Ja, genau hier", sagte sie lächelnd.
Wie jedesmal waren unterwegs immer wieder leichte Unsicherheiten aufgetaucht, doch wenn sie es erst einmal bis hierher geschafft hatte, gab es keinen Zweifel mehr.
„Na, dann ..."
Tom öffnete die Beifahrertür, nicht zu schwungvoll, damit sie durch das Gestrüpp keine Kratzer bekam. „Und nun?"
„Jetzt müssen wir den Wein zur Pförtnerloge bringen", sagte Elise und deutete mit dem Kopf in Richtung Klinik.
Tom Scriba stand die Verwirrung ins Gesicht geschrieben, denn von ihrem Parkplatz aus war von dem Gebäude nichts zu sehen. Elise nahm eine Kiste aus dem Kofferraum und lud sie kurzentschlossen auf Toms Armen ab, die er ihr reflexartig entgegenstreckte. Sie selbst schnappte sich die zweite Kiste, dann schloss sie die Heckklappe wieder.
„Mehr solltest du wirklich nicht mitbringen?", wollte Tom wissen.
Elise nickte.
„Ich glaube, das ist nur eine Testlieferung. Wenn der Wein ihnen zusagt, bestellen sie vielleicht so viel wie bisher", erklärte sie.
„Und – wie viel ist das?"
„Auch nicht so wahnsinnig viel mehr – fünf, sechs Kisten."
Mit diesen Worten drehte Elise Tom den Rücken zu und nahm Kurs auf einen Punkt hinter dem Gestrüpp. Tom sah zu, dass er mit ihr Schritt halten konnte und ignorierte das Geräusch von reißendem Stoff – ein sicheres Indiz dafür, dass er

sich die Hose an einem der Zweige kaputt gemacht hatte. Die junge Lehrerin wirkte auf ihn, als wüsste sie, wo sie hinwollte. Allerdings war er sich über ihre Motive nicht im Klaren. Er sah zu, dass er zu der jungen Frau aufschloss, die zielstrebig auf die Pförtnerloge eines Gebäudes zusteuerte, das aus dem Nichts aufgetaucht zu sein schien.

„Hier ist Elise Karl mit der neuen Lieferung", sagte sie in die Gegensprechanlage.

Sie hoffte, dass ihre Stimme nicht zitterte. Was, wenn man ihren und Toms Geschmack hier nicht teilte?

„Ich bin gleich bei Ihnen", hörte sie Dr. Klars Stimme.

Keine zwei Minuten später stand er vor ihr.

„Wie ich sehe, haben Sie sich wie besprochen auf eine kleine Auswahl beschränkt", lobte er und nahm Elise ihre Kiste ab.

Dann fiel sein Blick auf einen Punkt hinter Elises rechter Schulter. Für einen Moment spiegelte sein Gesicht ungezügelten Zorn wider, sodass Elise angst und bange wurde.

„Sind Sie nicht allein gekommen? Wer ist das?", bellte er.

„Nein, ich … Ich dachte … Ich bin mit Tom Scriba hier. Ich dachte, das wäre in Ordnung. Ich meine, Sie haben ihn mir doch geschickt, oder?"

Erst als sie hinter sich blickte, wurde ihr bewusst, dass Tom verschwunden war. Nur die zweite Weinkiste hatte er noch schnell abgestellt.

„Tom Scriba?", fragte Dr. Klar und aus seinen Augen schossen gefährliche Blitze.

Sein Gesicht erinnerte jetzt stark an Christian Klar nach zig Jahren Gefängnis.

„Ich … Weiß nicht."

Elise zuckte mit den Achseln. Sie war nervös, doch würde sie nicht sang- und klanglos das Feld räumen.

„Was ist mit den Fotos?", fragte sie.

Dr. Klar zog die Augenbrauen hoch.

„Ich meine, die, die Sie mir mitbringen wollten", ergänzte sie.

„Ah, ja, natürlich ... Oh, das tut mir leid, aber ich glaube, ich habe sie gar nicht mehr. Wissen Sie, ich habe sie neulich schon für Sie bereitgelegt und dann kam die Putzfrau und hat alles, das nicht weggeräumt war, einfach in den Schredder gesteckt."

„Soll das heißen, es gibt diese Fotos nicht mehr?", wollte Elise sich vergewissern.

„Ja, leider ..."

„Naja, da kann man nichts machen", gab sie leichthin zurück.

Ein lautes Hupen ertönte. Kam das aus Elises Wagen?

„Vielen Dank für die Lieferung", sagte Dr. Klar, der sich jetzt wieder ganz unter Kontrolle hatte.

„Ich glaube, ich werde in Zukunft auf Ihre Dienste verzichten müssen. Haben Sie vielen Dank für die gute Zusammenarbeit."

Tom saß auf dem Beifahrersitz, so als wäre nichts gewesen.

„Erzählst du mir jetzt, was es mit der Person, nach der du suchst, auf sich hat?", fragte sie schnörkellos und ließ den Wagen an.

„Eine junge Kollegin, nicht viel älter als du heute", begann er. „Es wäre ihre erste größere Reportage gewesen. Es ging um eine geheime Auffangstelle für gescheiterte Geheimagenten, enttarnte Terroristen ..."

„Die KSP?"

Tom nickte.

„Ja, die sogenannte Klinik war damals noch in der Aufbauphase und an einem anderen Ort. Untergebracht waren dort hauptsächlich kleinere Nummern aus der linken Szene und Mafiosi, die bereit waren, mit den Behörden zusammenzuarbeiten. Die pflegten einen etwas aufwendigeren Lebensstil. Tanja, so hieß meine Kollegin, hatte die Idee gehabt, sich über Gregor Sturm an die KSP heranspielen zu lassen und als Sommelière dort regelmäßig die neuesten Weine vom Weingut ihres Vaters vorzustellen."

„Also ist Gregor Sturm Tanjas Vater?", fragte Elise.

„Ja, sie war seine Tochter", bestätigte Tom. „Tanja ist tot."

„Hat die KSP etwas mit ihrem Tod zu tun?", fragte Elise, obwohl sie die Antwort schon kannte.

Jetzt wurde ihr einiges klar. Tom erzählte, dass er und Gregor Sturm die Spur der geheimnisvollen Klinik verloren hatten, weil die zwischenzeitlich verlegt worden war. Dann hatte Gregor Sturm durch Zufall bei einem Weinfest in Bingen einen angetrunkenen Italiener getroffen, der sich offenbar unerlaubterweise Freigang verschafft hatte. Er trank so viel Silvaner, wie eben in ihn hineinging, und erklärte dann, er müsse jetzt zurück in die Klapse, wo lauter stillose Weicheier untergebracht seien. Seit neuestem habe man sogar einen Kameltreiber im Boot. Einen reichen Saudi, der offenbar Dialysepatient sei und es sowieso nicht mehr lange machen würde.

Tom hatte begonnen zu recherchieren und sich dabei ein klein wenig auch der Hoffnung hingegeben, er wäre vielleicht Osama bin Laden auf der Spur. Arbeitstitel für seine Reportage war „Ein Herr aus dem Morgenland" gewesen. Doch es war ihm nicht gelungen, die ominöse Klinik ausfindig zu machen.

„Was ich nicht wusste", schloss Tom, „war, dass Gregor Sturm den Haufen offenbar aufgespürt und dich in Position gebracht hat. Vermutlich erinnerst du ihn an seine Tochter …"

„Na prima", sagte Elise. „Und mich fragt keiner, ob ich in Gefahr gebracht werden will."

„Darauf wird er schon geachtet haben, dass dir nichts passiert", sagte Tom. „Außerdem bist du absolut unverdächtig."

„Ich schon, aber du offenbar nicht. Ich habe Dr. Klar erzählt, dass du es bist, der mich begleitet hat ..."

Tom wirkte beunruhigt, sagte aber nichts. Sie hatten fast den Waldrand erreicht, als sie den Knall einer gewaltigen Explosion hörten.

„Das ... Das kommt aus Richtung der Klinik!", schrie Elise.

Sie hielt den Wagen an und sprang hinaus. Tom stieg ebenfalls aus. Er legte die Hände aufs Autodach und sah den Flammen zu, die zum Himmel emporstiegen.

„Das ist die KSP, die da brennt", erklärte er ungerührt.

„Und was machen wir jetzt?", fragte Elise.

„Zu mir fahren und den Wein aus dem Rathaus selbst trinken", sagte Tom und stieg wieder ein.

„Wie bitte?" Elise ließ sich neben ihn fallen. „Aber den haben wir doch gerade dort abgeliefert ..."

Tom schüttelte den Kopf.

„Nein, den nicht", sagte er. „Gregor Sturm hat mich gebeten, die Kisten gegen zwei andere auszutauschen, wenn du mich abholen kommst. Er wollte wissen, ob diese Banausen überhaupt den Unterschied merken ... Aber das werden wir jetzt wohl nicht mehr erfahren."

Elise warf Tom einen nachdenklichen Blick zu. Dann ließ sie den Wagen wieder an. Den Rest der Fahrt verbrachten sie schweigend.

Ein Mord zu viel
Olaf Paust

Es war so still, dass jeder Gedanke auf Zehenspitzen schlich. Im ganzen Haus war nicht ein Geräusch zu hören. Kein Knarren einer alten Diele, deren morsches Holz unter der Last der Jahre ächzte, und auch kein Klappern eines der Fensterläden, die normalerweise nie zurückhaltend waren. Selbst der alte Kühlschrank im Keller, dessen Brummen manchmal bis ins obere Stockwerk drang, schien sich an die stille Absprache zu halten. Karolin von Stetten lag hellwach in ihrem Bett und starrte gebannt an die Decke, während ihre Muskeln und Nerven in Alarmbereitschaft waren. Sie überlegte, was es war, das ihren Organismus so in Aufregung versetzte, dass sie keine Minute an Schlaf denken konnte.

Vielleicht lag es am dichten rheinhessischen Nebel, der das abgelegene Haus so eng umschlungen hielt, dass kein Luftzug auch nur den Versuch unternahm, die weiße Wand zu durchdringen. Der Nebel war ungewöhnlich kalt und mit den Händen zu greifen wie dicke Watte oder Gletscherschnee. Es war November und die Vorboten des Winters standen vor der Tür. Im Haus roch es noch nach den Resten des Kaminfeuers, das Kai am frühen Nachmittag entzündet hatte, um die Kälte vor die Tür zu jagen. Inzwischen war es 2 Uhr morgens und sie schwitzte, obwohl sie nicht einmal zugedeckt war. Attila gab keinen Laut von sich. Der Rottweiler, der selbst das leise Summen einer Fliege mit tiefem Knurren quittierte, schwieg so eisern, dass es Karolin nicht mehr im Bett hielt.

Verwundert stand sie auf und ihre Blicke durchbohrten das Halbdunkel des Schlafzimmers. Ihre Augen hatten sich längst an die Dunkelheit gewöhnt, sodass es ihr keine Schwierigkeiten bereitete, jeden Gegenstand im Raum zu erfassen. Es stand alles an seiner gewohnten Stelle. Nichts war anders als sonst und trotzdem war sie so nervös wie vor acht Wochen, als alles begonnen hatte. Es kostete sie Mühe zur Tür zu gehen, den Türgriff herunterzudrücken und zu lauschen, um dann nichts als ihren eigenen Atem zu hören. Normalerweise hätte Attila spätestens jetzt mit spitzen Ohren vor ihr stehen müssen, bereit, jedes fremde Geräusch mit lautem Gebell zu quittieren. Aber es war in diesem Haus nichts mehr normal.

Die Normalität hatte sich vor zwei Monaten verabschiedet.

Und Attila war nicht da.

Kai von Stetten starrte auf das kleine Gerät, das sich die größte Mühe gab, seine Aufmerksamkeit zu erregen. Den Blick auf das Display hätte er sich sparen können. Hätte er in diesem Moment einen Wunsch freigehabt, dann wäre es der Wunsch nach einer Wette gewesen. Eine Wette mit einem Menschen, der Zweifel hatte, dass am anderen Ende der Leitung tatsächlich die Person war, die Kai vermutete.

„Kai?", hallte es in seinem Ohr, nachdem er sich mit seinem angeheirateten Nachnamen gemeldet hatte, der im Vergleich zu seinem Geburtsnamen wie ein Königstitel klang.

„Ja?"

„Kannst du kommen?", fragte Karolin atemlos. „Bitte. Ich weiß nicht was mit dem Hund los ist."

„Der Hund?"

„Er ist …" Sie zögerte.

„Was ist mit dem Hund?"

„Ich weiß es nicht", rief Karolin verzweifelt. „Bitte komm!"

„Beruhige dich. Ich komme, so schnell ich kann. Ich bin schon auf dem Weg zurück, aber es ist noch ein Stück."

Die plötzliche Stille in der Leitung irritierte ihn.

„Hallo? Karo? Kannst du mich hören, Hallo?"

„Ja", kam es so leise, dass Kai sich mit dem Finger das andere Ohr zuhielt, um jedes Nebengeräusch auszuschließen.

„Du bist so schlecht zu verstehen, Kai. Und Attila ..."

„Was ist denn mit ihm? Karo? Hörst du mich?"

Doch es war nichts mehr zu hören. Nur noch ein Rauschen, das er mit einem Fingerdruck beendete.

Karolin von Stetten stand mit dem Hörer in der Hand an der Tür ihres Schlafzimmers und lauschte weiter angespannt. Eben hatte es unten geklappert. Sie war kein ängstlicher Mensch oder hatte zumindest immer geglaubt, dass sie es nicht war. Sie musste nur ins Treppenhaus gehen und nachsehen. Vielleicht würden sich ihre Befürchtungen in Luft auflösen und sie konnte wieder die Ruhe finden, nach der sie sich so sehnte. Irgendwo musste auch dieser Detektiv stecken, der ein Heidengeld dafür verlangte, dass genau das nicht eintraf, was im Moment passierte.

„Herr Binder?", fragte sie kaum hörbar, weil die Hemmungen doch größer waren als der Mut. „Sind Sie da unten?" Es kam keine Antwort. Nur aus der Ferne meinte sie ein Geräusch zu hören. „Herr Binder!", rief sie noch einmal, dieses Mal etwas lauter, ohne dass sich das Ergebnis änderte. Karolin nahm ihren ganzen Mut zusammen und trat aus dem Zimmer. Horchend bleib sie kurz stehen, bevor sie noch zwei weitere Schritte nach vorne ging und sich schließlich über das Treppengeländer beugte.

Was sie dort unten sah, gefiel ihr nicht. Die Haustür stand offen. Und zwar nicht nur einen Spalt weit, was man vielleicht noch damit hätte erklären können, dass sie vergessen hatte, die Tür richtig zu schließen. Die Tür stand so weit offen, wie zuletzt beim Einzug vor drei Jahren, als die breiten Möbel nur mit Mühe durch den Türrahmen geschoben werden konnten. Es war wie eine Einladung, das Haus zu betreten, und Karolin leckte sich über die trockenen Lippen.

Ihre Hand umklammerte den Telefonhörer, als sie weiter zur

Treppe schritt. Sie dachte kurz daran, dass sie zum Glück angezogen war, weil sie sich kaum noch traute, ihre Kleider nachts abzulegen. Mechanisch lief sie Schritt für Schritt weiter, ging langsam die Treppe hinunter, die Augen starr auf den Eingang gerichtet.

„Herr Binder?", rief sie noch einmal, kurz bevor sie die Haustür erreichte. Dann fasste sie nach dem Griff und warf die Tür mit aller Kraft zu.

Eine ganze Weile blieb sie mit dem Rücken an die Tür gelehnt stehen, atmete immer wieder tief ein und aus, den Blick auf den langen Flur gerichtet, in der Hoffnung, dass dort jeden Moment Jens Binder auftauchte, um ihr zu sagen, dass er nur vergessen hatte, die Tür zu schließen, was natürlich Quatsch war, weil der Detektiv überhaupt keinen Schlüssel zum Haus besaß und deshalb auch nicht hereingekommen sein konnte.

Sie musste lange so gestanden haben, denn ein Bein war eingeschlafen. Sie schüttelte es und überlegte, was sie machen sollte. Hoch gehen und sich wieder ins Bett legen, konnte sie unmöglich. Der Gedanke, nach draußen zu gehen und nach dem Hund zu suchen, erschreckte sie. Andererseits fragte sie sich, was ihr passieren konnte? Attila musste irgendwo sein. Der Wunsch nach der Nähe des großen Tieres wurde übermächtig. Entschlossen griff sie nach ihrer Jacke, in deren Tasche sich der Haustürschlüssel befand, öffnete die Haustür erst einen Spalt weit, dann etwas mehr und spähte hinaus. Der Nebel war noch genauso dicht, wie am Abend. Die weiße Masse schluckte ihre Rufe wie Sirup. Sie rief weiter nach dem Hund – und tatsächlich hörte sie aus der Ferne ein Bellen.

Karolin trat einen Schritt hinaus und zog die Tür zu. Sie ging bis zu dem angrenzenden Weg, der nach Sulzheim führte. Ihre Beine bewegten sich ganz mechanisch. Immer wieder rief sie und es kam ihr so vor, als ob Attila jedes Mal antwortete. Irgendwo da hinten aus der Nebelwand. Ihre Schritte wurden schneller. Sie vermied es auf den Boden zu sehen. Sie lief und lief bis ihr Fuß an etwas hängen blieb und sie doch nach unten sah.

Ihr Schrei war kurz und schrill.

Vor ihren Füßen lag der Kopf eines Rehs.

Jetzt hielt sie nichts mehr. Fast panikartig rannte sie den Weg zurück, kramte beim Laufen nach dem Haustürschlüssel und hörte nicht die Schritte, die ihr folgten. Sie stolperte, fing sich wieder, wobei ihr der Schlüssel aus der Hand fiel. Hektisch suchte sie den Boden ab. Ihre Finger tasteten über den Asphalt – bis sich zwei Hände auf ihre Schultern legten.

Kai von Stetten sah seine Frau lange an. Sie saßen einander gegenüber in den Ledersesseln und in ihren Augen spiegelten sich die Flammen des Kaminfeuers. Karolin hatte alles erzählt. Jedes Detail bis zu dem Moment, in dem er sie vom Boden hochgezogen und in den Arm genommen hatte, um sich sogleich für sein ungeschicktes Verhalten zu entschuldigen. Sie hatte wild um sich geschlagen, als sie seine Hände auf ihren Schultern spürte, und es hatte ihm Mühe bereitet, sie zu beruhigen. Nun hielt sie schweigend die dampfende Tasse, die er ihr wortlos gebracht hatte. Holunderblütentraum, ihr Lieblingstee. Sie hatte aufgehört zu zittern und in ihrer Stimme schwang wieder ein Hauch von Selbstsicherheit mit.

„Was denkst du?", fragte sie. „Dass ich mal wieder spinne?"

„Nein, natürlich nicht."

„Aber du hältst mich für hysterisch, oder?"

Er schüttelte langsam den Kopf. Ernst sagte er: „Nein, auch das nicht."

„Ich lasse mich hier nicht vertreiben. Von niemandem, hörst du! Von niemandem!"

„Karo, bitte."

„Warum hast du mich so erschreckt?", fragte sie leise.

Kai bemühte sich um ein Lächeln, auch wenn ihm nicht danach zumute war. „Ich habe es dir doch schon erklärt. Ich kam gerade an und sah dich losrennen. Ich wusste nicht, was los war. Du bist wie eine ..." Er brach ab und sie beendete den Satz.

„... Wahnsinnige davon. Das wolltest du doch sagen? Du denkst, ich bilde mir das alles ein? Die anonymen Anrufe, das Klopfen an der Tür, das verwüstete Blumenbeet im Garten, die tote Ratte im Briefkasten. Und wahrscheinlich habe ich mir auch nur eingebildet, dass Wulf vergiftet wurde. Ach ja, und der Rehkopf ist auch nur eine Erfindung. An Phantasie mangelt es mir ja nicht." Sie sagte das mit solcher Bitterkeit, dass Kai beschwörend die Hände hob.

„Ich glaube dir ja. Aber es ist schon alles sehr seltsam, das musst du zugeben. Ich bin übrigens den ganzen Weg noch mal abgegangen."

Karolin sah zum Feuer. Sie ahnte, was kam.

„Ich habe keinen Rehkopf gesehen. Nicht die Spur eines Rehs." Noch bevor sie etwas erwidern konnte, sagte er noch einmal: „Aber ich glaube dir. Ich verstehe es nur nicht. Das ist doch alles verrückt. Total bescheuert."

„Wo ist Attila?", fragte Karo tonlos.

Er zuckte mit den Schultern. „Keine Ahnung. Abgehauen. Wir scheinen mit Hunden kein Glück zu haben." Wieder huschte ein gequältes Lächeln über sein Gesicht. Und mit einem Seufzer fuhr er fort: „Ich werde einen Zettel schreiben und ihn im Dorf aufhängen. Vielleicht hat ihn jemand gesehen. Irgendwo muss er ja sein."

„Er ist tot", sagte Karo, während sie weiter auf das Feuer starrte, „wie Wulf."

„Du meinst, er wurde auch vergiftet? Aber warum sollte das jemand tun?"

„Ich weiß es nicht. Ich weiß nur, dass ich mich nicht vertreiben lasse." Sie stellte die Tasse auf den kleinen Beistelltisch, stand auf und nahm ein Holzscheit aus dem Kasten neben dem Kamin. Er betrachte sie: ihre langen Haare, die sie viel zu selten offen trug und graue Ansätze zeigten, weshalb sie regelmäßig nachgefärbt wurden; ihre preußisch anmutende Haltung, die den Eindruck erweckte, als wäre sie mit einem Stock im Rücken aufgewachsen; ihre schlanke Figur, die ihr so wichtig war, dass er oft alleine aß, weil er nicht mehr hören mochte, wie viele Kalorien in jedem Bissen steckten. Und schließlich ihre schlanken Beine, die endlos wirkten, weil ihre Füße zu seinem Leidwesen meist in hochhackigen Pumps steckten und er deshalb neben ihr kleiner aussah, was er eigentlich gar nicht war. Karo war ein sehr stolzer Mensch, jemand der sich nicht leicht einschüchtern ließ. Tief in ihrem Herzen, strotzte sie vor Selbstsicherheit, eine Eigenschaft, die ihm zuweilen fehlte. An ihr war zweifellos eine Lehrerin verloren gegangen. Nur ihr mangelnder Ehrgeiz hatte dem vagen Berufswunsch entgegengestanden. Ein Mangel, der durch das Vermögen ihres Vaters begünstigt wurde. Sie kam eigentlich aus Norddeutschland. Ihr Studium hatte sie nach Mainz verschlagen. Dort hatten sie sich auch kennengelernt. Bei einer Fete. Er hatte sich schnell in die selbstbewusste junge Frau mit der sanften Stimme verguckt. Zur Hochzeit hatte ihnen ihr Vater dieses Haus hier auf dem Land gekauft und seine Tochter mit Geld überschüttet. Ihre Lust auf das Studium war danach rapide gesunken. Es gab für sie plötzlich keinen Anreiz mehr, selbst etwas verdienen zu müssen. Kai fragte sich, wie er reagiert hätte, wenn sein Vater ihm so viel gegeben hätte? Er wusste es nicht. Es war müßig darüber nachzudenken, weil seine Familie nie viel besessen hatte.

„Hast du Herrn Binder erreicht?", fragte sie, während sie sich wieder setzte.

„Ja."

„Und was sagt er?"

„Dass er nicht da war."

„Das habe ich gemerkt. Aber warum nicht?"

„Er behauptet, sein Wagen sei nicht angesprungen. Er hat wohl versucht hier anzurufen, um Bescheid zu geben, aber es ging niemand dran."

Karo schüttelte den Kopf. „Wann soll das gewesen sein?"

„Gegen fünf."

Sie überlegte. „Stimmt. Da war ich einkaufen. Aber warum hat er nicht auf den Anrufbeantworter gesprochen?"

„Ich weiß nicht."

Sie schwiegen eine Weile. Irgendwann erhob sich Kai und schlenderte zum Kamin, wo er kurz in die Flammen sah. Plötzlich drehte er sich um. „Warum gehen wir nicht von hier fort, Karo? Wir verkaufen das Haus und lassen uns woanders nieder. So schön hier auch alles ist, aber unter den gegebenen Umständen, ist es vielleicht besser. Was meinst du?"

„Kommt nicht in Frage", sagte sie bestimmt. „Das Haus hat uns mein Vater geschenkt. Es ist mir heilig, verstehst du?"

Kai nickte verständnisvoll. „Aber dein Vater hätte nicht gewollt, dass du so leidest. Er wollte immer, dass du glücklich bist, Liebes. Und nach allem, was in letzter Zeit passiert ist ..."

„Wir bleiben", sagte sie. Und ihre Stimme klang hart. „Es hängen zu viele Erinnerungen daran. Unsere Hochzeit, die Schwangerschaft, Vaters Tod. Ich kann hier nicht weg."

„Wie du meinst." Kai sah sie wieder lange an. Es war ein besorgter Blick, den er ihr zuwarf. Voller Wärme und Anteilnahme. Schließlich sagte er. „Du bist sentimental, Karo."

Sie lächelte milde: „Sind wir das nicht beide?"

Als Karo später allein in ihrem Bett lag, dachte sie über das Gespräch und vieles andere nach. Kais Vorschlag war gut gemeint, aber sie konnte das Haus nicht verlassen. Nicht nach dem Unfalltod ihres Vaters. Das war unmöglich. Sie wäre sich wie eine

Verräterin vorgekommen. Ihr Vater hatte es dem „glücklichsten Paar der Welt" zur Hochzeit geschenkt und noch dazu so viel Geld, dass sie beide nicht mehr arbeiten mussten. Dass Kai es trotzdem tat, war seiner Anständigkeit geschuldet. Er wollte ihr nicht auf der Tasche liegen. Darum arbeitete er als Pharmareferent und putzte Klinken bei Ärzten, was beileibe kein Traumjob war. Aber er verdiente sein Geld – und sie akzeptierte das. Mehr noch: Sie bewunderte ihn dafür. Andere Männer an seiner Stelle hätten alles aufgegeben, um ihren Hobbys zu frönen. Aber Kai war nicht wie andere Männer. Er war für sie da: tagsüber und nachts – wenn sie sich körperlich nach ihm sehnte. Dann war für den Moment sogar das nervige Schnarchen vergessen, das sie zu getrennten Schlafzimmern zwang.

Eine wohlige Wärme durchzog ihren Körper. Kai war bereit, ihretwegen seine geliebte Heimat zu verlassen. Nur ein Fingerschnippen und er würde die Koffer packen, um mit ihr irgendwohin zu ziehen. Alles hinter sich lassen. Sulzheim und sein geliebtes Rheinhessen. Sogar seinen Job würde er aufgeben, wenn sie es wollte. Er würde alles tun, um sie glücklich zu machen, und sie wusste das zu schätzen. Wenn nur diese Schicksalsschläge nicht gewesen wären. Das wohlige Gefühl verschwand hinter einer mächtigen Wolke. Sie waren wieder da, die langen Schatten, die ihre sonnige Welt verdunkelten. Die lang ersehnte Schwangerschaft und die Fruchtwasseruntersuchung, die alle ihre Wünsche mit einem Schlag zunichtegemacht hatte. Auch wenn sie vermutlich nie darüber wegkam, hatte Kai doch recht. Sie musste ihm dankbar sein. Ein Kind mit Down-Syndrom hätte nicht nur ihn, sondern vermutlich auch sie überfordert. Es war besser, dass sie sich dagegen entschieden hatten.

Karo grub sich tiefer unter die Decke. Sie vermisste ihren Vater und seine Ratschläge, die ihr Orientierung gegeben hatten. Auch das war vorbei. Ein betrunkener Autofahrer, und zurück blieb nur Schmerz. Sie fühlte sich allein gelassen. Wie die Fremde, die alle in ihr sahen. Sie war hier fremd, weil sie sich nie in das Dorfleben integriert hatte. Warum, wusste sie nicht. Vielleicht war sie wirklich zu unnahbar, zu in sich gekehrt, wie Kai sagte, aber er hatte auch leicht reden. Er war hier aufgewachsen, kannte alles und jeden, hatte immer hier gelebt und tat sich schwer damit nachzuvollziehen, dass es Menschen wie sie gab, die ihre Kontakte nicht schon in der Wiege geknüpft hatten.

Wenn Kai ernsthaft vorschlug, ihr zuliebe von hier wegzuziehen, konnte sie ihm das gar nicht hoch genug anrechnen. Umso wichtiger war es ihm zu erklären, dass sie nicht die Flucht ergreifen würde. Wobei sie nicht einmal hätte sagen können, wovor sie überhaupt fliehen sollte. Die Vorkommnisse der vergangenen Wochen waren wie ein Sturm über sie hinweggezogen. Anfangs hatte sie nach natürlichen Erklärungen gesucht. Es kam vor, dass sich jemand verwählte. Vielleicht sogar mehrmals. Vielleicht hatte sie sich die nächtlichen Klopfgeräusche an der Tür tatsächlich nur eingebildet. Hinter dem verwüsteten Beet konnten irgendwelche Tiere stecken – es gab hier viel Wild. Die tote Ratte mochte ein übler Scherz von pubertierenden Kindern gewesen sein. Und möglicherweise hatte sich Wulf den giftigen Köder sonst wo geholt. Aber spätestens seit dem Vorfall mit der Wäsche, die auf unerklärliche Weise den Weg von der Leine hinter dem Haus in die Küche fand, hatten sich ihre natürlichen Erklärungsversuche erschöpft. Dass ein Polizist offenkundig an ihrem Verstand zweifelte, hatte sie nicht getroffen – aber Kais nachdenklicher Blick, als sie es ihm erzählte. Ob er wirklich glaubte, dass sie …?

Am nächsten Morgen war Karo spät auf den Beinen. Sie war irgendwann eingeschlafen, grübelnd und unruhig, eine Nacht, die sie besser vergaß. Kai hatte liebevoll den Frühstückstisch gedeckt, mit noch ofenwarmen Vollkornbrötchen und frisch gepresstem Orangensaft. Offenbar war er schon früh zum Einkaufen gefahren, um ihr eine Freude zu machen. Zwischen zwei Gläsern mit kalorienreduzierten Marmeladen hing ein Zettel.

„Guten Morgen, Liebes! Ich bin schon los. Habe heute einiges vor. Den Anruf bei der Polizei wegen Attila habe ich gemacht. Mal sehen, was dabei herauskommt. Mach dir keine Sorgen. Ich denke an dich. Bis später, Kai."

Fürsorglich, wie es seine Art war, hatte er einen frischen Strauß gelber Rosen daneben gestellt. Karo musste trotz ihrer trüben Stimmung lächeln. Sie nahm sich vor, das Frühstück zu genießen, was ihr einigermaßen gelang.

Während sie eine Brötchenhälfte aß, fiel ihr der Detektiv ein, den sie nach Wulfs Tod beauftragt hatten. Vielleicht war es gut, noch einmal persönlich mit ihm zu sprechen. Bisher hatte sie ihn nur zweimal getroffen. Alle anderen Gespräche hatte Kai geführt. Irgendwie kam ihr dieser Herr Binder nicht sehr zuverlässig vor. Die Rechnungen, die er schrieb, waren üppig, die Leistungen weniger. Wahrscheinlich hatte er bisher keinen Finger gerührt, vermutlich nahm er ihre Sorgen nicht mal ernst. Sie würde ihn heute noch aufsuchen und ihm sagen, dass sie für das Geld, das sie zahlten, mehr erwarteten. Karo sah zur Wanduhr. Am besten gleich. Es war halb elf und ihr Tagesplan war sehr übersichtlich. Entschlossen stand sie auf und räumte das Geschirr in die Spülmaschine.

Zehn Minuten später stand sie ausgehfertig im Flur und überlegte, wo sie den Haustürschlüssel gelassen hatte. Sie hatte ihn gestern Abend in ihre Jackentasche gesteckt, bevor sie aus dem Haus gegangen war. Dann hatte sie ihn draußen verloren … Kai hatte ihn später wiedergefunden … Nur: Wo war er jetzt?

Sie suchte im Schlüsselkästchen neben der Tür und in ihrer Handtasche. Auch in der Schreibtisch-Schublade im Arbeitszimmer konnte sie ihn nicht finden. Also begann sie alle ihre Jackentaschen zu durchforsten, die im Garderobenschrank hingen. Kopfschüttelnd wanderten ihre Hände in jeden Taschenwinkel. Er war nicht da. Ärgerlich wiederholte sie die Suchaktion, ohne dass sich am Ergebnis etwas änderte. Sie versuchte Kai auf dem Handy zu erreichen, aber offenbar war er mit einem Kunden beschäftigt, denn er meldete sich nicht. Nach kurzem Zögern begann sie auch Kais Jackentaschen zu durchsuchen, konnte ihren Schlüssel jedoch auch dort nicht finden. Das Einzige, was sie entdeckte, war Kais zweiter Autoschlüssel, der in der Innentasche seiner Lederjacke steckte sowie eine zusammengefaltete Quittung über eine Hotel-Übernachtung in Frankfurt. Beiläufig überflog sie den Inhalt und blieb an den Namen hängen. Die Quittung war auf „Herr und Frau von Stetten" ausgestellt. Irritiert sah sie auf das Datum. Es war zwei Wochen alt. Aber vor zwei Wochen waren sie doch nicht in Frankfurt gewesen? Noch dazu an einem Mittwoch? Vermutlich hatte sich der Aussteller verschrieben. Aber es war ein Doppelzimmer auf der Quittung vermerkt. Ein Doppelzimmer … Karo versuchte das unangenehme Gefühl zu ignorieren, das dabei war, von ihr Besitz zu ergreifen. Es konnte sich nur um ein Versehen handeln. Sie sagte sich den Satz so oft vor, bis sie endlich zum Telefonhörer griff und die Nummer des Hotels wählte.

Es meldete sich eine leicht unterkühlte Frauenstimme, die ihr nach kurzem Nachfragen bestätigte, dass es sich um kein Versehen handelte. Vor zwei Wochen hatten Kai und Karo von Stetten eine Nacht in einem Doppelzimmer des Hauses verbracht und im hoteleigenen Restaurant auch ein Abendessen zu sich genommen. Ob es Grund für eine Reklamation gebe, wollte die Frauenstimme noch wissen, bevor Karo auflegte.

Danach musste sie sich erst einmal setzen. Es dauerte einige Minuten, bis sie einen klaren Gedanken fassen konnte. Als es so weit war, stand sie wieder auf und betrachtete Kais Autoschlüssel, dessen Zacken tiefe Druckstellen in ihrer Handinnenfläche hinterlassen hatten. Langsam ging sie zur Haustür und zog sie hinter sich zu.

Der Nebel hatte sich immer noch nicht verflüchtigt. Aber er war längst nicht mehr so dicht und zeigte deutliche Risse, durch die sich ein paar Sonnenstrahlen zwängten. Mit zusammengekniffenen Lippen saß Karo hinter dem Steuer. Der Weg nach Sulzheim kam ihr heute länger vor als sonst. Als die Mauer des Dorffriedhofs schemenhaft vor ihr auftauchte, entdeckte sie dort einen hünenhaften Mann. Der Riese lehnte an der Mauer und schien auf jemanden zu warten. Er beobachtete ihren Wagen, ohne dass Karo weiter Notiz von ihm nahm. Im Rückspiegel sah Karo, dass der Mann ihr nachsah. Jetzt erst erkannte sie ihn. Es war Bonifatius Lukas, ein Schulfreund von Kai, wobei Freund zuviel gesagt war, denn Kai mochte ihn nicht besonders. „Hau den Lukas", wie Kai ihn nannte, hatte schon einmal im Gefängnis gesessen. Angeblich wegen einer Schlägerei. Genaues wusste sie nicht.

Sie selbst konnte nichts Schlechtes über den Mann mit den kurz geschorenen Haaren sagen, dessen bulliges Äußeres durch die körperbetonte Kleidung noch verstärkt wurde. Im Gegenteil. Während der wenigen Male, in denen sie sich zufällig im Dorf begegnet waren, war er immer ausgesprochen freundlich zu ihr gewesen. Er hatte sich nach ihrem Wohlbefinden erkundigt und liebe Grüße an seinen alten Schulfreund ausrichten lassen. Kai hatte die Grüße mit einer abfälligen Bemerkung quittiert. „Bon" Lukas war in seinen Augen ein geldgieriger Idiot, der sich mit falschen Freunden umgab. Was Kai zu dieser Einschätzung bewog, sagte er nicht.

Nachdem sie auf die Hauptstraße abgebogen war, hatte sie Lukas bereits vergessen. Sie dachte wieder an das Hotel und an das, was sie sich vorgenommen hatte. Ihr Wagen hielt vor einem weiß-gelb gestrichenen Haus in Wörrstadt, in dessen Erdgeschoss eine Bäckerei war. Die zweite Etage beherbergte das nüchterne Büro von Jens Binder, einem ehemaligen Polizisten, der sich vor ein paar Jahren selbstständig gemacht hatte. Wie sie von Kai wusste, war ihm der Job als Polizist zu stressig geworden. Kai hatte auch erzählt, dass Binder schon dreimal geschieden war – alle drei Frauen waren angeblich mit anderen Männern durchgebrannt. Er ist also ein Fachmann auf diesem Gebiet, dachte sie grimmig.

Karo kam schnell zur Sache und schilderte die Situation.

„Ich möchte, dass Sie überprüfen, ob mein Mann mich betrügt."

Binder nickte, als sei es das Selbstverständlichste der Welt. Sein mitleidiger Blick widerte sie an, aber sie versuchte sich nichts anmerken zu lassen.

„Was ist mit dem anderen Auftrag?", fragte er.

„Der gilt natürlich auch weiter", sagte Karo. „Haben Sie schon etwas herausgefunden?"

Das hagere Gesicht blieb regungslos. „Nicht viel", murmelte Binder.

„Was heißt, nicht viel?"

„Es wird im Dorf so manches erzählt", sagte der Detektiv vage. „Man muss nicht alles glauben."

„Und was wird erzählt?"

Der Privatdetektiv rang sich ein schiefes Lächeln ab. „Wollen Sie das wirklich wissen?"

„Ich bitte darum."

„Dass Sie nicht ganz bei Trost sind."

Karo war drauf und dran aufzuspringen und dem Kerl die Meinung zu sagen. Was bildete sich dieser Mensch ein? Sie wollte zu einer scharfen Erwiderung ansetzen, aber als sie das teilnahmslose Gesicht sah, beherrschte sie sich. Sie brauchte ihn. Und es war ja nicht seine Schuld, wenn die Leute das über sie dachten. Vor Wut zitternd umklammerten ihre Finger die Stuhllehnen.

„Ich möchte, dass Sie weitermachen", sagte sie forsch. „Es soll nicht zu Ihrem Schaden sein."

Jetzt grinste Binder. „Das weiß ich. Sie können sich auf mich verlassen, meine Liebe." Er stand langsam hinter seinem Schreibtisch auf, dessen Oberfläche von Notizzetteln übersät war. Was für ein mickriges Kerlchen, dachte Karo, als sie ihn betrachtete. Jede körperliche Tätigkeit schien diesem Mann fremd zu sein. Seine Schultern hingen herunter wie nasse Wäsche und der Oberkörper erinnerte sie an eine Birne. Die wässrigen Augen ruhten auf ihr. Es war ihr unangenehm, wie er sie ansah.

„Rauchen Sie?", fragte er.

„Nein."

„Stört es Sie, wenn ich mir eine anstecke?"

Wenigstens war ihm eine gewisse Höflichkeit nicht abzusprechen.

„Nein", sagte Karo wieder, obwohl sie Zigarettenrauch hasste.

Binders altmodisches Feuerzeug schnappte auf und die kleine Flamme erlosch schnell wieder. Er zog an der Zigarette und schien zu überlegen. Karo hatte das Gefühl, dass er ihr etwas sagen wollte. Vielleicht will er mir einen Ratschlag geben, wie ich mich jetzt verhalten soll, dachte sie bitter. Aber Binder schwieg.

Nach einer Weile stand sie auf und sagte: „Es wäre nett, wenn Sie schnell zu einem Ergebnis kämen."

„Ich werde mich bemühen", erwiderte der Detektiv.

Das Ergebnis kam schneller, als sie es erwartet hatte. Es war Donnerstagnachmittag und Karo hatte gerade beschlossen, zum Einkaufen nach Mainz zu fahren, um sich etwas abzulenken. Kai war seit Montag auf Tour, irgendwo in Franken. Fünf Mal hatte er seitdem angerufen, um sich nach ihrem Wohlbefinden zu erkundigen. Schon vor der Abreise hatte er immer wieder erklärt, wie schwer ihm die Reise diesmal falle. Was in letzter Zeit geschehen sei, habe auch ihn sehr mitgenommen. Ob er sie wirklich alleine lassen könne? Ob es ihr nicht lieber wäre, wenn er die Reise verschieben würde? Sie solle sofort anrufen, wenn etwas sei. Das müsse sie ihm versprechen. Er werde dann gleich zurückkommen.

Karo versprach es und Kai fuhr schweren Herzens los.

Als das Telefon klingelte, dachte sie zuerst an Kai. Aber es war Binder. Der Detektiv erzählte ihr in nüchternen Worten, dass ihr Mann am Dienstag mit einer blonden Frau in einem Frankfurter Hotel abgestiegen sei. Er habe sich an der Rezeption erkundigt. Anfänglich sei die Empfangsdame sehr reserviert gewesen, aber er sei ja nicht auf den Mund gefallen und habe herausbekommen, dass Herr und Frau von Stetten seit einem halben Jahr regelmäßig kämen. Frau von Stetten sei offenbar eine Schwedin. Eine Stewardess vermutlich. Die Dame an der Rezeption glaubte, dass die beiden noch nicht lange verheiratet seien und eine Fernbeziehung führten. So etwas gebe es heute oft. Sie blieben manchmal nur eine Nacht, manchmal auch länger. Das Doppelzimmer werde mitunter sehr kurzfristig gebucht. Manchmal werde auch Champagner auf das Zimmer gebracht. Bei längeren Aufenthalten pflege das Paar gerne im Zimmer zu frühstücken.

„Reicht das oder benötigen Sie weitere Informationen?", fragte Binder zum Schluss seiner Ausführungen. Es war ihm nicht anzumerken, was er dachte.

„Danke für die schnelle Arbeit", entgegnete Karo tonlos und legte auf. Mit weichen Knien wankte sie ins Wohnzimmer. Dort ließ sie sich aufs Sofa fallen und vergrub ihr Gesicht in einem Kissen. Als sie sich wieder aufrichtete, lachte sie vom Kaminsims gegenüber das Bild ihres Vaters an. Es war eine der schönsten Aufnahmen von ihm. Sie liebte das Foto. Kai hatte es am Tag ihrer Hochzeit gemacht. Nur ein Jahr bevor ihr Vater starb. Als Erinnerung für den „schönsten Tag der Welt". Direkt daneben stand ein Bild von Kai. Im Hochzeitsanzug. Mit diesem schelmischen Grinsen, in das sie sich bei ihrem ersten Treffen sofort verliebt hatte. Er hatte es selbst entwickelt. Sie nahm das Bild, warf es auf den Boden und trat so lange darauf, bis die Glasscheibe in viele tausend Teile zerborsten war.

„Ich glaube, ich habe Sie nicht richtig verstanden, Frau von Stetten? Ich soll was …?"

„Sie sollen ihn überfahren. Ich möchte, dass es wie ein Unfall aussieht. Ich zahle gut. Trauen Sie sich das zu, Herr Lukas?"

Bon Lukas nippte an seinem Bier. Sie saßen in der Altstadt von Mainz im dämmerigen Licht einer Bierschenke. Im Gastraum standen nur wenige Tische, die mit kartenspielenden Männern und wenigen Frauen besetzt waren. Die Luft war abgestanden wie die Schaumkrone von Karos Bier.

„Der miese Kerl betrügt Sie also. Passt zu dem Dreckskerl. Ich habe ihn noch nie gemocht. Schon in der Schule nicht. Immer mit seinem feinen Getue. Dachte, er sei etwas Besseres. Habe mir das schon immer gedacht, dass alles nur Fassade ist. Ein Emporkömmling. Schläft sich hoch und sonst nichts dahinter." Karos eisiger Blick ließ ihn verstummen.

„Verzeihung", murmelte er. „Wollte Sie nicht beleidigen."

„Ich warte auf Ihre Antwort? Machen Sie's oder machen Sie's nicht?"

„Das passt mir nicht", sagte er und blickte verstohlen zur Seite. Mit gedämpfter Stimme fuhr er fort: „Ich bin doch kein Mörder. Was Sie da von mir verlangen, also ich weiß nicht."

„Wie viel?", fragte Karo kalt. „10.000? 20.000? Na, los, Herr

Lukas. Mir können Sie nichts vormachen. Wie viel verlangen Sie dafür?"

„Ich … weiß nicht. Ich habe keine Ahnung." Auf der Stirn des wuchtigen Mannes standen feine Schweißperlen. Karo fragte sich, ob sie einen Fehler gemacht hatte. Vielleicht hatte auch das nicht gestimmt, was Kai über ihn erzählt hatte. Vielleicht war dieser Fleischberg doch nicht so geldgierig. Dann hatte sie jetzt ein Problem. Fieberhaft überlegte sie, wie sie ihn dazu bewegen konnte, den Auftrag anzunehmen.

Sie legte ihre Hand auf seine und streichelte sie so zärtlich als handele es sich um ein frisch geschlüpftes Küken. „Wir können über alles reden", flüsterte sie mit aller Inbrunst, zu der sie fähig war.

Irritiert zog der Riese seine Hand zurück. Er musterte sie und Karo wusste in diesem Augenblick, dass sie eben einen Fehler gemacht hatte. Verlegen griff sie nach dem Glas und trank einen Schluck. Am liebsten wäre sie im Erdboden versunken. Sie wich seinem abschätzenden Blick aus und wollte schon aufstehen, doch er hielt sie am Ärmel zurück. „Warten Sie! Ich habe es mir überlegt. Für 25 Riesen lass ich mit mir reden."

Also doch, dachte Karo erleichtert. Wenigstens in diesem Punkt hatte Kai recht gehabt. Und mit einer Entschlossenheit, vor der sie früher erschrocken wäre, sagte sie. „Gut. Ich wusste, dass wir uns einig werden. Das Geld bekommen Sie natürlich erst hinterher."

„O nein", entgegnete Lukas. „Das Geld will ich sofort. Sonst wird aus der Sache nichts, Schätzchen."

Karo hielt die Luft an. Am liebsten hätte sie dem Kerl eine geknallt. Aber sie sah keinen anderen Weg, als die Unverschämtheit zu ignorieren. „Also dann die Hälfte vorher – wenn Sie mir versichern, dass Sie es wirklich machen."

Jetzt tätschelte Lukas ihre Hand. „Sie sind doch nicht taub, Schätzchen? Oder? Keine halben Sachen. Wenn ich Ihnen sage, dass ich es mache, können Sie sich darauf verlassen. Aber haben Sie auch schon daran gedacht, wie es vonstattengehen soll? Ich kann ihn schlecht anrufen und ihn bitten, vor mein Auto zu springen."

Angewidert zog Karo ihre Hand zurück. Daran hatte sie tatsächlich noch nicht gedacht. Sie war so von Hass getrieben gewesen, dass alle anderen Gedanken in den Hintergrund getreten waren. Wie sollte es passieren? Und wo? Kleinlaut sagte sie: „Ich dachte, dass Sie vielleicht wüssten …?"

Der Riese grinste. Es war ein breites Grinsen, das ihn noch abstoßender machte. Genüsslich leerte er sein Bier und stellte das Glas fast lautlos wieder ab. In seiner mächtigen Hand wirkte es wie eine Puppe.

„Aha", brummte er. „Keine Idee, was? Nur der Wunsch, es dem lieben Ehemann heimzuzahlen? Nicht sehr professionell, Schätzchen. Aber lassen Sie mal stecken. Bon Lukas kriegt das schon hin. Ich hab nämlich Köpfchen." Dabei tippte er mit seinem dicken Finger gegen die Schläfe. „Ich habe noch immer alles hingekriegt, was ich wollte – na ja, fast alles." Er rutschte vom Barhocker und streckte sich. „Also gut. Ich werde mir mal Gedanken machen und Sie anrufen. Die Nummer kenne ich ja. Und dann werden wir sehen. Wann kriege ich das Geld?"

„Wenn der Plan steht."

„Falsch, Schätzchen. Morgen. So gegen zehn, dann haben Sie vorher noch Zeit, zur Bank zu gehen. Oder haben Sie die Scheine zu Hause?" Er schüttelte den Kopf und lächelte in sich hinein. „Dann bis morgen. Und …", sein Finger zeigte auf das leere Glas, „… danke für das Bier. Vergessen Sie nicht zu bezahlen."

Karo saß auf einem der Küchenstühle und hatte das Gefühl, ihr Magen habe sich umgedreht. Seit Tagen aß sie kaum noch etwas und schlief noch schlechter als in den vergangenen Wochen. Die Woge der Ereignisse, die über sie hereingebrochen war, hatte ihr jede Lebensfreude geraubt. Sie fühlte sich wie eine ausgepresste Hülle, die darauf wartete, entsorgt zu werden. Ihre sonst makellosen Fingernägel waren abgekaut. Zeichen zunehmender Nervosität. Die Sache war ihr aus der Hand geglitten. Bon Lukas hatte das gesamte Geld erhalten und angerufen, um ihr zu sagen, dass es heute passieren würde. Der Plan sei perfekt, sie müsse sich keine Gedanken machen. Er werde sich danach gleich bei ihr melden. Ihre Gewissensbisse fegte er mit dröhnendem Lachen beiseite.

„Warum? Der Kerl hat nichts anderes verdient, das haben Sie doch selbst gesagt? Und glauben Sie, dass er eine Sekunde an Sie denkt, während er sich im Hotelzimmer amüsiert? Also reißen Sie sich zusammen. In ein paar Stunden ist alles vorbei." Es klang endgültig und Karo gelang es nicht, dem noch etwas entgegenzusetzen.

Sie saß auf dem Stuhl und wartete. Eine Ewigkeit, in der sie sich nicht bewegte und in eine Art Starre verfiel. Alles um sie herum schien in tiefem Schlaf zu versinken. Es war wie neulich, als der Nebel das Haus umklammert hielt.

Das erste Klingeln des Telefons traf sie wie ein Kanonenschlag. Auf tauben Füßen eilte sie zum Hörer und hatte Mühe, ihn in der Hand zu halten.

„Ja", krächzte sie angstvoll. Doch es war niemand in der Leitung. Fast erleichtert legte sie auf und ging zurück in die Küche. Noch bevor sie den Stuhl erreichte, klingelte es erneut. Und wieder lief sie voller Furcht zum Telefon, ohne dass sich nach dem Abheben jemand meldete. Nervös ließ sie den Arm mit dem Hörer in der Hand sinken. Es klingelte wieder und noch ein weiteres Mal und mit jedem Mal wurde sie unruhiger. Die alte Furcht kam wieder hoch. Die Furcht vor dem Unbekannten, das sie seit Monaten bedrängte. Überall schienen plötzlich Geräusche zu sein. Es war, als ob das ganze Haus unter einer zentnerschweren Last ächzte. Sie musste hier raus. Und zwar schnell. Fluchtartig hetzte sie in den Flur, griff nach ihrer Jacke und riss die Haustür auf, als es erneut klingelte. Ich gehe nicht mehr dran, dachte sie. Doch sie blieb stehen. Wie von einer unsichtbaren Hand gezogen, schritt sie zum Telefon und nahm ab:

„Schätzchen? Sind Sie es?" Bon Lukas Stimme klang so nah, als stünde er neben ihr.

„Ja."

„Erledigt", frohlockte er. „War ganz einfach. Der Trottel war völlig ahnungslos; Sie können mich beglückwünschen und einen auf uns heben."

Karo schluckte. „Ist er ...?"

„Mausetot. Wie Sie es wollten. Ich habe mir die Kohle wirklich verdient."

„Ja", sagte Karo leise und merkte, wie ihr die Beine wegzusacken drohten.

„Ist alles in Ordnung?", fragte Lukas. „Sie sind so still."

„Ich muss mich setzen", erwiderte Karo und legte auf. Mit hängendem Kopf stand sie neben der Anrichte im Flur, und als sie ihn langsam wieder hob, nahm sie die Umgebung wie durch einen Schleier wahr. Sie wusste nicht, wie sie zum Sessel im Wohnzimmer gekommen war, in den sie sich nun schwer fallen ließ. Sie hätte auch nicht sagen können, ob es Minuten oder Stunden dauerte, in denen sie fast regungslos in den Polstern verharrte, bis irgendwann eine Tür ging, ohne dass sie es bemerkte.

Das Halstuch, das sich um ihren Hals legte, nahm sie erst wahr, als es zu spät war.

Das Haus lag in friedlicher Ruhe. Die Eingangstür schleifte leicht über den Dielenboden, als sie geöffnet und gleich wieder geschlossen wurde. Ein kleiner Druck auf den Lichtschalter und Kai von Stetten sah sein Gesicht im Spiegel neben der Garderobe. Ohne Eile hängte er seinen Mantel auf, fuhr sich mit der Hand gewohnheitsmäßig durch die Haare und schlenderte erst in die Küche und von dort ins Wohnzimmer, in dem seine Frau in einem Sessel saß und an die Wand starrte.

Schweigend trat er vor sie und betrachtete ihren Leichnam. Er überlegte, ob sie gelitten haben mochte. Aber selbst wenn das der Fall war, hatte sie es jetzt überstanden. Seine Augen wanderten durch das Zimmer, in dem sie gemeinsam so viel Zeit verbracht hatten. Er fragte sich, ob er nun glücklich war, kam aber zu keiner befriedigenden Antwort. Warum, konnte er nicht sagen. Irgendetwas stimmte nicht. Es dauerte einen Augenblick, bis er darauf kam, was ihn störte. Es war das Halstuch, das ihren Hals umschlang. Sein Halstuch. Rasch entfernte er es von Karos Hals und betrachtete es kopfschüttelnd. Zum Glück hatte er es noch bemerkt. Mit kurzen Schritten durchquerte er das Wohnzimmer und lief zur Hausbar, um sich einen Brandy zu genehmigen. Die scharfe Flüssigkeit brannte im Hals und er verschluckte sich beinahe, als er die dröhnende Stimme im Rücken vernahm.

„Schön, dich zu sehen, Kai." Bon Lukas füllte mit seiner ganzen Mächtigkeit den Türrahmen. „Dass ich das erleben darf", rief er. „Der sorgende Ehegatte merkt nicht, dass er beobachtet wird."

„Seit wann stehst du da?", fragte Kai unwirsch. „Wir hatten doch ausgemacht, dass du verschwindest, wenn alles vorbei ist."

Lukas nickte. „Sicher, hatten wir. Das heißt: Du hattest gesagt, dass ich das soll. Aber ich habe es mir eben anders überlegt. Das freut dich wohl nicht?"

Kai verzog das Gesicht. „Warum hast du nicht ihren Schal genommen, wie ich gesagt hatte? Sondern das hier, verflucht! Wo hast du es überhaupt her?"

„Aus dem Wäscheschrank", erwiderte Lukas vergnügt. „War nicht so einfach, es zu finden. Aber wenn man intensiv sucht … Und es hat sich gelohnt. Du hast ihr das Ding vom Hals genommen."

„Wie?" Kai trat einen Schritt auf den Mann zu, der ihn um einen halben Kopf überragte. Er betrachtete den gepunkteten Seidenstoff in seiner Hand. „Was soll das heißen?"

„Ich habe es mit meinem Handy hier aufgenommen." Lukas zog das kleine Gerät aus der Hosentasche, um es sofort wieder darin verschwinden zu lassen.

Kai starrte sein Gegenüber ungläubig an und Lukas grinste breit.

„Kleine Rückversicherung, für den Fall, dass du einen alten Freund übers Ohr hauen willst. Beschwer dich nur nicht. Ich habe schließlich die ganze Drecksarbeit gemacht, oder? Wer hat dem Köter das giftige Zeug verabreicht und den anderen weggeschafft? Wer hat den Rehkopf so nett auf dem Weg platziert und die Ratte in den Briefkasten geschmissen? Vom zertrampelten Blumenbeet ganz zu schweigen. Und das alles, damit die liebe Gattin irgendwann in der Klapse verschwindet." Er sah zu Karo hinüber, „Deine Frau. Zum Schluss hätte sie beinahe einen Rückzieher gemacht." Er lachte laut. „Wenn sie das alles gewusst hätte."

„Du bist ein Schwein", zischte Kai.

Das Lachen erstarb. „Ach ja? Da bin ich ja in bester Gesellschaft. Und das alles für läppische 10.000. Da hat mich ja deine Frau besser bezahlt."

„Mehr gibt es nicht."

„O doch!", rief Lukas. „Viel mehr. Sonst wandert das hübsche Foto zur Polizei. Und dann kannst du dir dein Alibi sonst wohin kleben. Dann nützt es dir auch nichts, dass du hier mehrmals angerufen hast – von deiner Geschäftsreise." Das letzte Wort schien über seine Zunge zu hüpfen.

Kai überlegte fieberhaft, wie er reagieren sollte. „Wie viel willst du?", fragte er.

„5.000 – pro Monat!"

„Was? Du bist verrückt!"

„Stell dich nicht an. Die Kohle hast du doch jetzt, als reicher und angesehener Witwer. Ist doch perfekt."

Kai schwieg und Lukas fuhr fort. „Und denk gar nicht erst darüber nach, wie du mich loswerden kannst. Das klappt nicht." Er zog den Reißverschluss seiner Jacke bis zum Rand hoch. „Ich verschwinde jetzt und lass dich in deinem Schmerz allein. Montag will ich die erste Rate sehen."

Mit wuchtigen Schritten lief er zur Haustür. Als sie hinter ihm zufiel, begann Kai laut zu fluchen.

Bon Lukas ging pfeifend den Weg entlang, der in den Ort führte. Er kam sich so leicht wie ein Vögelchen vor. An der ersten Biegung tauchten plötzlich zwei Männer wie aus dem Nichts neben ihm auf. Und gleich darauf noch zwei andere. Obwohl keiner etwas sagte, wusste er sofort, um wen es sich handelte. Das lag nicht nur an den Uniformen. Diese Typen hätten auch nackt vor ihm stehen können. Seit der Zeit im Bau hatte er eine Nase für Bullen.

Jens Binder saß in seinem Wagen, der unweit des Hauses stand, und beobachtete, wie zwei Männer die Leiche seiner Auftraggeberin aus dem Haus transportierten und zwei ehemalige Kollegen ihren Mann abführten. Ja, beobachten konnte er. Da machte ihm so leicht keiner etwas vor. „Gut gemacht, Binder!", hatte Pollack gesagt und ihm mit leicht heruntergezogenen Mundwinkeln die Hand geschüttelt. Ausgerechnet Kriminalrat Pollack, der ihn früher, während seiner Dienstzeit keines Blickes gewürdigt hatte, weil er nichts von seiner Arbeit hielt. Wie schwer musste Pollack jetzt dieses Lob gefallen sein?

Binder nickte zufrieden. Die beiden Männer wuchteten gerade den Sarg ins Auto. Er dachte kurz daran, dass er eigentlich mit schuld war, dass die Frau jetzt da drin lag. So getäuscht hatte er sich selten. Aber wie hätte er das auch ahnen können? Als er sie mit diesem Lukas in der Kneipe beobachtet hatte, da war er erst überrascht gewesen. Aber als sie sich dann mehrmals trafen, hätte er Stein auf Bein schwören können, dass die was miteinander haben. Gut, die beiden passten nicht zusammen. Aber was besagte das schon? In dieser Hinsicht hatte er schon zu viel erlebt. Deshalb hatte er sich auch nichts dabei gedacht, als der Lukas heute zu ihr ins Haus ging. Und dann bringt der Kerl sie um! Und das noch im Auftrag ihres Mannes! Und er selbst steht draußen vor der Tür und kriegt nichts mit! Wenn Pollack das wüsste.

Binder seufzte. Zum Glück hatte er noch rechtzeitig von außen durch das Fenster gelugt, um den Streit der beiden Männer mitzukriegen – und die Tote zu sehen. Die ehemaligen Kollegen waren nach seinem Anruf schnell da gewesen, aber trotzdem leider zu spät gekommen. Jetzt konnte er die ausstehende Kohle endgültig in den Wind schreiben.

Binder drehte den Zündschlüssel. Der Motor sprang erst beim zweiten Versuch an. Es war auf jeden Fall richtig gewesen, den Job bei der Polizei zu kündigen. Zu viel Stress. Langsam rollte der Wagen los.

Der Tod war pünktlich
Vera Bleibtreu

Gabriele Riff hatte sich zu Lebzeiten immer bemüht, adrett auszusehen. Bedauerlicherweise hatte ihr Friseur einen unseligen Hang zur Dauerwelle, eine verhängnisvolle Neigung, da Gabrieles dünnes Haar leider nie den gewünschten Julia-Roberts-Pretty-Woman-Look erreichte. Die bauschige Pracht fiel stets schon wenige Stunden nach den Bemühungen des Coiffeurs müde in sich zusammen. Nach weiteren zwei Wochen war das Haar nachgewachsen und es sah aus, als ob man die mit Wasserstoffperoxid geformten Locken an Schnittlauchsträhnen aufgehängt hätte.

In tragischen Fällen wie denen von Gabriele Riff gibt es glücklicherweise meistens eine wirklich gute Freundin oder einen tapferen Ehemann. Diese wirklich gute Freundin fasst sich irgendwann ein Herz und merkt an, dass auch Julia Roberts inzwischen keine Dauerwelle mehr trägt. Gabriele Riff hatte zwar Freundinnen, doch keine, die sich ihr gegenüber nur die kleinste kritische Anmerkung getraut hätte. Wer die Riffs kannte, wusste, dass ihr Mann erst recht nicht in die Bresche springen konnte. Im Hause Riff hatte Gabriele die Hosen an, ganz klar. Eher hätte sich ihr Mann entleibt, als eine ehrliche Antwort auf die Frage zu geben: „Na, Schatz, wie findest du meine Frisur?" Gabriele Riff war seit fünfzehn Jahren verheiratet und hätte sicherlich einen Herzinfarkt bekommen, wenn sie gewusst hätte, dass ihr Mann Dauerwellen hässlich fand (er mochte auch keine Filme mit Julia Roberts) und eigentlich eher auf Brünette als auf Blondinen stand. Seit fünfzehn Jahren nämlich blondierte Gabriele Riff ihre Haare in der festen Überzeugung, ihr Mann fände blond sexy. Sie hatte auch sonst feste Vorstellungen davon, was er auf erotischer Ebene mochte. Jetzt war es definitiv zu spät für eine neue Frisur und eine neue Haarfarbe. Gabriele würde niemals erfahren, was ihr Mann tatsächlich sexy fand. Er stand nämlich gar nicht auf Strapse und hätte eigentlich ganz gerne stinknormalen Sex ohne größeren schauspielerischen Einsatz seiner Frau gehabt. Es hätte ihm auch nichts ausgemacht, gewisse Aktivitäten auf das eheliche Bett zu konzentrieren, denn er fand den Küchentisch alles andere als aufregend, besonders wenn ihn Krümel in den Po stachen. Rainer Riff waren Gabrieles lautstarke Lustkundgebungen sogar eher peinlich. In der Reihenhaussiedlung, die in den frühen Sechzigerjahren auf dem Münchfeld entstanden war, hatte nämlich niemand an Dämmung gedacht und Rainer vermutete nicht zu Unrecht, dass die Nachbarn akustischen Anteil an den Ereignissen im Hause Riff nehmen konnten. Nun, Gabriele würde niemals mehr an oder auf dem Küchentisch aktiv werden, und wenn sie noch einmal geschrien hatte, dann nicht im Rausch der Sinne, sondern weil ihr mit einer Flasche Dornfelder trocken der Schädel eingeschlagen worden war, was ihrer Frisur und ihrem Leben den Rest gegeben hatte. Merkwürdigerweise war die Flasche intakt geblieben, denn Gabriele Riff war wirklich dickköpfig gewesen und Rainer dachte unwillkürlich, dass er eher auf seine Frau als auf die Flasche gewettet hätte. Er hätte verloren. Für einen kurzen, schuldbewussten Augenblick zuckte ihm der Gedanke durch den Kopf, dass er – auf andere Weise – möglicherweise gewonnen hatte. Es war aber wirklich nur ein kurzer Augenblick. Dann wählte Rainer Riff die Nummer der Polizei.

Die Sonne schien durch die nicht ganz perfekt geputzten Fenster des Sitzungsraumes. Vom nahe gelegenen Leichhof schallte fröhliches Sprachgewirr in das kühle Gemäuer von St. Johannis, das noch nicht ganz begriffen hatte, dass der Winter vorbei war. Amseln zwitscherten inbrünstige Frühlingslieder. Pfarrerin Susanne Hertz schaute auf die Uhr. Draußen tranken die ersten tapferen Menschen in dicken Jacken ihren Cappuccino vor dem italienischen Café und genossen die Sonnenstrahlen.

In St. Johannis war der Liturgische Arbeitskreis des Dekanats Mainz vollständig versammelt – bis auf Gabriele Riff. Das war insofern bemerkenswert, als Gabriele Riff eigentlich immer pünktlich war und es hasste, wenn andere Menschen zu spät kamen. Sie hasste es nicht nur, sie äußerte das auch. Deshalb war der Liturgische Arbeitskreis des Dekanates Mainz – kurz LAM genannt – der pünktlichste Arbeitskreis in der ganzen Landeskirche. Jetzt schauten sich die Mitglieder verwirrt an. Sollten sie anfangen oder auf Gabriele Riff warten? Und wie sollten sie reagieren, wenn sie kam? Gabriele Riff war zwar gut im Austeilen, aber ganz schlecht im Einstecken. Allen war deshalb klar, dass sie sich keinesfalls an Gabriele Riff selbst orientieren konnten. Sonst hätte es gut sein können, dass LAM ohne seine Vorsitzende weiter hätte tagen müssen, eine fatale Situation, denn Gabriele Riff war nicht nur Vorsitzende, sondern auch Motor von LAM.

Selbst Susanne Hertz, die ein durchaus gespaltenes Verhältnis zu ihr hatte, musste zugeben, dass diese mit Leidenschaft und Gründlichkeit an der schwierigen Aufgabe arbeitete, eine gemeinsame Liturgie für alle evangelischen Kirchengemeinden in Mainz zu erarbeiten. Eigentlich war es nicht nur eine schwierige, es war eine unmögliche Aufgabe, die Sache mit Sisyphus war dagegen das reinste Kinderspiel. LAM hatte sich zum Ziel gesetzt, zumindest in Mainz das zu realisieren, was in katholischen Gemeinden auf der ganzen Welt seit Jahrhunderten völlig selbstverständlich war. In katholischen Gottesdiensten wurde nämlich stets derselbe Gottesdienstablauf gefeiert, sodass sich der katholische Christ in Timbuktu, auf Java, in Orlando/Florida, auf den Cayman Islands oder eben in Mainz problemlos orientieren konnte. Überall dasselbe Schema.

Bei den Evangelischen war es genau umgekehrt, nämlich überall ein bisschen anders. Jede Gemeinde auf der ganzen weiten Welt war der Ansicht, dass sie in Sachen Liturgie die Weisheit mit Löffeln gefressen und die einzig gültige, vernünftige, schöne und einprägsame Liturgie erfunden hatte. Das Ergebnis war, dass es in Mainz nicht eine Gemeinde gab, die den Gottesdienst so feierte wie die andere. Diesen verwirrenden Zustand wollte LAM abschaffen.

Pfarrerin Susanne Hertz war völlig klar, dass dieses Ziel zum Scheitern verurteilt war. LAM war der pünktlichste, zugleich aber auch der aussichtsloseste Arbeitskreis der ganzen Landeskirche. Da Susanne aber für die nächsten sechs Jahre Beauftragte für Liturgie im Dekanat Mainz war, gehörte die Anwesenheit in LAM zu ihren Dienstpflichten. Sie tröstete sich damit, dass noch mehr Menschen auf der weiten Welt in Ausschüssen und Arbeitskreisen saßen, die zu nichts führten, und sie immerhin wusste, dass die Arbeit von LAM zu nichts führen würde. Das gab ihrer Ansicht nach den Stunden, die sie in diesem Arbeitskreis verschleuderte, einen einzigartigen Charakter.

LAM war eine Lehrstunde in Eschatologie, der „Lehre von den letzten Dingen". Jahre ihres Studiums hatte Susanne über diesem schwierigen theologischen Thema geschwitzt, dank LAM wurde es konkret: Wie viele Menschen auf der ganzen Welt mühten sich um Frieden, obwohl sie wussten, dass ihre Nachbarn gerade Bomben bastelten. Martin Luther wollte angeblich ein Apfelbäumchen pflanzen, auch wenn am nächsten Tag die Welt unterginge. Und LAM tagte, obwohl es niemals eine einheitliche evangelische Liturgie geben würde. LAM saß quasi mit Martin Luther und den Friedensbewegten der ganzen Welt an einem Tisch der Aussichtslosigkeit. Aber – was war alles menschliche Mühen schon vor dem Horizont der Ewigkeit! In diesem Bewusstsein müsste sie eigentlich die zum Scheitern verurteilten Sitzungen von LAM mit einem Lächeln durchstehen. Zugegeben – manchmal war LAM trotz dieser tiefsinnigen theologischen Gedankenkonstruktionen kaum zu ertragen und eschatologisch eher in die Kategorie „Vorhölle" einzuordnen. Dies lag nicht zuletzt an Gabriele Riff, die verbissen jeden Tagesordnungspunkt abarbeitete, als gelte es, damit ihre ewige Seligkeit zu verdienen.

Jetzt kam sie nicht und die Mitglieder schauten hilfesuchend auf Susanne Hertz, die den stellvertretenden Vorsitz von LAM innehatte. Susanne blinzelte kurz in die nachmittägliche Frühlingssonne und entschied, dass sie die freigewordenen nächsten Stunden wunderbar dafür einsetzen konnte, auf die Fahndung nach zwei Paar Sommersandalen zu gehen: einem Paar zum Laufen, das gleichzeitig nicht nach orthopädischem Lustkiller aussah, und einem Paar in Rot, das wunderbar zu ihrem neuen Nagellack und ihrem neuen Sommerkleid passen musste. Ein anspruchsvolles Vorhaben, doch im Gegensatz zu LAM nicht von vornherein zum Scheitern verurteilt. Bei der Aussicht auf eine erfolgreiche Schuhjagd erhellten sich Susannes Züge, was automatisch belebend auf die Mitglieder von LAM wirkte. Die stellvertretende Vorsitzende hatte offensichtlich eine Idee! Susanne äußerte die Vermutung, dass es ernste Gründe für Frau Riffs Abwesenheit geben müsse und eine Sitzung ohne die Riffsche Tischvorlage leider keinen Sinn mache und sie daher die LAM-Sitzung schließe und vertage. Mit angemessenen Kundgebungen des Bedauerns und kaum kaschierter Erleichterung erhoben sich die Mitglieder und strebten dem Ausgang zu. Susanne kontrollierte kurz, dass niemand seine Handtasche liegen gelassen hatte, prüfte die Anwesenheit ihrer eigenen Kreditkarte (Paar Nummer zwei konnte eventuell kostspielig werden) und schloss den Sitzungsraum ab. Die Amseln jubilierten.

Arne Dietrich betrachtete die Leiche von Gabriele Riff. Seufzend wandte er sich an seine Kollegin Tanja Schmidt. „Wer kann Interesse daran haben, einer 42-jährigen unbescholtenen

Bewohnerin eines Reihen-Mittelhauses auf dem Münchfeld den Schädel einzuschlagen, außer ..."

Arne kontrollierte mit einem kurzen Blick, dass Rainer Riff im Nebenraum vollauf damit beschäftigt war, seine Aussage zu Protokoll zu geben. „... außer dem Ehemann!", ergänzte Tanja.

„Pech nur, dass er das perfekte Alibi hat. Diese Frau ist seit mindestens fünf Stunden tot und Rainer Riff war heute dienstlich in Berlin und kam erst vor einer Stunde zurück, Zeugen sind die Kollegen seiner Firma, die Mitarbeiter des Flughafens, das Kabinenpersonal und der Taxifahrer, der ihn nach Hause fuhr. Es muss also jemand anders zugeschlagen haben." Arne schüttelte bedauernd den Kopf. „Schade eigentlich!"

Die junge Medizinerin, die den Leichnam von Gabriele Riff untersuchte, erlaubte sich einen missbilligenden Blick, den Arne leicht schuldbewusst zur Kenntnis nahm. Er öffnete den Gefrierschrank. „Alles leer, bis auf zwei Kühlakkus, möglicherweise ist die Ermordete schon länger tot und wurde von ihrem Ehemann zur Verschleierung des echten Todeszeitpunkts vorübergehend schockgefrostet."

Die Ärztin tippte sich vielsagend an die Stirn, Tanja nickte zustimmend. „Frau Dr. Kuhlmann hat recht. Du spinnst. Wie sollte denn die Leiche bitte schön in diesen Gefrierschrank passen?"

Arne hob hilflos die Hände. „Wenn meine bescheidenen Bemühungen, diesen Fall aufzuklären, von euch so gemein torpediert werden, dann bleibt mir wohl nichts anderes übrig, als traditionell die Klinken der Nachbarschaft zu putzen."

Tanja nickte. „In der Tat wäre es nett, wenn du dich auf die klassische Aufklärungsarbeit konzentrieren würdest. Wenn du ganz lieb bist, helfe ich dir. Und die freundlichen Beamten vom Streifenwagen bestimmt auch, wenn du brav ‚bitte, bitte' sagst. Ich zeige dir jetzt mal, wie das geht, und frage Frau Dr. Kuhlmann, auf welchen Zeitraum wir uns konzentrieren müssen. Bitte, bitte, Frau Dr. Kuhlmann."

Tanja schaute die junge Ärztin schmachtend an, die verkniff sich mühsam ein Lachen. „So um die Mittagszeit, meine ich, 13 bis 15 Uhr. Genaueres selbstverständlich erst nach der Obduktion."

Tanja verbeugte sich militärisch knapp.

„Danke, Frau Doktor." Und zu Arne gewandt: „Dann mal los, Kollege, zu unserem Glück dürften jetzt fast alle Bewohner dieser charmanten Siedlung mit der Zubereitung des Abendessens oder ihrem Fernsehapparat beschäftigt sein, wir haben gute Chancen, die Nachbarschaft komplett anzutreffen."

Zwei Stunden später hatten Tanja, Arne und ihre Kollegen die komplette Nachbarschaft befragt, tatsächlich hatten sie alle Bewohner der Stichstraße angetroffen, dazu noch viele, die in der angrenzenden Straße wohnten. Dank der gehobenen Altersstruktur der Siedlung gab es viele Zeugen, die zwischen 13 Uhr und 15 Uhr zu Hause gewesen und ab und an aus dem Fenster geschaut hatten. Tanja und Arne verglichen ihre Listen mit denen der anderen Beamten. In der fraglichen Zeit wurden an Personen, die nicht in der Siedlung wohnten, die Postbotin, der Abfallentsorgungswagen für den gelben Sack nebst Mitarbeitern, der Bofrost-Wagen inklusive Bofrost-Mann, ein Werbezeitungs-Austräger und der Pfarrer der evangelischen Gemeinde gesichtet. Dazu kamen nahezu alle Bewohner der Siedlung, da diese in der fraglichen Zeit ihre gelben Säcke vor die Haustür gelegt hatten. „Wir könnten natürlich der Einfachheit halber alle Bewohner dieser Stichstraße verhaften, die Wahrscheinlichkeit ist groß, dass der Täter darunter ist", überlegte Tanja.

„Ich bin für die Gelbe-Sack-Männer", meinte Arne. „Wahrscheinlich haben sie gemeinschaftlich die Tat begangen, weil Frau Riff die Joghurtbecher vor der Entsorgung nicht sauber ausgespült hat."

Tanja seufzte. „Mir gefällt nicht, dass dieser Pfarrer gesichtet wurde. Die meisten Taten haben einen Beziehungshintergrund. Wenn Frau Riff kein Verhältnis mit ihrem – zugegeben rüstigen – 93-jährigen Nachbarn hatte, dann fällt mir auf den ersten Blick kein anderer Kandidat ein, der eine persönliche Verbindung zu ihr haben könnte. Kennst du den Pfarrer vom Münchfeld?"

Arne schüttelte den Kopf. „Aber ich kenne jemanden, der uns weiterhelfen könnte."

Tanja seufzte wieder.

Susanne nippte an ihrer Tasse Tee. „Wir haben eine ganze Zeit auf sie gewartet und uns dann entschieden, uns zu vertagen."

Nachdenklich blickte sie auf ein Paar schwindelerregend hohe, knallrote Stiletto-Sandalen. „So richtig bedauert hat niemand, dass die Sitzung ausfiel. Gabriele Riff war immer so anstrengend. Außerdem war sie schrecklich schnell beleidigt. Aber es tut mir schon leid, dass sie tot ist, so was gönnt man ja niemandem, sie war ja noch ziemlich jung. Jedenfalls nicht richtig alt. Der arme Ehemann – sie so erschlagen zu finden, das ist bestimmt furchtbar, obwohl ich nicht genau weiß, ob man mit jemandem wie Gabriele Riff auf Dauer wirklich glücklich verheiratet sein kann. Apropos Glück: Was ein Glück, ich muss sie nicht beerdigen und der Pfarrer vom Münchfeld ist auch nicht in Urlaub, weiß ich zufällig genau, ich habe ihn erst gestern im Dekanat getroffen."

Tanja hüstelte. „Tu mir einen Gefallen und finde andere Worte, falls ich mal erschlagen in meiner Küche liege."

„Wieso?"

„Schon gut. Du vermittelst nicht den Eindruck, als ob dir der Tod von Frau Riff wirklich naheginge."

„Merkt man das? O je. Tatsächlich habe ich sie überhaupt nicht gemocht, das stimmt, ich gebe es zu. Ich weiß allerdings auch nicht, wer von LAM sie nach einem Jahr Ausschussarbeit noch gut leiden konnte. Das müsste ein Mensch mit engelsgleichem Charakter sein. Ich bin kein Engel, zugegeben. Aber ich versichere dir, dass ich sie nicht umgebracht habe."

Tanja zog ihren Block aus der Tasche. „Das beruhigt mich sehr. Wer oder was ist übrigens LAM?"

„Der Liturgische Arbeitskreis des Dekanates Mainz", erläuterte Susanne.

„Ist da auch der Pfarrer vom Münchfeld Mitglied?"

Susanne schüttelte den Kopf. „Kollege Biermann ist Mitglied im Abrahamitischen Forum."

„Im was?" Arne und Tanja waren lebendige Fragezeichen.

„Ein Forum aller Religionen, die was mit Abraham zu tun haben", erläuterte Susanne.

„Muss es so was geben?", fragte Arne.

Susanne schaute strafend. „Logisch, sonst gäbe es das ja nicht."

„Ah ja. Was tut er sonst, der Kollege Biermann?"

Susanne zuckte mit den Schultern. „Ehrlich gesagt weiß ich das nicht so genau. Sicherlich das, was jeder Pfarrer so macht: predigen, beerdigen, trauen, taufen … Biermann ist ein sehr verschlossener Typ. Er lächelt immer, ist stets freundlich, aber was er wirklich denkt, weiß kein Mensch. Er ist schon länger im Dekanat als ich und ich kenne ihn eigentlich überhaupt nicht. Merkwürdig."

„Hast du eine Idee, ob er einen Grund gehabt hätte, bei Gabriele Riff vorbeizuschauen?"

„Mehr als einen. Gabriele Riff war nicht nur Vorsitzende von LAM, sie war auch stellvertretende Vorsitzende in seinem Kirchenvorstand. Mit einer Vorsitzenden wie ihr hast du einen vollen Terminkalender – die beschäftigt dich rund um die Uhr mit Anfragen, Beschwerden, Anregungen, Initiativen … Mit Menschen wie ihr im Vorstand blinkt dauernd dein E-Mail-Postfach mit roten Ausrufezeichen."

„Jetzt nicht mehr", meinte Arne trocken.

„Stimmt", sagte Susanne betreten.

„Bringt man jemanden um, weil er einen nervt?", fragte Arne.

„Möglicherweise, wenn man mit der Person verheiratet ist", antwortete Tanja. „Rainer Riff ist aber nachweislich außer Verdacht, es sei denn, er hat einen Auftragskiller angeheuert", gab Arne zu bedenken.

Tanja nickte. „Klar, und der Killer hat sich in der Verkleidung eines Bofrost-Mannes an Gabriele Riff herangeschlichen und sie mit einer Flasche Dornfelder gemeuchelt. Danke, Arne. Das kann auch deshalb nicht sein, weil der Bofrost-Mann sicher eher die Fischstäbchen-Packung als Tatwaffe gewählt hätte."

Arne war beleidigt. „Sag du mir doch, wer es war! Pfarrer Biermann?"

Tanja überlegte. „Wir müssen ihn zumindest verhören. Das Gespräch mit Susanne war ja nicht sonderlich erhellend. Also müssen wir uns selbst ein Bild machen."

Arne nickte resigniert.

Das ganze Gespräch hindurch lächelte Pfarrer Biermann Arne und Tanja unbeirrt gütig an. Er wirkte wie das Klischee eines Pfarrers. Trotzdem er evangelisch war, trug er einen Priesterkragen, dazu schwarzen Anzug und schlohweißen Haarschopf. Kein Wunder, dass ihn die Nachbarn sofort bemerkt hatten, ein Typ wie Biermann fiel auf, trotz seiner kleinen Statur. Jetzt saß er Arne und Tanja in einem Arbeitszimmer gegenüber, das ebenso klischeehaft wirkte wie er selbst: An der Wand prangte ein großes Kreuz, auf dem riesigen Schreibtisch stapelten sich Bibeln und wissenschaftliche Kommentare, die Wände waren durchgehend mit Bücherregalen bedeckt, eine alte Standuhr behauptete tickend ihren Platz inmitten dieser geballten Bildung. Selbst der Staub schien original aus dem 19. Jahrhundert zu stammen.

„Ich wollte in der Tat zu der lieben Verstorbenen", erläuterte Biermann gerade. „Leider öffnete mir niemand, obgleich wir uns um 14 Uhr verabredet hatten, um die Kollektenkasse gemeinsam zu prüfen." Er nickte wie zur Bekräftigung seiner eigenen Worte.

„Kamen Sie denn gut mit Frau Riff aus?", erkundigte sich Arne.

„Jeder Mensch, der sich für unsere Kirche so engagiert wie Frau Riff, ist mir wert und teuer", betonte Pfarrer Biermann. „Ich habe die liebe Verstorbene für ihren unermüdlichen Einsatz geschätzt und bewundert." Wieder nickte er bekräftigend.

„Aber gemocht haben Sie sie nicht, oder?", fragte Tanja direkt.

Biermann zuckte leicht zurück. „Als Pfarrer bewahre ich zu allen Gemeindegliedern eine segensreiche Distanz, die mich vor überschwänglichen emotionalen Verwirrungen bewahrt. Ich frage mich nicht, ob ich jemanden mag oder nicht – Jesus hätte das ja auch nicht getan." Biermann nickte.

Arne stöhnte innerlich. Dieser Typ war wirklich ein harter Knochen. „Kennen Sie denn jemanden, der Schwierigkeiten mit Frau Riff hatte?", fragte er.

Diesmal schüttelte der Pfarrer energisch den Kopf. „Ich beteilige mich nicht an Gerüchten. Du sollst nicht falsch Zeugnis reden – dieses Gebot ist mir heilig."

Tanja bemerkte entgeistert, dass sie jetzt selbst nicke – das schien ansteckend zu sein. Doch abgesehen von dieser nervigen Angewohnheit schienen hier keine weiterführenden Informationen erhältlich zu sein. Tanja zwang sich, Arne nicht zuzunicken und floh nach einer kurzen Verabschiedung mit ihrem Kollegen aus dem stickigen pastoralen Ambiente. Draußen atmete Tanja tief durch. „Ich weiß nicht, wie es dir geht, aber

ich brauche jetzt dringend frische Luft und werde mit Susanne eine Runde durch den Gonsenheimer Wald drehen, jedenfalls, wenn sie Zeit hat. Können wir uns in zwei Stunden im Präsidium treffen?"
Arne nickte.
„Nick nicht, bitte", sagte Tanja.
Arne nickte.

Der Gonsenheimer Wald gab sich alle Mühe, für Tanja und Susanne seine ganze Frühlingspracht auszubreiten. Ein Spechtpaar landete dekorativ synchron auf zwei nebeneinanderstehenden Buchen, die Amseln jubilierten um die Wette, die Blätter entfalteten sich in frischem Grün, selbst die großen, aus Stämmen geschnitzten Holzfiguren, die überall im Wald herumlagen, schienen den beiden Frauen zuzulächeln. „Hauptsache, sie nicken mir nicht zu", meinte Tanja, als Susanne sie begeistert auf die schöne Stimmung aufmerksam machte. „Dein Kollege ist ja furchtbar! Ich bin mir sicher, er hätte auch bei der Kollektenkassenprüfung mit Frau Riff die ganze Zeit genickt, bei jedem Beleg."
Susanne nickte.
„Nick nicht", bat Tanja energisch.
Susanne grinste. Dann wurde sie plötzlich ernst. „Wieso Kollektenkassenprüfung?" – „Er wollte zur Kollektenkassenprüfung bei Frau Riff, das hat er ausgesagt."
„Kein Pfarrer prüft die Kollektenkasse. Das machen Kirchenvorsteher oder andere ehrenamtliche Mitarbeiter."
„Aber er hat gesagt, er wollte die Kasse mit ihr prüfen – und sie ist doch Kirchenvorsteherin."
Susanne blieb stehen. „Klar, die Riff war mit Sicherheit für die Prüfung zuständig, das hätte sie sich von niemandem nehmen lassen. Aber mit ebenso großer Sicherheit wäre der Kollege Biermann nicht dabei gewesen."

Tanja überlegte. „Warum hat er uns das dann erzählt?"
Susanne zuckte mit den Schultern. „Das müsst ihr schon herausfinden. Laufen wir trotzdem noch ein bisschen?"

„Ja, sofort." Tanja fischte ihr Handy aus der Jogginghose. „Arne, der Pfarrer Biermann hat es mit dem achten doch nicht so genau genommen ... Da bist du überrascht, dass ich weiß, was das achte Gebot ist ... Du sollst nicht lügen, ich habe im Konfirmandenunterricht aufgepasst ... Ja, wirklich ... Also – der gute Pfarrer hat gelogen, meint jedenfalls Susanne und die muss es wissen. Sie sagt, die Kollektenkasse wird nicht durch Pfarrer geprüft. Ich weiß auch nicht, warum er uns das erzählt hat, dass er die Kasse mit der Riff prüfen wollte. Wahrscheinlich, weil er uns den wahren Grund seines Besuchs nicht erzählen wollte. Ich schlage vor, du holst ihn zu einem Gespräch in unserem Präsidium ab. Ich laufe mit Susanne meine Runde zu Ende, wir sind nämlich gerade mitten im Wald ... In spätestens einer Stunde bin ich bei dir. Ach ja – nick bitte nicht ... Wieso ich durchs Telefon sehen kann? Kriminalistische Intuition!"

Pfarrer Biermann saß wie ein Häufchen Elend im Vernehmungsraum. Sein pastorales Gehabe war von ihm abgefallen wie ein zu lange getragenes Kostüm am Aschermittwoch. Er wand sich auf seinem Stuhl und verwickelte sich zunehmend in Widersprüche. Arne schlug mit der flachen Hand auf den Tisch. „Herr Biermann, erzählen Sie uns endlich die Wahrheit! Ich bin mir sicher, dass Ihr Besuch etwas mit der Kollektenkasse zu tun hatte, meistens ist in einer Lüge ja ein Körnchen Wahrheit zu finden. Also – sollen wir die Kollektenkasse prüfen lassen, Ihr Pfarrhaus auf den Kopf stellen oder sagen Sie uns – endlich – die Wahrheit?"

Pfarrer Biermann brach in Tränen aus. Er sah nun eher wie ein verzweifelter Konfirmand aus, der beim Prüfungsgottesdienst das Vater Unser nicht auswendig kann. Tanja reichte ihm ein Taschentuch.

Endlich hatte er sich halbwegs gefasst. „Ich wollte es mir doch nur leihen, für kurze Zeit", berichtete er dann, immer wieder unterbrochen von heftigem Schluchzen. „Wegen der Eigentumswohnung. Und dem Eigenanteil."

„Der Eigentumswohnung?" Tanja verstand gar nichts.

Biermann nickte heftig. „Der Eigentumswohnung, für den Ruhestand. Wir müssen doch in zwei Jahren aus dem Pfarrhaus raus und endlich hatten meine Frau und ich etwas Passendes gefunden. Drei Zimmer, barrierefrei, in der Oberstadt, 115 Quadratmeter für 280.000 Euro, ganz in der Nähe von der Uniklinik."

„Das klingt doch ganz passabel, warum dann die Kollektenkasse?"

Biermann brach wieder in Tränen aus. „Wegen des Eigenanteils. Die Bank will doch, dass man einen Eigenanteil erbringt. Und wir haben doch die vier Kinder im Studium, da waren alle Ersparnisse aufgebraucht. Ich wollte mir die 60.000 Euro doch nur leihen, ich hätte sie in den nächsten zwei Jahren ganz bestimmt zurückgezahlt." Er schnäuzte sich geräuschvoll.

Arne pochte mit seinem Kuli auf seinen Block. „Frau Riff hat das herausgefunden und Sie haben sie deshalb erschlagen!"

Entsetzt hob Pfarrer Biermann beide Hände. „Nein, das würde ich nie tun! Du sollst nicht töten!" Tanja winkte ab.

„Das fünfte Gebot, ich weiß, aber Sie haben es ja schon mit dem achten nicht so genau genommen, mit dem siebten auch nicht: Du sollst nicht stehlen!" Pfarrer Biermann schluckte. „Ich wollte es mir doch wirklich nur leihen!"

Arne schaute den verheulten Pfarrer ernst an. „Du sollst nicht töten, das ist das fünfte Gebot. Geben Sie endlich zu, dass Sie auch das gebrochen und Gabriele Riff erschlagen haben."

Biermann schüttelte entschieden den Kopf. „Nein, ich habe sie ja gar nicht getroffen an dem Tag. Ich wollte mit ihr reden, ihr alles erklären, die Sache mit dem Eigenanteil, aber sie hat mir nicht aufgemacht."

„Ja, weil sie tot war, von Ihnen mit einer Flasche Dornfelder erschlagen!"

Pfarrer Biermann schluchzte verzweifelt. „Ich war es nicht, ich schwöre es! Ja, ich habe das Geld aus der Kollektenkasse genommen, aber ich habe Frau Riff nicht getötet, ich schwöre es bei Gott."

Tanja schüttelte den Kopf. „Du sollst den Namen deines Gottes nicht missbrauchen, zweites Gebot." Doch Pfarrer Biermann gab auch nach weiteren drei Stunden Verhör nicht zu, dass er Gabriele Riff erschlagen hatte.

Am Ende waren auch Tanja und Arne erschöpft. Pfarrer Biermann wurde abgeführt, über die Zehn Gebote durfte er weiter in Polizeigewahrsam nachdenken. „Ich brauche frische Luft", sagte Arne, „lass uns ein wenig spazierengehen, das klärt die Gedanken." Tanja stimmte zu. Beide Kommissare schlenderten durch die Sömmeringstraße über den Feldbergplatz bis zur Grünen Brücke. Die Kunsthalle leuchtete milchig-grün, das Wasser im Zollhafen schimmerte mit dem blauen Himmel um die Wette. Tanja und Arne entschieden sich, am Rhein entlang Richtung Theodor-Heuss-Brücke zu gehen.

Arne zeigte auf das andere Rheinufer. „Vielleicht hätte er in Kastel eine billigere Eigentumswohnung gefunden und sich die Sache mit der Kollektenkasse sparen können", überlegte er.

„Nach meiner persönlichen Erfahrung kann man auch zur Miete wohnen", antwortete Tanja trocken. „Die Kaution für eine Mietwohnung kann man selbst mit studierenden Kindern stemmen. Meine Oma hat immer gesagt: ‚Schuster, bleib bei deinen Leisten'. Wenn man sich keine Eigentumswohnung leisten kann, muss man eben mieten und nicht in die Kollektenkasse greifen."

Arne blickte auf einige leere Flaschen, die achtlos ins Gras des Rheinufers geworfen worden waren. „Das mit der Kollektenkasse hat er zugegeben, den Mord nicht. Glaubst du ihm?"

Tanja zögerte. „Ich finde ihn unsympathisch, aber für einen Mord, ja sogar für einen Totschlag scheint er mir viel zu schlaff. Ich wette, der lässt sogar die Fliegen von seiner Frau erschlagen."

„Prima, dann nehmen wir seine Frau als Verdächtige fest." Arne balancierte die Flaschen geschickt mit einem Stöckchen in den nächsten Mülleimer. „Wenn es nicht unser Eigentumswohnungsinhaber war – wer dann? Sollen wir doch die Müllabfuhr verhaften?"

Tanja schüttelte den Kopf. „Das gibt nur Ärger mit der Nachbarschaft, die protestieren mit gelben Säcken vor dem Polizeipräsidium. Fällt uns noch was Besseres ein?"

Schweigend gingen Arne und Tanja weiter. Ein niederländisches Schiff tutete lautstark.

„Wie war das mit dem Bofrost-Mann?", fragte Arne nachdenklich.

„Wie kommst du jetzt auf den Bofrost-Mann?", erkundigte sich Tanja freundlich.

„Weil der Bofrost-Mann hupt, wenn er bei meinen Eltern in die Straße fährt. Da weiß jeder, dass er da ist und gleich klingeln wird."

„Aha. Aber wir haben doch schon schlüssig bewiesen, dass er es nicht sein kann, weil Gabriele Riff nicht mit gefrorenen Fischstäbchen erschlagen wurde."

Arne überlegte weiter. „Der Gefrierschrank war leer."

„Wie bitte?" Tanja verstand gar nichts mehr.

Arne schaute seine Kollegin triumphierend an. „Er war leer, der Gefrierschrank. Obwohl der Bofrost-Mann da war. Wieso sind alle Gefrierschränke einer Stichstraße im Herzen des Münchfelds gut gefüllt mit Pizzen, Sahnetorten, gefrorenen Rouladen und Hirschgulasch, nur bei Gabriele Riff herrscht im Gefrierschrank gähnende Leere?"

Tanja überlegte. „Weil sie keine Bofrost-Kundin war?"

„Möglich", gab Arne zu, „ein Anruf bei Herrn Riff könnte hier Klarheit schaffen." Er tippte eine Nummer in sein Handy. „Könnt Ihr bitte bei Herrn Riff anrufen und nachhören, ob die Riffs Bofrost-Kunden waren? ... Ja, das hat einen tieferen Sinn. Macht es einfach, danke!"

Arne und Tanja schlenderten schweigend weiter, wenige Minuten später klingelte das Telefon. „Bingo! Weder Gabriele Riff noch ihr Mann kochten gerne, sie nutzten lieber ihre Mikrowelle und waren seit Jahren Bofrost-Kunden."

Tanja überlegte. „Es gibt also zwei Möglichkeiten: Entweder der Bofrost-Mann hat bei Gabriele Riff geklingelt und es hat ihm niemand geöffnet, weil sie schon tot war, oder sie hat ihm geöffnet. Dann stellt sich die Frage, warum ihr Gefrierschrank leer war."

Arne nickte. „Genau. Doch bevor wir den entsprechenden Herrn befragen, horchen wir doch einfach mal bei den Nachbarn nach, wann der Bofrost-Mann kam und ob jemand gesehen hat, wie er das Haus der Riffs betreten oder verlassen hat."

Hermann Vanderleben hatte ein ausgezeichnetes Gedächtnis. Nicht nur für Dinge, die sich vor 85 Jahren in seiner Kindheit in der Neustadt ereignet hatten, als er mit seinen Klassenkameraden den Armeeparaden auf der heutigen Goethestraße zugesehen hatte. Hermann Vanderleben konnte sich ebenso hervorragend an die Ereignisse der letzten 48 Stunden erinnern. Hermann Vanderleben war geistig noch genauso fit wie zu der Zeit, als er als einer der ersten der Siedlung in sein kleines

Reihenhaus in der Münchfelder Stichstraße gezogen war. Hermann Vanderleben war stolz auf sein ausgezeichnetes Gedächtnis, zu dessen Pflege er seit 46 Jahren Kreuzworträtsel löste. Seit dem Tod seiner Gattin Else hatte er sich auch an Sudokus gewagt, um die freie Zeit zu nutzen. Eigentlich war Hermann Vanderleben ganz zufrieden mit den 93 Jahren, die er auf dieser Erde verbracht hatte. Bedingt durch Elses Tod hatte seine Lebensqualität lediglich kulinarische Einbußen erlitten. Seine ältere Schwester (die Vanderlebens waren ein zähes Geschlecht, was möglicherweise in ihrer Namensgebung Ausdruck gefunden hatte) gab ihm den Tipp mit Bofrost. Jetzt wartete Hermann Vanderleben einmal im Monat voller Ungeduld auf den Bofrost-Mann. „Und der Bofrost-Mann kam nicht. Das heißt, er kam später, wie schon häufig seit dem letzten Jahr. Eigentlich kam er nie pünktlich in den letzten zwölf Monaten, der Bofrost-Mann", erzählte Hermann Vanderleben den gespannt lauschenden Kommissaren Tanja Schmidt und Arne Dietrich. „Mich hat das nicht so gestört wie die Frau Riff, die hat sich furchtbar darüber aufgeregt. Aber geärgert hat es mich schon, besonders, wenn das Hirschgulasch aus war und ich Appetit auf Hirschgulasch hatte, und er kam erst nachmittags. Also der Bofrost-Mann, meine ich."

Tanja schrieb mit. „Schon klar, Herr Vanderleben. Können Sie sich erinnern, wann der Bofrost-Mann gestern kam?"

Hermann Vanderleben nickte. „Sicher, er kam um 13.19 Uhr. Jedenfalls zu mir. Vorher war er bei den Riffs."

Arne und Tanja blickten ihn mit einer intensiven Aufmerksamkeit an, die selbst Else Vanderleben an ihrem Hochzeitstag nicht für ihren Gatten aufgebracht hatte. „Sind Sie sich sicher?"

„Ja", antwortete Hermann Vanderleben und dieses „Ja" war von größerer Sicherheit erfüllt als das „Ja" an seinem Hochzeitstag vor 69 Jahren. „Ich habe ja aus dem Fenster geschaut, eigentlich esse ich immer um 13 Uhr. Ich war unschlüssig, ob ich das Hühnerfrikassee in die Mikrowelle stelle oder auf den Mann warte. Als ich aus dem Fenster sah, um Viertel nach eins, schloss er gerade die Riffsche Haustür hinter sich und ging zu seinem Wagen. Ich habe mich noch gewundert, dass er so viele Pakete zurückschleppte. Vier Minuten später klingelte er dann bei mir."

„Warum schleppt ein Bofrost-Mann Pakete zurück in seinen Wagen?", fragte Arne Tanja.
„Weil der Kunde diese Pakete nicht gewollt hat."
„Gut geantwortet. Und warum wollte der Kunde die Pakete nicht?"
„Weil ihm die Ware nicht gefiel, er nicht genügend Bargeld zu Hause hatte, oder ..."
„... weil der Kunde tot war. Genau. Ich denke mal, dass Letzteres bei den Riffs Grund für den Paketrücklauf war."

Sven Meyer gab schon bei seiner Verhaftung alles zu. Im Grunde war er ein Mensch, der keiner Fliege etwas zuleide tun konnte. Eigentlich wollte er auch Gabriele Riff nichts zuleide tun. So wäre es auch geblieben, wenn ihm nicht Gabriele Riff eine sofortige Beschwerde bei der Bofrost-Regionalleitung angekündigt hätte. Gabriele Riff hasste Unpünktlichkeit und das war letztlich ihr Todesurteil gewesen. Denn Sven Meyer wusste genau, dass er seinen Job bei einer Beschwerde von Gabriele Riff sofort verloren hätte. Es war nicht die erste Beschwerde wegen Unpünktlichkeit und seine Chefs hatten ihm klar gemacht, dass die nächste Beschwerde seine letzte als Mitarbeiter von Bofrost sein würde. „Meine Frau ist krank. Die Nieren. Seit einem Jahr muss sie an die Dialyse. Deshalb muss ich jetzt morgens erst die Kinder in die Schule und in den Kindergarten fahren und mittags wieder abholen, seitdem schaffe ich es nie pünktlich zu den Kunden. Die meisten nahmen es ganz verständnisvoll, nur die Frau Riff nicht. Ich habe gebeten und gebettelt, ich brauch' ja den Job, meine Frau kann doch jetzt mit der Niere nichts dazuverdienen, aber die Frau Riff hat nur etwas davon erzählt, dass Pünktlichkeit die Höflichkeit der Könige sei und ich ein unverschämter Zeit-Dieb. Ich solle mich schleichen, hat sie gesagt, wörtlich, und meine Pakete mitnehmen. Sie würde zur Konkurrenz wechseln. Ich weiß nicht, was dann in mich gefahren ist. Ich habe nur diese Flasche gesehen, Dornfelder trocken, es ist absurd, aber ich kann mich noch genau an das Etikett erinnern. Ich muss dann mit der Flasche zugeschlagen haben, daran erinnere ich mich aber nicht mehr. Nur noch, dass ich plötzlich dastand mit der Flasche und sie vor mir lag, mit Blut in den blondierten Haaren. Sehr tot, ich hab das sofort gesehen, war ja jahrelang im Rettungsdienst unterwegs. Fingerabdrücke abwischen musste ich nicht, ich hatte ja die Arbeitshandschuhe an. Ich habe dann die Flasche wieder abgestellt. Merkwürdig, sie war heil geblieben. In dem Moment – ich weiß auch nicht warum, war ich sogar ganz erleichtert. Jedenfalls bin ich mit den Paketen zurück zum Auto und dann mit der Bestellung von Herrn Vanderleben zu dessen Haus. Wer beliefert jetzt wohl den alten Mann?" Sven Meyer schaute ehrlich besorgt.

Darauf wussten Arne und Tanja keine Antwort. Sie begleiteten Sven Meyer zum Einsatzwagen. Die Amseln sangen unbeeindruckt von menschlichen Tragödien ihr Jubellied, die Sonne strahlte aus einem stahlblauen Frühlingshimmel. Nur die Temperaturen waren noch ziemlich eisig.

Für Rache ist es nie zu spät
Astrid Reck

Falks Wecker klingelte unaufhörlich und bei jedem Piepsen stieg Merles Blutdruck ein kleines bisschen mehr. Warum konnte dieser Mann seinen Wecker nicht einfach abstellen? Nach fünfzehn langen Jahren war sie aus dem gemeinsamen Schlafzimmer endlich aus- und in der Gartenlaube eingezogen, um ihre Ruhe zu haben: kein Schnarchen mehr, kein um sich schlagen, weder schnaufen noch Blähungsgetöse. Sie hatte sich Stille versprochen und wurde nun sogar auf Distanz von ihrem Mann gestört.

„Mach das Ding aus! Falk! Bitte!"

Der Wecker lärmte unverdrossen weiter. Merle hielt sich für einen umgänglichen Menschen. Wenn sie etwas aber nicht leiden konnte, dann war das, wenn man sie ohne Not weckte. Wutentbrannt schlug Merle ihre Decke zurück und stürmte durch den Garten in Falks Schlafzimmer. Er hatte bei offener Terrassentüre geschlafen. Auf der Schwelle stutzte Merle. Sie war sich fast sicher, dass sie gestern Abend auf dem Weg in die Laube an der geschlossenen Türe vorbeigegangen war.

Falk lag ganz ruhig in seinem Bett und schien von dem aufgeregten Piepsen seines Weckers nichts mitzubekommen. Merle schlug auf die Uhr und brachte sie endlich zum Schweigen.

Es war kurz vor halb acht. Zu spät für Falk, der normalerweise um sieben aufstand, um pünktlich um acht seine erste Baustelle zu inspizieren.

„Falk, wach auf! Du hast verschlafen!"

Falk rührte sich nicht. Merle hatte noch nie einen Menschen getroffen, der einen so gesunden und tiefen Nachtschlaf hatte wie ihr Mann. Sogar ein Erdbeben hatte er hier in Mainz schon mal verschlafen. Falk lag auf dem Rücken, der Oberkörper war leicht nach rechts verdreht. Obwohl diese Haltung ungewöhnlich war, kam sie Merle bekannt vor.

Wie schon so oft gab Merle ihm einen leichten Klaps auf die linke Wange und zuckte zurück. Falks Gesicht war kalt, zu kalt. Als Ärztin hatte sie eine Antenne für derlei Details. Ganz eindeutig atmete er auch nicht mehr. Eine Erinnerung durchzuckte sie, doch der Gedanke war zu schnell verschwunden, als dass sie ihn hätte fassen können. Vermutlich wieder das Bild von Thorsten Hämisch, ihrem ersten Toten. Den hatte sie nie vergessen.

Merles Gehirn schaltete auf Medizinerroutine: Pulsschlag? Negativ. Augenreflexe? Negativ. Merle schlug Falks Bettdecke zurück und wusste sofort Bescheid. Falk war tot. Blasen- und Schließmuskel hatten den Dienst bereits versagt. Merle verständigte den Notarzt und die Polizei.

Die Polizei und ein Notarzt klingelten eine knappe Viertelstunde später an ihrer Haustüre. Merle hatte kaum Zeit gehabt sich anzuziehen. Dafür hatte sie ihre Füße gründlich gewaschen. Von dem Gang durch den Garten waren sie schmutzig geworden, sehr schmutzig. Was einem alles auffiel in so einem Moment: Falk war tot. Sie war Witwe, eine wohlhabende Witwe, eine wohlhabende einsame Witwe. Langsam drang diese Erkenntnis in ihr Bewusstsein. Jeder Gedanke, den sie zu fassen versuchte, verlor sich in einem Wattebausch. Ein Leben ohne Falk konnte sie sich kaum vorstellen.

Merle beantwortete alle Fragen der Kommissarin, so gut sie konnte. Backhaus, Lotta Backhaus hieß die Frau mit den langen blonden Haaren. Auf den ersten Blick wirkte sie fast ein wenig naiv, obwohl sie sicherlich schon über dreißig war. Auf den zweiten Blick faszinierten die Augen der Kripokommissarin, die ihre Umwelt mit messerscharfem Blick beobachteten. Nach einer halben Stunde gab Lotta Backhaus auf. Merle war zu kaum einem sachdienlichen Hinweis fähig, Sätze blieben unvollendet, Wortfetzen hingen in der Luft. Merle Hartmann musste ihre neue Wirklichkeit erst einmal verdauen. Ruhe würde ihr gut tun.

„Wir können morgen weiterreden", bot Lotta Backhaus an und erhob sich. Merle nickte geistesabwesend, blieb aber auf dem Sofa sitzen.

Vielleicht war gar kein weiteres Gespräch nötig, dachte die Kommissarin. Schließlich sah alles nach einem natürlichen Tod aus. Sie würde das Obduktionsergebnis abwarten und solange die frischgebackene Witwe in Ruhe lassen.

Das Telefon riss Merle aus ihrer Lethargie. Sie seufzte. Sie musste die Beerdigung vorbereiten, Freunde und Familie verständigen, mit Falks Testament zum Anwalt gehen. Die Liste war lang und sie hatte bisher nichts getan, außer in der Klinik Bescheid zu sagen, damit die Kollegen wussten, warum sie heute und in den kommenden Tagen nicht zum Dienst erscheinen würde. Auch den Einsatz in Lübbingers Praxis am Nachmittag sagte sie ab. Merle hatte eine halbe Stelle als Anästhesistin im St. Vincenz-Krankenhaus in Mainz und arbeitete außerdem gelegentlich als Narkoseärztin für einen niedergelassenen Chirurgen, Hugo Lübbinger.

Nachdem ihre Arbeitgeber Bescheid wussten, saß Merle bewegungslos auf dem beigefarbenen Designersofa, das Falk so geliebt hatte. Falk war tot. Merle versank in Erinnerungen.

Später sollte sie sich nicht mehr erinnern, ob sie während der viereinhalb Stunden auf der Couch etwas gegessen oder getrunken hatte oder ob und wie häufig sie auf die Toilette gegangen war. Sie versuchte sich auf die Nacht zu konzentrieren, sich zu erinnern. Aber da war nichts, abgesehen von der offenen Terrassentüre. Sie hatte tief und fest geschlafen und davon geträumt, wie ein Türflügel aufschwang und sich der bodenlange weiße Vorhang leicht im Wind nach außen blähte. Beruhigt zog sie ihre Jacke enger um sich. Früher, vor Falk, war sie eine unruhige Schläferin gewesen. Ständig war sie aufgewacht, aufgestanden, war mehr oder weniger wach durch ihre Wohnung getigert, um am nächsten Morgen völlig gerädert aufzuwachen. Erst an Falks Seite hatte sie gelernt, Nächte durchzuschlafen.

Das Klingeln des Telefons drang von weit weg in ihr Bewusstsein. Merle schob es zur Seite. Das Telefon verstummte. Zwanzig Minuten später läutete es an der Haustüre, lang und unerbittlich. Mit steifen Beinen erhob sich Merle um zu öffnen. Im Flur erschrak sie beim Anblick ihres Spiegelbildes.

„Frau Hartmann, Ihr Mann ist keines natürlichen Todes gestorben." Die Worte der Kommissarin hallten in Merles Kopf nach. Sie blickte auf: „Wieso?"

„Bei der Autopsie wurde ein Muskelrelaxans in seinem Körper gefunden, wahrscheinlich Vecuronium." Die blauen Augen der Kommissarin beobachteten sie aufmerksam.

„Ein Muskelrelaxans", wiederholte Merle leise. Sie kannte diese Art von Medikamenten nur zu gut aus ihrer täglichen Arbeit als Narkoseärztin. Manche Operationen erforderten die völlige Entspannung der Skelettmuskulatur und auch vor Intubationen wurde dieses Mittel gerne gegeben. Die Patienten wurden dann künstlich beatmet.

„Falk ist erstickt", flüsterte Merle. Zwei Tränen balancierten an den unteren Wimpern ihrer Augenlider.

„War Ihr Mann selbstmordgefährdet?"

Merle lachte kurz und trocken auf. „Nein, niemals."

„Dann war es Mord."

Später erinnerte sich Merle nur noch schemenhaft an die folgende halbe Stunde. Sie hatte der Kommissarin aus ihrer Ehe mit Falk erzählt. Wie alles begann, damals im Urlaub auf La Palma, und wie sie innerhalb weniger Wochen von Delmenhorst nach Mainz gezogen war. Als Norddeutsche fand sie sich nur schwer hier im Südwesten zurecht. Sie mochte aber den weichen rheinhessischen Dialekt und liebte ausgedehnte Spaziergänge und Radtouren durch die Weinberge – und natürlich ihren samstäglichen Gang über den Wochenmarkt am Mainzer Dom. Merle mochte das bunte Durcheinander rund um die Heunensäule, die kleinen Schwätzchen, die man mit Bekannten hielt, die man hier unweigerlich traf, und den anschließenden Café-Besuch. Mainz hatte seine netten Ecken. Das wichtigste aber war Falk gewesen. Sie hatte ihn geliebt und er hatte ihrem Leben Struktur verliehen, nach den Jahren des Suchens. An Falks Seite hatte Merle gewusst, wohin sie gehörte. Dafür war sie sogar nach Mainz gezogen.

Merle hatte der Kommissarin davon berichtet, dass die Terrassentür des Esszimmers immer offen stand, damit sie morgens ins Haus kam.

„Was haben Sie in der Nacht zu gestern getan?"

„Geschlafen, ich habe tief und fest geschlafen", sagte Merle mit fester Stimme. Hoffentlich, dachte sie stumm bei sich.

„Ihre Nachbarin hat erzählt, dass Sie früher Schlafwandlerin waren. Sie habe Sie ein-, zweimal im Garten gesehen."

Merle lachte kurz auf.

„Frau Schmidt entgeht nichts. Das war vor fünfzehn Jahren. Hat sie das auch erzählt? Nach unserer Hochzeit hörte das auf. Falk könnte Ihnen das bestätigen. Es hat ihn fasziniert. Als wir uns kennenlernten, war ich manchmal nachts unterwegs: Ich räumte die Wohnung auf, goss meine Blumen auf dem Balkon. Einmal brachte ich sogar den Müll raus. Als wir dann zusammenzogen, hörte das Schlafwandeln ziemlich schnell auf. Das sagte Falk jedenfalls."

Aber jetzt war Falk tot und Merle fühlte sich, als zögen sich die feinen Wurzeln, die unter ihr in den Boden gewachsen waren, bereits wieder aus dem Erdreich zurück. Schon bald würde ein Windhauch ausreichen, um sie mit sich fortzutragen, genau wie früher, vor Falk.

„War es windig gestern Nacht?", fragte Merle schließlich.

Die Kommissarin runzelte die Stirn. „Eine leichte Brise, wie wir Segler sagen. Nicht stark, aber sehr angenehm. Sind Sie sicher, dass Sie nicht mehr schlafwandeln?"

„Absolut sicher", bestätigte Merle.

Lotta Backhaus sah sie noch lange schweigend an, nachdem Merle verstummt war. Dann fragte sie, ob Falk Feinde gehabt habe. Merle blickte die Kommissarin starr an und schüttelte dann den Kopf. Sie log und sie sah der Polizistin an, dass sie es wusste. Aber Merle würde nichts von den Drohungen erzählen. Oskar würde sie sonst umbringen.

„Frau Hartmann, wir wissen von den Morddrohungen. Warum haben Sie uns nichts davon erzählt?"

Merle hielt den Telefonhörer vor ihr Gesicht und lauschte der Stimme der Kommissarin. Sie hatte einen leicht metallischen Klang, der ihr bislang noch gar nicht aufgefallen war. „... Oskar Schmeller ... an Sie beide gerichtet ... warum?"

Die Kommissarin wollte vorbeikommen und mit ihr sprechen. Merle bereitete Tee zu und wartete. Sie hing ihren Gedanken nach, die noch immer keine klare Gestalt annahmen. Falk war tot, das war das Einzige, was zählte.

Merle bemühte sich, die notwendigen Fakten zu Schmeller zu sortieren, sodass sie der Kommissarin nützen würden.

Schmeller war ein Schwein. Er und seine saubere, kleine Medizinergattin ebenfalls. Zwei Schweine. Erst hatte das Miststück ihr damals nach dem Studium eine Stelle vor der Nase weggeschnappt, indem sie sich an den Chef rangeschmissen hatte, und dann hatte Schmeller Falk auch noch erpresst. Aber Heike Schmeller hatte bekommen, was sie verdiente: lebenslang mit Oskar Schmeller. Erfreulicherweise betrachtete Heike Schmeller diese Verbindung mittlerweile auch als Strafe. Das munkelte man zumindest in Kollegenkreisen.

Kommissarin Backhaus nippte andächtig an dem grünen Tee und nickte anerkennend. Offenbar hatte sie einen Sinn für dieses edle Getränk. „Tee trinkt man um den Lärm der Welt zu vergessen", murmelte Backhaus. „Tien Yieheng hat das gesagt."

Wie sie wohl mit Vornamen hieß? Merle beobachtete ihren Gast. Sie mochte die Frau. Sie war offensichtlich nicht nur intelligent, sondern auch gebildet. Jetzt erhob sich die Kommissarin und studierte die kleine Picasso-Vase auf dem Kaminsims. Behutsam zog sie mit dem Zeigefinger die schlanke Form der Keramik nach. Merle stockte das Herz. Hoffentlich nahm die Kommissarin das kostbare Stück nicht in die Hand. Falks Albtraum war stets gewesen, dass diese Vase einmal herunterfiel und in tausend Stücke zerbrach. Tausende Euro, einfach weg.

Merle konzentrierte sich und berichtete, was sie wusste.

„Oskar Schmeller hat meinen Mann erpresst. Es ging um Geld, Schwarzgeld. Oskar Schmeller war der Steuerberater meines Mannes. Als Falk vor acht Jahren einen größeren Geldbetrag erbte, tüftelte Schmeller für ihn aus, wie er das Geld am deutschen Fiskus vorbei ins Ausland bringen könnte. Das heißt, eigentlich ging es um die Frage, wie das Geld dort bleiben konnte. Denn Falks Onkel hatte sein Vermögen auf Grand Cayman Island angelegt, in der Karibik. Dort blieb es letztlich auch. Aber für diese Beratung verlangte Schmeller zuerst ein beträchtliches Honorar und später begann er meinen Mann zu erpressen. Schmeller ist ein kleiner Mann, ein kleiner Mann aus Gau-Bickelheim."

Der letzte Satz klang vernichtend. Gerade so, als sei eine Herkunft aus dem rheinhessischen Gau-Bickelheim ein unüberwindliches Hindernis in dem Streben, ein anständiges, erfolgreiches Leben zu führen.

Kommissarin Backhaus hatte sich wieder gesetzt, stellte jetzt die zarte Teeschale auf den Couchtisch und schrieb mit einem Füllfederhalter Notizen in ein kleines Büchlein. Dann sah sie Merle erwartungsvoll an.

Merle strich eine aschblonde Haarsträhne aus ihrem Gesicht und betrachtete einen Moment lang ihre Hände. Lange Finger, schmale Handrücken, unter deren blasser Haut sich das blaue Aderngeflecht abzeichnete. Plötzlich konnte sie ganz klar denken.

„Schmeller will weg von hier. Dem wird Mainz und Rheinhessen zu eng. Den kennt hier jeder und jeder weiß, dass Schmeller selbst alle acht Wochen in die Karibik fliegt. Was die Leute sagen, können Sie sich denken."

„Aber was hat das mit Ihrem Mann zu tun?"

„Falk hatte von besagtem Onkel nicht nur Geld geerbt, sondern auch zwanzig Hektar Land auf Grand Cayman Island. Bauland." Merle bohrte ihren Blick in den der Kommissarin.

„Schmeller wollte ein Schnittchen davon abhaben, und zwar zum Schnäppchenpreis. Falk weigerte sich und dann drohte Schmeller plötzlich, er werde ihn wegen seines Kontos in der Karibik anzeigen. Aber damit biss er bei Falk auf Granit. Die Auseinandersetzungen waren furchtbar."

„Aber dann wäre es doch logischer gewesen, wenn ihr Mann Oskar Schmeller getötet hätte, und nicht umgekehrt. Das ist nicht stimmig."

„Oskar Schmeller ist der Einzige, der weiß, wo Falk sein Geld versteckt hatte. Schmeller erledigte Geldgeschäfte für Falk, er hatte offenbar Zugang zu Konten oder Depots."

„Sie nicht?"

„Falk sagte immer, es sei besser, wenn ich das nicht wüsste. Dann könnte ich deshalb keine Probleme bekommen."

Merle vergrub ihr Gesicht in den Händen. In Wahrheit hatte Falk nicht gewollt, dass sie über seine wahren Vermögensverhältnisse Bescheid wusste. Da war sich Merle sicher. Die Kommissarin ließ nicht locker: „Und? Wissen Sie wirklich nichts?"

„Ich weiß von zwei Konten auf Grand Cayman Island – und natürlich von seinen Konten und Depots hier in Deutschland."

Frau Backhaus' Blick bohrte sich in ihre Nasenwurzel. „Ich habe einmal versucht, mehr herauszufinden. Aber Falk konnte ziemlich unangenehm werden, wenn ihm etwas nicht passte."

Die Kommissarin ließ ihren Blick blitzschnell über Merles Arme, Hals, Dekolleté und Beine wandern. Die Frau war ein Profi.

„Nicht physisch, Frau Kommissarin. Psychisch – sehr subtil, wenn Sie es genau wissen wollen."

Es begann zu regnen. Regentropfen hämmerten gegen die Panoramafenster.

„Woher könnte Schmeller ein Muskelrelaxans haben?"

„Seine Frau ist Anästhesistin. Die hat so etwas garantiert zu Hause. Viele von uns arbeiten freiberuflich für verschiedene Kliniken oder niedergelassene Ärzte. Da hat man seine Narkosemittel immer griffbereit. Heike Schmeller machte das auch, das weiß ich ganz sicher."

„Will Frau Schmeller auch in die Karibik?"

Merle überlegte einen Moment. „Heike wird niemals von hier weggehen. Sie ist sehr erdverbunden, hat ihre gesamte Familie zwischen Wörrstadt und Alzey. Ich kann mir nicht vorstellen, dass sie ihre Heimat jemals verlassen würde, nicht einmal für ihren Mann."

Beim letzten Satz schwang ein fast nicht hörbarer ironischer Unterton mit, der Lotta Backhaus aufblicken ließ. Die Kommissarin hatte sensible Antennen, das musste Merle ihr lassen.

„Und Ihr Arzneimittelschrank? Darf ich den mal sehen?"

Merle führte die Kommissarin in die Speisekammer, wo ihr Medikamentenschrank neben der Türe hing.

„Der Ort ist ungewöhnlich, ich weiß. Aber mir war nie wohl bei dem Gedanken, dass meine Narkosemittel einfach so in einem Schränkchen im Bad stehen. Es ist schlimm genug, dass ich diese Mittel überhaupt zu Hause haben muss. Aber, Sie verstehen sicherlich – wenn ich mal zu einem Notfall muss ..."

Kommissarin Backhaus nickte.

„Der Schlüssel?"

Merle kletterte auf die kleine blaue Leiter und griff hinter ein Glas mit Pflaumenkompott. Dort lag der Schlüssel immer. Normalerweise. Heute war das nicht der Fall. Merles Finger griffen ins Leere.

„Der Schlüssel ist nicht hier!"

Bevor die Kommissarin etwas sagen konnte, fuhr Merle fort: „Ich weiß, dass es ungewöhnlich ist, den Schlüssel zu einem Giftschrank hinter Eingemachtem zu verstecken. Aber in den letzten drei Jahren wurde zwei Mal bei uns eingebrochen und beide Male wurde der Tresor geknackt. Ich glaube ein gutes Versteck ist sicherer für die Allgemeinheit als ein Safe."

Kommissarin Backhaus teilte diese Einschätzung offensichtlich nicht. Ihr Blick sprach Bände.

„Wie sieht der Schlüssel aus?"

„Klein, rund, unscheinbar mit einem roten Punkt aus Nagellack. Damit habe ich ihn markiert."

Sie stellten die Küche und das Badezimmer auf den Kopf, aber sie fanden nichts.

„Der Ersatzschlüssel?", fragte Backhaus schließlich entnervt.

„In Frankfurt im Banksafe."

„Wann haben Sie den Medikamentenschrank zuletzt geöffnet?"

„Vorige Woche. Die Dokumentation liegt im Schrank."

„Vecuronium?"

„Habe ich letzte Woche gebraucht. Das können Sie aber alles aus dem Heft im Schrank ersehen. Ich führe Buch darüber, was ich wann verwendet habe."

Auf der Fahrt nach Frankfurt fragte sich Merle, ob ihre Aussage ausreichen würde, um Schmeller und seine Frau zu überführen. Mord und Beihilfe zum Mord, falls Oskar Vecuronium aus den Beständen seiner Frau benutzt haben sollte. Das würde die beiden für ein paar Jahre hinter Gitter bringen.

Dann nickte sie ein. Sie träumte, dass Falk sie festhielt. Verzweifelt versuchte sie sich aus seinem harten Griff zu befreien. Der Schmerz, als ihr Kopf gegen die Wand prallte, fühlte sich real an.

„Frau Doktor Hartmann!"

Merle schreckte auf und starrte die Kommissarin an, die sie mit zusammengezogenen Augenbrauen musterte, während sie sich den linken Kieferknochen hielt.

„Sie haben mich geschlagen!"

Merles Magen zog sich zusammen, bis er sich klein und hart wie eine Haselnuss anfühlte. „Ich habe geschlafen."

„Ja, eben!" Die Kommissarin rückte ein Stück von ihr ab. „Und Sie behaupten, dass Sie nicht schlafwandeln! Sie wissen, dass man auch für im Schlaf begangene Straftaten büßt, oder?"

Merle blickte aus dem Fenster und schwieg. Sie war vollkommen verwirrt.

Ihr eigener Giftschrank war in Ordnung, das bestätigte ihr die junge Kommissarin, deren Vornamen sie noch immer nicht wusste, zwei Stunden später. Merle fiel ein Stein vom Herzen. Sie musste dringend einen zweiten Schlüssel beim Hersteller bestellen und beide in einem Tresor aufbewahren. Dieses Versprechen hatte ihr Backhaus abgerungen.

Die Tage ohne Falk waren leer. Sie hatte sich so an seine Gegenwart gewöhnt. Selbst wenn er rein physisch nicht da war, hatte sie doch immer gewusst, dass er irgendwie doch anwesend war.

In den letzten Wochen hatte er sich ganz besonders Mühe gegeben. Nach Annas Unfall, hatte er sich rührend um sie gekümmert. Er hatte selbst kaum noch gearbeitet, hatte ihre Hand gehalten, als sie ihrer besten Freundin eine Blume ins offene Grab hinterherwarf. Merle wollte sich in dieser Zeit in ihre Arbeit stürzen, aber Falk überredete sie, lieber zu Hause zu bleiben. Angegriffen wie sie war, könne man ja bei ihrem Beruf nie wissen, was passierte. Er überraschte sie mit einer Reise nach Brasilien. Merle hatte immer von Argentinien geträumt, sie hatte für die Tropen wenig übrig.

Sie musste dringend Freunden und Familie Bescheid geben. Gleich, dachte sie und hielt ein Papier in das offene Kaminfeuer. „Scheidungsantrag" konnte sie gerade noch ganz oben lesen, bevor eine empor züngelnde Flamme den Bogen fraß. Sie hatte sich die Unterlage aus dem Internet heruntergeladen und ausgedruckt, als sie meinte, es nicht mehr auszuhalten. Vor viereinhalb Monaten war das gewesen. Aber der Moment war vorübergegangen.

In Gedanken versunken ging Merle auf dem Kuschelteppich vor dem Kamin in die Knie. Nach Amelies Tod war nichts mehr so gewesen wie vorher. Falk hatte sie, Merle, dafür verantwortlich gemacht, dass Amelie plötzlich nicht mehr atmete. Plötzlicher Kindstod, hatte der Notarzt gesagt. Niemand hatte Schuld daran. Aber ihr als Ärztin hätte das mit ihrer eigenen Tochter nicht passieren dürfen. Sie war unfähig, eine Versagerin. Das war Falks unterschwellige Botschaft gewesen. Sie hatte sich den Schuh angezogen, hatte unter Schuldgefühlen gelitten, den Wiedereinstieg in den Beruf hinausgezögert. Sie war zu Hause fast wahnsinnig geworden, hatte sich behandeln lassen wie ein Kind. Dass Dr. Lübbinger sie schließlich gefragt hatte, ob sie nicht ab und zu für ihn arbeiten wollte, war das reine Glück gewesen. Sie war gut in ihrem Job, das wusste Merle. Kurz darauf trat sie außerdem eine Teilzeitstelle im St. Vincenz an. Das war vor vier Jahren gewesen. Seitdem war ihr Selbstbewusstsein langsam wieder gewachsen.

Für Falk war sie trotzdem das kleine unzulängliche Mädchen geblieben. Merle hatte geglaubt, dass sich seine Haltung ihr gegenüber mit der Zeit wieder ändern würde. Dass er ihr wieder denselben Respekt entgegenbringen würde, wie vor Amelies Tod. Sie hatte sich geirrt. Für diesen Mann hatte sie ihr geliebtes Norddeutschland verlassen. Das Heimweh wurde mit jedem Jahr stärker. Es schmerzte sie fast physisch.

Sie hatte in der Falle gesessen. Falks früher Tod hatte ihr viel Leid erspart.

Etwas Kühles drückte sich an ihre Schläfe. Merle schreckte hoch und sah in Oskar Schmellers hasserfülltes Gesicht.

„Oskar", hauchte sie.

„Bist du eigentlich völlig verrückt geworden? Mir die Kripo auf den Hals zu hetzen! Du spinnst wohl! Was hast du denen gesagt?"

Merle sah Oskar schweigend an. Seitdem er sie vor zwanzig Jahren zur Abtreibung gezwungen hatte, hatte sie kein Wort mehr mit Oskar Schmeller gewechselt. Daran würde sich auch jetzt nichts ändern. Noch ein Tod, ihr Leben schien plötzlich überfüllt von Toten: das Baby, Amelie, Anna, Falk.

Oskar Schmeller wedelte mit einem Stück Papier vor ihrer Nase herum.

„Du unterschreibst das jetzt. Hier!" Er deutete auf eine gestrichelte Linie ganz unten unter einem längeren Text.

Merle begann zu lesen. Solange Schmeller etwas von ihr wollte, würde er sie nicht umbringen. Mit diesem Vertrag würde sie Schmeller die zehn Hektar Land auf Grand Cayman Island schenken. Langsam sah sie auf und schüttelte ganz leicht den Kopf.

„Oh doch, meine Liebe. In drei Stunden geht mein Flieger und dann bin ich weg."

Oskar Schmeller begann sich aufzuregen. Seine Gesichtsfarbe hatte mittlerweile ein dunkles Rot angenommen und Schweißtröpfchen machten sich auf seiner Stirnglatze breit. Schmeller war dick und kurzatmig geworden, stellte Merle fest und wandte den Blick ab.

Falk hatte auf sein Äußeres geachtet. Er sah bis zum letzten Tag tadellos aus, dafür war sein Inneres zunehmend verwahrlost.

Schmeller packte sie an den Haaren und riss ihren Kopf zurück. „Du weißt genauso gut wie ich, dass ich Falk nicht umgebracht habe. Tot nützt er mir nichts mehr. Aber das versteht diese Kommissarin Brotbeck, oder wie sie heißt, nicht. Weiß die eigentlich, in welchem goldenen Käfig du gelebt hast? Na, Täubchen? Hast du das der Kripomaus erzählt?"

Jetzt legte Schmeller wieder die Pistole an Merles Schläfe. „Wenn sie mich wegen Mordes einbuchten, dann sollen sie wenigstens einen Grund dafür haben", zischte er in ihr Ohr. „Und vorher unterschreibst du hier."

Jetzt zog er nicht nur einen Füller und ein weiteres Dokument, sondern auch einen spitzen Metallstift aus seinem Sacko. Blitzschnell nahm er Merles linke Hand und stach ihr den Stift unter den Nagel des Mittelfingers.

Der Schmerz war unerträglich. Merle wurde schwarz vor Augen. Als sie wieder zu sich kam, sah sie, dass Schmeller ihr ein Testament vors Gesicht hielt, in dem sie ihn als ihre alte Jugendliebe als Alleinerben einsetzte.

Der Mann war komplett wahnsinnig geworden.

Schmeller machte sich an ihrem linken Ringfinger zu schaffen. Blitzschnell rollte sich Merle zur Seite und griff nach dem schmiedeeisernen Kaminbesteck. Schmeller den Feuerhaken über den Schädel zu ziehen, gelang ihr in einer flüssigen Bewegung. Oskar Schmeller fiel in sich zusammen wie ein Sack und rührte sich nicht mehr. Blut tropfte aus einer Platzwunde auf die spanischen Bodenfliesen. Merle stürzte zum Telefon und alarmierte die Polizei.

Keine zwei Minuten später läutete Kommissarin Backhaus Sturm an ihrer Haustüre. Merle hatte noch den Schürhaken in der Hand, als sie öffnete.

„Sind Sie in Ordnung? Ich komme direkt von Frau Schmeller. Sie hat ihren Mann schwer belastet. Oskar Schmeller hat seiner Frau gebeichtet, dass er Ihren Mann Falk getötet hat. Dann verließ er das Haus und wollte zu Ihnen."

Merle sackten die Beine weg, der Schürhaken fiel scheppernd auf den Boden. Schwach deutete sie über ihre Schulter. „Er wollte mich umbringen. Ich habe ihn mit dem Haken hier k. o. geschlagen."

Sechs Wochen später ging Merle noch einmal langsam durch das Haus, in dem sie fünfzehn Jahre ihres Lebens gewohnt hatte. Ihre beiden Koffer standen schon draußen vor der Türe, das Taxi würde in ein paar Minuten ankommen. Oskar Schmeller war angeklagt wegen Mordes an ihrem Mann, Falk Hartmann, und wegen schwerer Körperverletzung an ihr. Seine Frau Heike hatte ihn schwer belastet und praktisch hinter Gitter gebracht mit ihrer Aussage. Freiheit und lebenslänglich – die zwei Seiten der Medaille namens Schmellers Ehe.

Gut so, dachte Merle und ließ ihre Stirn an die kühle Fensterscheibe sinken. Auch späte Rache war süß. Honigsüß.

Sie freute sich auf ihr neues Leben. Falk hatte sie als Alleinerbin eingesetzt. Die Gelder des Kontos auf Grand Cayman

Island würde sie nach Deutschland zurückbringen und hier versteuern. Von den Guthaben auf Barbados und den Virgin Islands hatte niemand etwas mitbekommen. Sie hob den Blick und sah eine Bewegung an Frau Schmidts Gardine. Merle hob die Hand und winkte müde. Das Haus würde ein Makler für sie verkaufen. Merle hatte nur das Notwendigste dabei. In der tiefen Tasche ihres Kaschmirmantels fühlte sie die angebrochene, in Plastik eingeschweißte Vecuronium-Packung, die sie aus dem Pflaumenkompott gefischt hatte.

Bevor sie die Haustüre zum letzten Mal öffnete, nahm sie die kleine Picasso-Vase vom Kaminsims und kippte sie aus. Ein kleiner, runder, unscheinbarer Schlüssel mit einem roten Punkt glitt in Merles Hand. Mit einem kleinen Lächeln im Gesicht schloss sie ihre Finger um den Schlüssel. Sie würde ihn auf dem Weg zum Frankfurter Flughafen aus dem Autofenster werfen.

Eingeheiratet
Friederike Harig

Ludwig Petry wusste, dass das Kribbeln in seinem Körper nur Vorfreude bedeuten konnte. Vorfreude darauf, Fabia zu treffen. Er liebte Fabia so sehr, dass sich seine Sicht auf die Dinge des Lebens komplett verändert hatte. Und da stand die achtzehnjährige Fabia auch schon strahlend vor ihm. Sie drehte ihm den Rücken zu. Sein Blick blieb an ihrer schmalen Taille hängen. In ihrem edlen Kleid einer vornehmen Dame aus der Renaissancezeit würde sie zusammen mit ihm als Johannes Gutenberg ein wundervolles Paar abgeben.

Ludwig Petry trug schon seit zwanzig Jahren auf dem Kerweumzug das Gutenbergkostüm. Das Privileg, mit der Niersteiner Weinkönigin auf dem mit Weinreben geschmückten Wagen aufzutreten, nahm er sich als Bürgermeister dieser Gemeinde heraus. Gerade als er Fabia am Arm berühren wollte, um mit ihr zusammen den Umzugswagen zu besteigen, fasste sie jemand um die Taille und zog sie von ihm weg. Wütend erkannte er Alex! Seinen Sohn! Ärgerlich, dass Fabia Alex gewähren ließ. Musste es gerade dieser streitsüchtige Nichtsnutz sein! Alex! Den er am liebsten schon vom Hof gejagt hätte?

„Alex! Wir müssen jetzt los", ermahnte er und packte Fabia fester am Unterarm, als er es vor Alex' Auftauchen vorhatte.

Doch nachdem sich die Wagen in Bewegung gesetzt hatten, war sein Ärger längst verflogen. Jetzt und hier gehörte Fabia ihm. Ganz ihm.

„Ich kann dich zur Weinkönigin machen, Fabia, wenn du willst!", sprach er sie an, woraufhin sie ihn mit leuchtenden Augen ansah: „Das hast du doch schon getan."

„Nein, nicht nur zur Niersteiner. Zur Weinkönigin von ganz Rheinhessen."

Sie strahlte ihn an. Dieses Strahlen! Für dieses Strahlen von Fabia vergaß er alles um sich herum.

Jetzt wurde die Straße vor ihnen immer enger. Nur noch ganz wenige Zuschauer hatten auf dem immer schmaler werdenden Bürgersteig Platz. Gleich darauf passierte der Umzug die engste Stelle, sein Nadelöhr: Nach der Brücke über den kleinen Bach mussten sich die Umzugswagen scharf nach links wenden und kamen an der Ehrentribüne vorbei. Ludwig wandte seinen Blick von Fabia ab. Ließ sogar ihre Hand los und entfernte sich sicherheitshalber einen halben Meter von ihr. Ganz vorne und ganz genau in der Mitte der Ehrentribüne nahm er seine Frau Gertrud wahr. Ihr truthahngleicher Hals schien von der goldenen Smaragdkette, die ihr Ludwig zur Silbernen Hochzeit geschenkt hatte, fast zugeschnürt zu werden. Ihr in teuren Stoff gehülltes Fleisch überlappte weit die Stuhlränder ihres Sitzes. Petry grüßte. Erst allgemein und dann lange und besonders ehrerbietig gezielt in Richtung seiner Frau. Sie verlangte ihm das ab. Es ging ihr darum, dass die Leute um sie herum sahen, wie sehr er – der eingeheiratete Flüchtlingssohn – seine Frau verehrte. Seit nun fast dreißig Jahren schon zwang sie ihn zu diesem Spiel. Dem Spiel von der glücklichen Ehe, der glücklichen Familie. Nur leider brach Alex, der Augenstern seiner Frau, der Erbprinz des alteingesessenen Weingutes, – wie er dieses Wort alteingesessen hasste – aus dem Bild von der heiligen Familie völlig aus. Zusammen mit seinen nichtsnutzigen Freunden hatte er für den diesjährigen Kerweumzug einen alten Cadillac in vielen Nachtschichten restauriert. Die ganze Truppe befand sich mit laut röhrender Elvismusik, coolen Lederjacken und Sonnenbrillen weiter hinten im Zug. Wahrscheinlich würde sich Alex danach wieder die Hucke vollsaufen. Soll er sich doch zu Tode saufen, dachte er ärgerlich. Am besten noch heute. Dann hätte auch Fabia ihre Ruhe vor ihm.

Ludwig sog die von Alkohol und menschlichen Ausdünstungen schwangere Luft ein. Das Fest war schon am Umkippen. Die proper aufgeputzte Sonntagsfeierlichkeit der Bürger von Nierstein hatte sich in eine schwankende und lallende Menschenmenge verwandelt.

Ludwig blickte sich suchend nach Fabia um. Sie war zwischen den an der Begrenzung des Wagens festgemachten Rebzweigen in die Hocke gegangen und küsste Alex.

„Warum stehst du da mit dem Vadder auf dem Wagen in diesem lächerlichen Kleid? Komm zu uns in den Cadillac. Da geht's richtig ab!", höhnte Alex.

Ludwigs Augenlider zuckten vor Wut.

„Alex! Es geht gleich weiter! Mach, dass du wieder zu eurem Cadillac kommst.", herrschte er seinen Sohn an.

„Komm noch mal her Fabia!"

Der Vater musste mit ansehen, wie sein Sohn das elfengleiche Gesicht seiner Angebeteten noch weiter nach unten zu sich zog, sie aufreizend lange küsste und dabei seine Hand über ihren schmalen Po gleiten ließ. Ludwig war kurz vorm Explodieren.

„Vergreif dich bloß nicht an meiner Süßen, sonst bring ich dich um!"

Triumphierend blitzte Alex seinen Vater an, bevor er in der Menge verschwand. Ludwig fühlte seine äußere Hülle und darunter sprühten Funken vor Wut.

Nachdem der Festumzug geendet hatte, war Fabia rasch verschwunden. Wie rasend lief Ludwig Petry über den Festplatz, jede Straße, jede Häuserecke suchte er nach ihr ab. „Puppen flach legen" – diesen Ausdruck von Alex hatte er im Kopf. Dann war er zum Rheinufer gelaufen. Breit und bräsig wälzte sich der eisgraue Fluss dahin. Während Ludwig zwischen den Fahrgeschäften herumstolperte, die billigen Schlager hörte, die von Kinderlachen und dem Hydraulikgeräusch eines sich auf und nieder bewegenden Elefanten unterbrochen wurden, kam ihm plötzlich alles so sinnlos vor. So sinnlos.

Auf dem Festplatz entdeckte er Fabia zusammen mit Alex. Er schoss auf die beiden zu, zerrte Alex von der Bank auf den blanken Boden, wo er ihm mit der flachen Hand ins Gesicht schlug. Einmal, zweimal, dreimal.

„Hör auf! Hör sofort auf!", brüllte Alex.

Aber Ludwig hörte nicht auf. Schlug weiter auf seinen Sohn ein, der jetzt zurückschlug und die Oberhand gewann.

„Vadder, was soll das?"

„Lass Fabia in Ruhe! Du nutzt sie doch nur aus!", kam es keuchend aus dem blutverschmierten Mund Ludwigs.

„Das geht dich doch nix an!"

„Ach, du hast doch nur das eine im Kopf!" Ludwig nahm in den Augenwinkeln wahr, dass sich ein Kreis Schaulustiger um sie gebildet hatte. Darunter waren Gertrud und Fabia. Voller Scham erschlaffte sein Körper, sodass Alex riskieren konnte, ihn loszulassen.

„Aber Ludwig, was machsde denn da?", kam eine hämische Bemerkung aus der Menge. Ludwig kannte die Stimme, war aber in diesem Moment nicht dazu fähig, sie zuzuordnen. Mit gesenktem Blick verließ er den Festplatz und machte sich in seinem Gutenbergkostüm auf den Weg nach Hause, ging schnurstracks in den Weinkeller und ließ sich volllaufen. Er wollte tot sein. Erst als die Morgensonne durch das morsche Holz des Kellertors fiel, erwachte Ludwig aus seinem Koma. Er hatte höllische Kopfschmerzen und wollte immer noch tot sein. Laut seufzend macht er sich auf den Weg über den Hof ins Haupthaus. Aus der Küche vernahm er Geschirrgeklapper. Gerade wollte er sich an der offenen Küchentür vorbei nach oben stehlen, als Gertrud ihn erblickte. Mit hochgezogenen Schultern betrat er die Küche. Dort saß Alex schon am Tisch.

Sein Anblick verriet, dass er mindestens ebenso viel Restalkohol im Blut haben musste. Mit einem Plumps ließ sich Ludwig auf die Eckbank fallen. Vater und Sohn blickten sich dumpf in die Augen, während Gertrud sie als „Suffkepp" beschimpfte. Dann verließ sie die Küche, um die Zeitung zu holen. Plötzlich zerriss ein gellender Schrei die Stille und eine wild um sich fuchtelnde Gertrud Petry kam in die Küche gerannt:

„Fabia ist tot!"

„Was?", riefen Vater und Sohn wie aus einem Mund.

„Ja, da steht es!"

Gertrud deutete auf eine kurze Nachricht im Regionalteil.

„Wie?", fragte Alex ungläubig, während sein Vater Gertrud die Zeitung aus der Hand riss.

„Oh Gott! Ermordet! Hier steht, dass sie mit einem Stein erschlagen wurde. Die Ärmste! Wer tut so etwas?"

Schnell bekam Alex das begehrte Papier zu fassen: „Man soll sich melden, wenn man etwas gesehen hat."

Gertrud zerrte die Zeitung so schwungvoll an sich, dass das Papier entzweiriss.

„Wir haben damit nichts zu tun", entschied Gertrud und nahm Ludwig die Zeitung aus den Händen und legte sie mit einem bösen Funkeln auf den Küchentisch.

Ludwig und Alex Petry wurden am selben Mittag in das Mainzer Polizeipräsidium vorgeladen. „Die haben sich doch nicht ohne einen triftigen Grund gestritten!", platzte es wütend aus Kommissar Stefan Schlotterbeck heraus, nachdem Ludwig Petry den Vernehmungsraum verlassen hatte.

Hauptkommissarin Margarethe Maybach musste über das Engagement ihres jungen Kollegen grinsen.

„Wir hätten ihn mehr provozieren sollen, Margarethe. Du hättest den schon klein gekriegt, oder?"

„He, he! Immer mal langsam mit den jungen Pferden. Du

musst als Kommissar in der Vernehmung schon die Dienstvorschriften einhalten! Wir sind doch hier nicht in einer amerikanischen Krimiserie!"

„Nein, natürlich nicht. Aber wir hätten schärfer sein sollen!"

„Wir haben ja noch den Sohn, Alex Petry. Mal sehen, was der zu sagen hat."

Den beiden Kommissaren fiel sofort die Ähnlichkeit zwischen Vater und Sohn auf: das gleiche breite kantige Gesicht, die wasserblauen hellen Augen. Alex wirkte weicher als sein Vater, dessen gehetzter Blick überall herumgeschweift war und der kaum auf seinem Stuhl still sitzen konnte. Aus dem kriegen wir mehr raus, dachte Maybach aufgeräumt.

„Herr Petry, Sie haben sich gestern auf dem Festplatz in Nierstein mit Ihrem Vater geprügelt."

Bestätigendes Nicken.

„Tzz!", machte Maybach, „so was – vor allen Leuten und noch am Kerwesonntag. Hätte das nicht Zeit gehabt bis am Abend zu Hause?"

„Ach, der Vadder hat mich mit der Fabia auf dem Festplatz gesehen, ist auf mich losgeschossen und hat sofort zugeschlagen. Weiß auch nicht, was in ihn gefahren ist."

„Können Sie sich vorstellen, warum er das getan hat?"

„Na warum wohl, der alte Bock war selbst scharf auf Fabia."

„So, Ihr Herr Vater war also eifersüchtig! Auf Sie und Fabia?"

Alex Petry breitete mit gönnerischer Miene die Beine unter dem Tisch aus, steckte die Hände in die Hosentaschen und ließ ein triumphierendes „Jepp" vernehmen.

„Sie können gehen, Herr Petry."

„Na toll, Vater und Sohn streiten sich um ein und dieselbe Frau und das ganze Dorf kriegt's mit. Und dazu ist der Vater noch

Bürgermeister", fasste Stefan Schlotterbeck den Sachstand zusammen.

„Willkommen im wirklichen Leben, Stefan. So geht es zu bei uns im Präsidium."

Das Telefon läutete und Margarethe nahm ab.

„Ah, Guido, gibt es etwas Neues?", fragte Margarethe und stellte die Freispracheinrichtung an.

„Ja, allerdings", bestätigte Guido Wohlfahrt, der Chef der Spurensicherung.

Ein Knistern entstand am anderen Ende der Leitung.

„Komm, sag schon, was habt ihr Spürnasen denn gefunden?"

„Eine Halskette aus Gold. Es ist ein ziemlich großer Klunker. Sie ist am Verschluss aufgegangen. Muss jemand verloren haben."

Nachdenklich starrte Ludwig auf das Foto in der Zeitung, auf dem eine goldene Halskette mit Smaragden zu sehen war. Dann ging er in das gemeinsame Schlafzimmer und durchsuchte die Schmuckschatulle seiner Frau. Die Halskette mit den Smaragden war nicht da. Er lief nach unten in die Küche und wählte die Nummer, die die Polizei unter dem Zeitungsfoto vermerkt hatte.

„Frau Petry", eröffnete die Kommissarin Margarethe Maybach das Verhör, „kennen Sie diese Halskette?"

„Darf ich einmal genauer sehen?"

„Bitte." Frau Maybach reichte das in Plastik eingepackte Beweisobjekt an die Frau weiter.

„Das ist ja meine Kette!", rief sie überrascht.

„Sie wurde am Tatort gefunden. Haben Sie sie da verloren?"

„Nein, sie ist mir gestohlen worden."

„Frau Petry, das ist aber eine ganz schwache Ausrede."
„Wieso?"
„Das hätten Sie doch sicher gemerkt."
„Natürlich habe ich es gemerkt."
Margarethe Maybach und ihr Kollege Stefan Schlotterbeck blickten die Frau gespannt an.
„Und?"
„Ich bin ihr gleich hinterher."
„Wem?"
„Der Fabia natürlich, dem Luder!"
„Also Fabia Jansen hatte Ihnen die Kette entwendet?"
„Ja. Deswegen bin ich ihr doch hinterher."
Stefan Schlotterbeck nahm das Päckchen zweifelnd in die Hand und betrachtete es genau: „Ich kann mir nicht vorstellen, dass so etwas den Geschmack einer Achzehnjährigen trifft."
„Doch so war es!"
Wie zur Bestätigung ihrer Aussage klatschte Frau Petry mit beiden Händen flach auf den Tisch und funkelte Stefan Schlotterbeck so herrisch an, dass dieser instinktiv mit dem Oberkörper ein paar Zentimeter zurückwich.
„Und wie ging es dann weiter?", fragte die Kommissarin.
„Na ja, Fabia ist mir davongerannt."
„Wie? Sie haben die Kette nicht zurückgekriegt?"
„Nein."
„Und warum haben Sie diesen Vorfall nicht schon früher zu Protokoll gegeben?"
Frau Petry zuckte mit den Schultern.
„Warum, Frau Petry, antworten Sie!"
„Ich weiß auch nicht. Es war bei uns auf dem Gut so viel los, da habe ich es einfach vergessen."
Eine Pause entstand.
„Woher wissen Sie eigentlich, dass das meine Kette ist? Kann ich sie jetzt wieder mitnehmen?"

Maybach und Schlotterbeck schauten sich entgeistert an. Gertrud Petry lief rot an vor Zorn.

„Frau Petry! Sie sind gesehen worden, wie Sie Fabia Jansen bis hinauf in den Weinberg verfolgt haben! Von wegen, Sie konnten ihr nicht folgen!" Maybachs Stimme wurde jetzt laut. Gleichzeitig wappnete sie sich, den erstaunten Seitenblick ihres Kollegen Stefan Schlotterbeck zu ignorieren.

Gertrud Petry starrte eingeistert von Kommissarin zu Kommissar.

„Wie, wer hat mich denn da gesehen? Ich habe doch immer wieder rumgeschaut."

„Frau Petry, Sie haben ganz, ganz schlechte Karten. Laut Zeugenaussagen waren Sie die letzte, die zusammen mit Fabia Jansen an diesem Abend gesehen wurde, und obendrein lag Ihre Kette am Tatort. Sie stehen unter dem dringenden Verdacht, Fabia Jansen getötet zu haben!"

Gertrud Petry hatte sich kerzengerade in ihrem Stuhl aufgerichtet und presste ihren Rücken immer weiter in die Lehne. Augen und Mund waren ganz weit aufgerissen. Maybach kannte diesen Blick. Jetzt war die Frau reif.

„Aber was hätte ich denn machen sollen? Fabia ist immer weitergelaufen, ich kam immer mehr außer Atem. ‚Bleib stehen!', hab ich ihr gesagt. Zweimal. Dreimal. Ich wollte mit diesem dahergelaufenen Luder, diesem rothaarigen, reden. Ich wollte, dass sie meine Männer in Ruhe lässt. Wie verhext waren die zwei und dann sind sie noch aufeinander losgegangen, haben sich geprügelt, vor all den Leuten. Wir Petrys haben doch schließlich in Nierstein einen Ruf zu verlieren."

„Es ging also gar nicht um die Kette?"

„Ach was! Reden wollt ich mit ihr!"

„Nur reden?"

„Frau Kommissarin, ich wollte sie nicht töten, ich wollte nur, dass sie stehen bleibt, weil ich ihr doch nicht hinterherkam.

Und weil ich mir nicht anders zu helfen wusste, habe ich den Stein genommen und ihn nach ihr geworfen. Aber ich wollte sie doch nicht töten, ich wollte nur, dass sie stehen bleibt! Glauben Sie mir! Ich wollte ihr doch nur sagen, dass sie meine Männer in Ruhe lassen soll."

„Frau Gertrud Petry, ich nehme Sie vorläufig fest, wegen des dringenden Tatverdachts, Fabia Jansen erschlagen zu haben", verkündete Margarethe Maybach in ihrem sachlichsten Kommissarinnenton und drückte auf die Austaste ihres Tonbandgerätes.

„Jetzt lässt Fabia die Männer von Frau Petry sicherlich in Ruhe", stellte Stefan Schlotterbeck fest, nachdem die Frau von zwei Uniformierten abgeführt worden war.

Maybach nickte befriedigt.

„Du, Margarethe!"

„Ja?" Maybach ahnte schon, was jetzt kommen würde.

„Sag mal, was war das denn da eben für eine Zeugenaussage, von der du gesprochen hast? Die kenne ich ja gar nicht!"

Tatsächlich, er hatte es gemerkt, dachte die Kommissarin, schlaues Kerlchen.

„Hm."

„Du hast also geblufft!"

Maybach grinste ihren jungen Kollegen an.

Stefan Schlotterbeck stemmte die Hände in die Seiten und blickte seine Kollegin mit gespielter Entrüstung an: „Du bist mir vielleicht eine!"

„Hör mal, Stefan: Du solltest ein bisschen mehr Respekt gegenüber einer erfahrenen Kollegin aufbringen!"

Sie knuffte ihm mit dem Ellenbogen in die Seite und beide verließen lachend den Vernehmungsraum.

Sterben lernen oder In the air tonight
Jürgen Heimbach

Kaltes bohrendes Neon. Er schließt sofort seine Augen. Eine kreisrunde Leuchte über dem Bett. Schmerzendes Licht. Warten. Er will seinen Kopf zur Seite drehen. Aus dem Schein des Lichtes. Das ist unmöglich. Er kann seinen Kopf nicht bewegen. Er hebt ein Lid. Nur ein klein wenig. Das geht. Aber warum strengt das so an? Über ihm – noch immer das helle Rund. Hell, grell, schmerzend. Er senkt gleich seinen Blick. Auch das kostet Kraft. Er konzentriert sich, widersteht dem Drang, das Auge gleich wieder zu schließen. Weiß. Eine weiße Landschaft breitet sich vor ihm aus. Langsam gewöhnen sich die Augen an die Helligkeit. Er bewegt seine Pupillen. Folgt dem Weiß. Das Weiß eines Kissens oder Lakens. Die Erkenntnis. Er liegt in einem Bett. Eine erste Erinnerung. Das massive Holzbett. Vor der Wand. Ein Bett wie aus einem alten Bauernzimmer. Und eine Kommode. Unter dem Fenster. Mit einer weißen, gehäkelten Decke darauf. Und einer Vase. Ohne Blumen. Warum fallen ihm diese Details ein? Bilder. Sie ploppen auf wie Werbung im Computer. Ein Schrank. Ja! Massiv und dunkel wie das Bett. Er drückt das Bild weg. Er sortiert sich. Dieses Zimmer ... Wie ist er hier hereingekommen ... wie lange ist das her? Ein Tag, eine Stunde? Oder doch erst wenige Minuten? Kein Zeitgefühl mehr. Augen zu. Konzentrieren. Ein Film. Die Tür. Der Griff. Seine Hand. Ein Blick. Das Bett, der Schrank, die Kommode. Das Bett. Liegt er in dem Bett, das er gesehen hatte, als er in das Zimmer trat? Jetzt? Wie ist er ...? Erinnerungsfetzen. Zweifel. Nacht. Regen. Es war verrückt gewesen, hierherzufahren. Er will seinen Kopf heben. Er kann es nicht. Unfähig.

Schrei! Schrei doch! Er reißt seinen Mund auf. Kein Laut verlässt seine Lippen.

Der Anruf hatte Martin Pfeifer auf der obersten Plattform eines Rohbaus am Rand von München erreicht, vierzehn Stockwerke über der Stadt. Neben ihm standen sein Bauleiter und der Ingenieur, der ihn am Morgen auf ein gewichtiges Statikproblem hingewiesen hatte. Der Wind blies da oben so heftig und laut, dass sie sich kaum verständigen konnten und die Bauzeichnung in der Hand des Ingenieurs wild hin und her flatterte. Pfeifer wollte das Hochhaus unbedingt noch in diesem Jahr bezugsfertig bekommen. Eine solche Zeitverzögerung war tödlich. Er hatte im Moment genug Probleme. Der Bau war ein Geschenk an sich selbst, zu seinem fünfzigsten Geburtstag. Hierhin würde er die Firmenzentrale verlegen. Und ganz oben sein Penthouse. Die Krönung seines Lebens. Ein Trommelwirbel schreckte ihn auf. Die beiden anderen Männer sahen ihn an. Der Trommelwirbel aus Phil Collins' „In the air tonight". Genervt griff er in die Tasche seines Regenmantels. Jetzt nicht! Er musste erst dieses Problem hier lösen. Das hier war wichtiger. Eine entscheidende Phase. Aber er hatte noch nie sein Telefon klingeln lassen können.

Keine Stimme. Noch ein Versuch. Mund auf. Gegen diese kalte Lampe. Stille. Nur ein Sirren. Und sein eigenes Atmen. Durch die Nase einziehen. Ausstoßen. Alte abgestandene Luft. Wieder ein Erinnerungsfetzen. Die Luft. Er kam in das Zimmer … Ja. Sie war ihm gleich in die Nase gestiegen. Unangenehm. Ekel erregend. Der Geruch des Todes. Des nahen Todes. Die Ausdünstungen eines Sterbenden. Erinnere dich! Du hast dich beruhigt. Es war einfach lange nicht mehr gelüftet worden. Ein altes Haus, feucht und die Fenster geschlossen. Dann riecht das so. Aber das kalte Licht. Todeslicht. Er starrt in das kalte Licht. Wohin auch sonst? Er konnte nirgendwo anders hinschauen. Nur nach oben und so weit es die Beweglichkeit seiner Augenmuskeln zulässt. Sein Hals ist steif, sein Gesicht starr nach oben gerichtet. Er meint Schritte zu hören. Von der Tür. Dahinter liegt der alte Flur mit den Holzdielen. Er konzentriert sich. Aber dann ist da nur das Rauschen in seinen Ohren.

Pfeifer hatte die Stimme nicht gekannt. Er suchte Schutz hinter einer grauen Betonwand und drückte das Handy fest gegen sein Ohr. Der Wind, der sich an den scharfen Kanten der freistehenden Wände und Pfeiler brach, machte es fast unmöglich, irgendetwas zu verstehen.

Anne Harding?

Endlich hatte er den Namen verstanden. Er sagte ihm nichts.

Du kennst mich nicht mehr?

Pfeifer verneinte.

Woher denn? Wer sind Sie?

Die unbekannte Stimme lachte.

Seit wann siezen wir uns denn?

Pfeifer war irritiert. Er sah zu seinem Bauleiter und dem Ingenieur herüber. Sie blickten abwechselnd auf den flatternden Plan und zeigten dann auf irgendwelche Stellen auf der Plattform. Diskutierten.

Richard liegt im Sterben.

Richard? Pfeifers Körper spannte sich.

Richard? Welcher Richard?

Er spürte, dass seine Stimme brüchig klang. Er räusperte sich.

Die Frau antwortete mit einem schrillen Lachen. Machte eine kurze Pause. Was sollte er jetzt sagen? Sie übernahm das.

Sag nicht, dass du Richard nicht kennst.

Sie lachte noch einmal. Kürzer, abgehackt. Fies.

Richard Stange. Klingelt es jetzt. Manila. 1961. Alzey. Sommer 1983.

Pfeifer sah nochmals zu den beiden anderen Männern herüber. Sie achteten nicht auf ihn. Waren ganz und gar mit der Lösung des Statikproblems beschäftigt.

Die Frau, die sich Anne Harding nannte, wartete nicht auf Pfeifers Reaktion. Richard liegt im Sterben. Willst du einem Sterbenden verweigern, dass er seine ganze Geschichte kennenlernt? Wenigstens diesen letzten Dienst könntest du ihm erweisen.

Ich kenne keinen Richard Stange.

Es war ein Versuch. Er wusste, dass er völlig sinnlos war.

Ich kann auch der Presse erzählen, was damals passiert ist.

Sie können mir nichts ..., entfuhr es ihm.

Vor Aufregung drehte er sich um. Ein Windstoß traf ihn, irgendetwas flog ihm in den Mund. Er musste husten. Der Bauleiter und der Ingenieur sahen zu ihm herüber. Er spuckte aus und gab ihnen mit der Hand ein Zeichen, dass alles in Ordnung war. Er hustete mehrmals.

Es bleibt immer was hängen. Und im Moment kannst du dir nicht erlauben, schlechte Presse zu bekommen.

Pfeifer schwieg. Richard Stange. Natürlich wusste er, wer Richard Stange war. Aber woher wusste Richard ... oder besser, diese Frau, von ihm?

Kommst du? Kann ich Richard sagen, dass du kommst? Es ist ihm sehr wichtig. Ich glaube, dann findet er seinen Frieden.

Sie klang versöhnlich, ohne das Harte in ihrer Stimme, mit dem sie ihm eben gedroht hatte.

Er sah zu den beiden anderen. Der Ingenieur erwiderte seinen Blick. Pfeifer glaubte Ungeduld darin zu erkennen. Sie mussten schnell eine Entscheidung treffen. Es hing so viel davon ab, dass der Bau rechtzeitig fertig wurde.

Pfeifer sagte zu. Ja, ich komme. Wo finde ich Richard?

Er notierte sich die Adresse in ein Notizbuch, mit krakeliger Schrift. Alzey. Dann Weinheim.

Werden Sie auch da sein?, fragte er, aber da war die Verbindung schon unterbrochen.

Wie ein Marienkäfer liegt er auf dem Rücken. Denkt gegen die Angst, die ihn eng umschnürt. Er muss raus. Aus dem Bett. Dem Zimmer. Dem Haus. Er versucht, seinen rechten Arm zu heben. Keine Reaktion. Er spürt nichts. Keinen Schmerz. Keinen Druck. Einfach nichts. Er konzentriert sich auf den linken Arm. Nichts. Nächster Versuch. Schickt den Befehl an den Zeigefinger. Beweg dich! Nur ein kleines Stück! Ein ganz kleines! ... Befehlsverweigerung. Er versucht es mit den Beinen. Versucht ruhig zu bleiben. Gleich wacht er auf und alles ist vorbei. Die Beine. Los! Erst rechts. Hoch! Nur einen Millimeter! Konzentrier dich! ... Kein Gefühl. Nicht der Hauch. Steif. Er. In dem Bett. Warum? Warum? Warum? ... Beruhige dich. Analysiere die Lage! Seine Stärke. Analyse. Schlussfolgerung. Handlung. Ziel erreicht. Seine Maxime. Immer. Immer erfolgreich. Ist er angeschnallt? Im Krankenhaus? Ein Unfall. Erinnere dich! Nichts. Fesseln? Irrsinn. Warum? Fesseln. Er senkt seinen Blick. Nichts zu sehen. Nur das Weiß des Lakens. Kein Gefühl. Alles taub. Starr. Steif. Warum? Bewegungsunfähig. Panik steigt in ihm auf. Warum ist kein Mensch hier? Würde er hier verhungern? Verdursten? Rechne! Analysiere! Los, komm! Wie lange kann ein Mensch ohne fremde Hilfe durchhalten. Würde das wieder nachlassen? Er schließt die Augen. Ein Traum. Alles ein Traum. Lider heben. Langsam. Kreisrundes Neonlicht.

Um Mitternacht war er losgefahren. Zu dem Wind war heftiger Regen gekommen. Die Scheibenwischer schaufelten die Wassermassen von der Glasfläche vor ihm. Das Fahren strengte ihn an. Immerhin hatten sie das Statikproblem so weit in den Griff bekommen, dass die Arbeiten weitergehen konnten. Dem Bauleiter hatte er seine Nummer mit der strengen Aufforderung gegeben, ihn zu jeder Tages- und Nachtzeit anzurufen, wann immer er es für nötig hielt, um den Fortgang der Bauarbeiten nicht noch mehr zu verzögern. Er hatte ihm mitgeteilt, dass er nach Alzey fahre, in einer Familienangelegenheit. Weinheim, hatte er hinzugefügt. Der Bauleiter hatte ihn verschwörerisch angegrinst. Der Idiot. Soll seine Arbeit machen. Und hatte geendet, dass er spätestens übermorgen Vormittag zurück sei. Da war der Termin mit dem Mann von der Bauaufsicht. Wichtig! Sehr wichtig! Vor der Abfahrt hatte er noch zwei Cappuccino und ein Stück kalte Pizza zu sich genommen.

Während er sich auf der Autobahn durch die Nacht fräste, fragte er sich, warum er zugesagt hatte, zu kommen. Welch ein Irrsinn. Fast dreißig Jahre war das her. Nichts, aber gar nichts hatten sie gegen ihn in der Hand. Diese Frau hatte gebluflt. Wie konnte es anders sein. Aber wie war sie auf ihn gekommen? Oder Richard? Woher wussten sie, wer er war? Wo er wohnte? Wie sie ihn erreichen konnten? Was wusste sie überhaupt? Und warum hatte er nicht wenigstens diese Anne Harding gegoogelt. Wahrscheinlich hätte er nichts gefunden. Aber es nicht zu tun, war dumm. Solch ein Versäumnis wäre ihm doch sonst nie unterlaufen. Ein großer Fehler. Wurde er alt? Oder hatte ihn die Nachricht so durcheinandergebracht?

Jeden Zentimeter abtasten! Seine Augen wandern durch den Raum. Wie anstrengend. Eingeengtes Sichtfeld. Noch ein Stück. Ein kleines. Da, ein Fenster. Erinnerung. Die Tür. Durch die war er in das Zimmer gekommen. Noch ein kleines Stück. Dass Augen so schmerzen können. Rollläden. Die Rollläden sind heruntergelassen. Panik. Wieder. Denk nach! Denken gegen die Panik. Wenn er wenigstens die Tageszeit bestimmen könnte. Die runde Neonlampe über dem Bett scheint gleichbleibend hell. Immer wieder Schritte. Vor der Tür. Schritte. Beim dritten Mal zählt er sie mit. Sechsmal hört er das Auftreten. Absätze. Beim nächsten Mal sind es sieben Schritte. Dann vergisst er, mitzuzählen. Es ist zu anstrengend.

Was ist passiert? Hat man ihm etwas gegeben? Ein Gift, das ihn lähmte? Er kann sich nicht erinnern. Denk nach! Da muss was sein. Ein Hinweis. Ein winzig kleiner nur. Leere. Die ist genauso schlimm wie die Hilflosigkeit. Dieses Nichtwissen, was das soll. Dass kein Mensch auftaucht. Er war gekommen, um Richard zu sehen. Ein letztes Mal. Dessen letzter Wunsch, bevor er starb. Wo ist Richard?

Um sieben Uhr hatte Pfeifer Alzey erreicht. Müde und ausgelaugt. Drei Pausen hatte er einlegen müssen. Normalerweise fuhr er eine solche Strecke durch. Er wusste nicht, ob es am Wetter lag oder an seinen Gedanken. Sein Hemd klebte am Rücken. Irrwitzig, dass Richard ihn sehen wollte. Sterbend. Nach fast dreißig Jahren. Er verstand es nicht. Am Bahnhof in Alzey kaufte er sich an einer Döner-Bude einen Kaffee. Der starke Regen war hier in ein Nieseln übergegangen. Geduckt lief Pfeifer über den Vorplatz zu seinem Wagen und setzte sich mit dem Pappbecher hinters Lenkrad, starrte auf die Scheibe, die immer mehr beschlug, und schlürfte mechanisch kleine Schlucke durch das schmale Loch im Deckel. Um 9 Uhr riss ihn eine Autohupe aus dem Schlaf. Benommen richtete sich Pfeifer im Sitz auf. Der halbvolle Kaffeebecher war ihm auf den Schoß gerutscht. Nichts war ausgelaufen. Er benötigte ein paar Sekunden, bis er sich bewusst wurde, wo er sich befand. Gab die Adresse, die er von dieser Anne Harding erhalten hatte, in das Navigationsgerät ein, startete den Motor und folgte den Anweisungen. Vom Bahnhof rechts raus, über eine in einer Senke liegende Kreuzung, bis zu einer Gabelung, an der er nach rechts fahren musste. Es folgte eine lange Straße. Pfeifer nahm eine alte Brücke, unter der er durchfahren musste, wahr und in der Ferne eine weit gespannte Brücke. Dann hatte er Weinheim erreicht. Viele der Häuser rechts und links waren aus Bruchstein. Hierher hatte sich Richard zum Sterben zurückgezogen. Pfeifer schüttelte es. Er wollte hier nicht sterben. Geschweige denn leben. Niemand war ihm all die Jahre auf die Schliche gekommen. Wie hatte Richard ihn jetzt gefunden? Langsam fuhr Pfeifer durch den Ort und folgte weiter den Anweisungen der mechanischen Stimme. Kurz vor dem Ortsende musste er in eine Seitenstraße abbiegen. Beim letzten Haus befahl sie ihm, anzuhalten. Er hatte sein Ziel erreicht. Er bremste, fuhr an den Straßenrand. Unschlüssig blieb er im Auto sitzen und betrachtete durch die Windschutzscheibe das Haus. Die Scheibenwischer schoben die dünnen Wasserfäden zur Seite. Durch die Schlieren blickte er auf ein Haus, dem man den Reparaturstau ansah, wie Pfeifer gleich erkannte. Dann legte er wieder einen Gang ein und lenkte den Wagen in die unbefestigte Auffahrt neben dem Gebäude. Kleine Steinchen schlugen gegen die Fahrzeugunterseite. Er stellte den Motor ab, blieb sitzen. Wartete. Dass jemand ihn abholte? Zu Richard brachte? Diese Frau? Pfeifer starrte weiterhin auf das Haus. Kein Licht. Er ließ die Scheibe herunter. Der Wind trieb den Regen ins Wageninnere, in sein Gesicht. Er wischte sich mit der Hand über die Augen. Die Rollläden waren herabgelassen. Das Haus sah verlassen aus. Hier lag Richard? Im Sterben? Und er war hergefahren. Keine Ahnung warum. Was versprach er sich davon? Absolution? Hatte er doch ein schlechtes Gewissen? Über diese Frage musste er grinsen. Das hatte ihm noch nie im Weg gestanden. Oder irgendeine Form von Interesse, das er nicht benennen konnte? Doch noch mehr über sich zu erfahren? Seine Mutter hatte kaum etwas erzählt. Nur eben diese Geschichte kurz vor ihrem Tod, im Delirium. Deshalb wusste er damals ja überhaupt ... Das war der Moment, in dem sein Leben in Armut endete und sein neues begann. Pfeifers Gesicht war schon wieder nass. Er ließ die Seitenscheibe hochgleiten.

Wieder Schritte. Vor der Tür. Schwere Schritte. Mund auf! Ein Wort! Ein einziges. Ein Laut wenigstens. Nichts! Diese Ohnmacht. Ausgeliefert! Was soll das? Warum hatte er sich nicht auf seinen Instinkt verlassen? War das ein Spiel? Richard. Wo ist Richard? Geht der draußen auf und ab, will ihn erschrecken, einschüchtern? Aber er liegt doch im Sterben? Wer ist es dann? Was, wenn Richard zurückverlangen wird, was er ihm damals genommen hat? Aber wie ist Richard dahintergekommen? Angst. Er hat Angst. Gestehe dir ein, dass du Angst hat. Angst, die er mit analytischem Denken niederkämpfen muss. Aber sie wird größer. Beherrschender. Das ist kein Traum. Wenn wenigstens jemand käme und ihn aufklärte, was das soll. Aber so …! Der Bauleiter fällt ihm ein. Ja! Ihm hatte er sein Ziel genannt. Der wird ihn anrufen, wenn er nicht rechtzeitig zu dem Treffen mit dem Mann von der Bauaufsicht erscheinen. Der Bauleiter weiß, dass er diesen Termin nie und nimmer vergessen würde. Er wird anrufen und dann … Sein Handy. Wo ist es? Er kann gar nicht … Erschreckende Erkenntnis. Niederschmetternd. Oder? Vielleicht jetzt? Beweg dich! Aufrichten! Nichts. Die Angst wird wieder stärker. Panik. Schlimmer als vorher. Diese Lähmung muss doch nachlassen. Das kann nicht ewig dauern. Und wenn doch? Beruhige dich! Wenn er das Gespräch nicht annimmt, wird der Bauleiter alle Hebel in Bewegung setzen, um ihn zu finden. Es darf keine Entscheidung ohne ihn getroffen werden. Und dann hört er ihn. Den Trommelwirbel. Der furiose Wirbel. „In the air tonight". Er klingt weit weg. Irgendwo draußen. Er befiehlt seinem Körper, sich aufzubäumen. Nichts. Und dann, nach dem dritten Klingeln, sind da wieder die Schritte. Der Bauleiter weiß, dass er sein Handy immer griffbereit hält. Er wird sofort Verdacht schöpfen, wenn er nicht abnimmt oder eine fremde Stimme sich meldet. Es klingelt erneut. Sechsmal wird es läuten. So hat er sein Handy eingestellt. Sechsmal, bis seine Mailbox anspringt.

Der Trommelwirbel durchbricht zum fünften Mal die Stille. Die Schritte sind verstummt. Noch einmal, überlegt er, dann muss der Bauleiter merken, dass etwas nicht stimmt. Er weiß, wo er hingefahren ist. Der Trommelwirbel setzt zum letzten Mal an. Aber er bricht ab. Er zählt die Sekunden. Dann eine Stimme. Er konzentriert sich, versucht zu verstehen, was sie sagt. Der Bauleiter muss erkennen, dass nicht er es ist, mit dem er spricht. Ein Fremder kann keine Kenntnis von dem Problem haben. Und seine Stimme. Er hat eine markante, etwas raue, rauchige Stimme. Die Stimme da draußen ist jetzt laut und deutlich zu verstehen. Sie klingt … rau und rauchig. Wie seine eigene. Das geht doch nicht. Er liegt in diesem Bett. Wieso spricht er da? Er achtet nicht mehr auf den Inhalt.

Pfeifer war aus dem Wagen gestiegen und zu dem Hauseingang gegangen, der sich auf der Straßenseite befand. Es regnete nicht mehr. Drei schmale Stufen, zwei Schritte, dann stand er vor der Eingangstür, deren Holz durch die Witterung aufgesprungen und rissig war. Pfeifer schüttelte den Kopf, wandte seinen Blick den Klingeln zu. Zwei auf der rechten Seite. Da stand es: R. Stange, in blauer Schrift auf vergilbtem Grund. Sein Blick blieb auf den Buchstaben hängen. Noch konnte er zurück. Eine Episode. Tausend Kilometer München Alzey hin und zurück umsonst gefahren. Scheiß drauf! Jetzt ins Auto. Durchgefahren. Um fünf wäre er in München. Baustelle. Kontrolle. Dann nach Hause. Duschen. Umziehen. Irgendwo gut essen gehen. Als Entschädigung für diesen Blödsinns-Trip. Und morgen früh dann entspannt in das Gespräch mit dem Menschen von der Bauaufsicht. Aber sein Finger handelte anders, bewegte sich zu dem Metallknopf. Doch bevor er ihn berührte, hielt Pfeifer inne. Sein Blick war auf das Schild über Stanges Namen gefallen. Er ging näher heran. Harding. Kleine Buchstaben. Eckig. Lapidar. Harding. Wie die Frau, die ihn angerufen hatte. Die ihn wie einen alten Bekannten geduzt hatte. Harding. Er kramte noch einmal in seinem Gedächtnis. Wollte gewappnet sein. Aber wieder nichts, keine Erinnerung. Nicht den Hauch einer Ahnung. Was hatte das zu bedeuten? Erneut der Impuls, schleunigst zu seinem Wagen zurückzukehren und nach München zu fahren. Den Spuk hier vergessen.

Stattdessen stieg Pfeifer unentschlossen langsam die Stufen hinunter und ging ein paar Schritte zurück an den Rand des Bordsteins, besah sich das Haus noch einmal. Dieses heruntergekommene Gebäude. Hierher hatte es Richard zum Sterben verschlagen? Jetzt zurück? Nein! Er war noch nie davongelaufen. Er hatte bis jetzt jeden Kampf gewonnen. Mit wenigen Schritten stand er wieder vor der Tür und drückte entschlossen auf den Klingelknopf. Dreimal keine Reaktion. Pfeifer schüttelte den Kopf, über sich selbst. Klar. Wenn Richard im Sterben lag. Wie sollte er da die Tür öffnen. Aber war er alleine? Sterbend? Ohne Beistand, ohne Hilfe? Pfeifer hatte keine Erfahrung mit Sterbenden. Mit dem Sterben.

Er sollte sich jetzt ins Auto setzen und wegfahren. Das war ein Zeichen. Ein Zeichen! So ein Unsinn! Er musste das zu Ende bringen und dann weg. Er war keiner, der sich fürchtete. Er hatte es bis jetzt mit jedem aufgenommen. Drückte auf die Klingel. Da, wo Harding stand.

Es dauerte, bis der Summer ertönte. Pfeifer hatte nicht mehr damit gerechnet. Warum, konnte er sich nicht erklären. Aber es überraschte ihn, dass geöffnet wurde. Er drückte die Tür auf und ging in das dunkle, nach Kohl riechende Treppenhaus. Die Scheiben im Zwischenstock waren beschlagen, es war dunkel in dem Flur. Holzbohlen. Alles machte einen schäbigen Eindruck. Im Parterre erkannte er eine Tür, geschlossen. Er stieg hinauf in den ersten Stock. Holztreppen. Eine Tür, angelehnt. Pfeifer klopfte vorsichtig gegen den Rahmen.

Einen Moment, kam die Antwort prompt.

Eine Frauenstimme. Pfeifer hoffte, dass er nun endlich Aufklärung erhielt.

Eine alte Frau, mindestens zwei Köpfe kleiner als er selbst, öffnete ihm die Tür. Sie sah unverschämt direkt an ihm herunter.

Ja?

Sind Sie Frau Harding?

Wer sind Sie?, fragte sie statt einer Antwort.

Anne Harding? Er versuchte streng zu klingen.

Die alte Frau, die keinen Millimeter aus der Tür wich, schien zu überlegen, ob sie die Frage dieses Mal beantworten sollte. Pfeifer sah sie sich genauer an. Klein, ja. Graue Haare, kurz geschnitten. Verschnitten. Kein Schnitt. Ein grobes graues Kleid, darüber eine dunkle Schürze. Die Augen konnte er nicht erkennen. Es war zu düster.

Sie schüttelte leicht ihren Kopf. Nein. Nicht Anne. Christel Harding. Anne ist meine Enkelin. Tochter von meiner Tochter. Unehelich.

Ist sie da?

Hier?

Die Alte lachte kurz und schrill auf. So plötzlich, dass Pfeifer erschrak.

Anne ist in Afrika. Als Ärztin. Ein guter Mensch. Sie will helfen, den armen Menschen da.

Sie machte eine kurze Pause, reckte ihren kleinen Kopf ein Stück nach vorne, sah Pfeifer wieder mit diesem unverschämt direkten Blick an.

Pfeifer wusste nicht weiter.

Ich möchte zu Richard Stange, sagte er schließlich.

Er ist sehr krank, war die Antwort. Sehr krank. Er kann jede Minute ... Sie senkte betroffen ihre Augen. Machte ein schnelles Kreuzzeichen.

Er hat gebeten, dass ich zu ihm komme. Pfeifer ließ sich nicht beeindrucken.

Richard?, fragte die Alte erstaunt und fügte ungläubig hinzu: Richard hat Sie angerufen? Richard selbst?

Nein, Anne Harding, Ihre Enkelin, fügte er hinzu.

Die Alte trat einen Schritt näher an den Mann vor ihrer Tür heran und sah ihn sekundenlang stumm an.

Sie haben Ähnlichkeit mit Richard, sagte sie schließlich.

Das kann man so sagen. Große Ähnlichkeit sogar, dachte Pfeifer bei sich. Sonst hätte ich das damals auch nicht machen können.

Warten Sie!

Die Alte kehrte um und verschwand in der Wohnung. Pfeifer beherrschte sich und ging ihr nicht nach. Wartete. Bis sie wieder erschien. Mit einem klimpernden Schlüsselbund. Geschickt löste sie daraus einen Schlüssel, den sie Pfeifer entgegenhielt.

Diese Stimme. Das ist seine Stimme. Einbildung? Wahnvorstellung? Eine Droge? Die ihn lähmt. Fesselt. Verrückt macht? Halluzinationen hervorruft?

Richard!

Ein Schrei, nur in seinem Kopf.

Dann wieder Schritte. Bedächtig. Schweres Schuhwerk. Ruhe. Bis auf sein Herz. Jeder Schlag dringt wie das Dröhnen einer Glocke in seinen Kopf. Ein Schritt. Er wartet. Ein Moment Stille. Dann ein Quietschen. Die Tür. Das ist die Tür in dieses Zimmer. Er erinnert sich. Sie hatte gequietscht. Als er sie öffnete. So laut, dass er sie erschrocken losgelassen hatte. Wieder Ruhe. Trotz des hellen Neonlichts erkennt er einen Lichtschein, von draußen. Er spürt ihn mehr, als dass er ihn sieht. Und dieser Geruch. Dieser Kohl. Mit einem Mal ist er wieder da. Umhüllt ihn. Ekel. Würgegefühl. Panik. Wenn er sich jetzt erbricht …

Die Wohnung ist unten. Gehen Sie ruhig rein!
 Die Alte hatte Pfeifer den Schlüssel in die Hand gedrückt.
 Falls die Schwester nicht da ist. Oder der Priester.
 So schlimm?, fragte Pfeifer.
 Er stirbt, antwortete sie. Vorwurfsvoll. Finales Stadium. Ins Hospiz wollte er nicht. Erschrecken Sie nicht, wenn er Unsinn redet. Das ist das Morphium.
 Pfeifer stieg die Treppe hinunter. Dieser Kohlgeruch. Da musste man doch verrecken. Keinen Zynismus, ermahnte er sich. Konnte nichts dagegen machen. Einfach flach atmen!
 Er sah auf seine Uhr. Stolz. Omega Seamaster. Limitierte Auflage. Viel Zeit blieb ihm nicht mehr. Den Termin morgen früh durfte er nicht verpassen.
 Was wollte Richard? Ihn zur Rede stellen? Vorwürfe machen? Ihm die Absolution erteilen? Aussöhnen? Diese Enkelin ... Er hielt inne, nahm sein Handy aus der Tasche. Warum war er nicht vorher schon darauf gekommen? Schaut ins Menü. Eingegangene Anrufe. Da. Gestern Mittag. Das musste sie sein. Die Nummer war unterdrückt.
Vor der Tür hatte er innegehalten. Noch konnte er weg. Diese Scheiße vergessen. Das war doch Irrsinn. Richard treffen. Hier und jetzt. Sterbend. Sentimentale Kacke, herzukommen. So kenne ich dich doch gar nicht. Jetzt rede ich schon mit mir selbst. Was soll das?
 Er hatte die Klinke niedergedrückt. Quietschen. Laut. Durchdringend. Erschrocken hatte er die Klinke losgelassen. Hatte gewartet. Dann ein beherzter Griff.

Der Geruch verfliegt nicht. Konzentration. Den Atem beruhigen. Den Ekel niederkämpfen. Das Würgen kontrollieren. Die Tür ist jetzt offen. Die Augen verdrehen. Ist da was? Er sieht nichts. Ein Schritt. Ruhe. Noch ein Schritt. Da. Sag was! Er öffnet den Mund. Nichts. Wieder nichts. Kein Ton. Ein

Schritt. Schwer. Gesetzt. Am Rande seines beengten Blickfeldes erkennt er eine Bewegung.

Wieder warten. Worauf! Gib dich zu erkennen. Er will diesem fremden Körper etwas entgegenschreien. Nichts! Ein Schritt. Ein Körper wächst in sein Gesichtsfeld. Setz dich auf! Nichts. Sein Körper reagiert immer noch nicht.

Richard?, will er schreien. Bist du Richard? Was soll dieses affige Spiel? Ich muss nach München. Das Treffen. Mein Haus. Hochhaus. Verstehst du? Die Zentrale. Den Bauleiter anrufen. Den Termin mit der Bauaufsicht verschieben.

Da, der Trommelwirbel. In the air ... Phil Collins. Ich muss an mein Handy.

Dreimaliges Klingeln. Beim sechsten ...

Ja. Pfeifer hier.

Seine Stimme. Wie vorhin. Exakt. Die Höhe. Der Tonfall. Rau. Rauchig. Diese leichte Gereiztheit, die er sich zur Angewohnheit gemacht hat. Kommt gut.

Nein. Verschieben Sie den Termin. Mein Bruder liegt im Sterben. Ich bleibe bei ihm. Begleite ihn.

Schweigen. Was? Ein Ahnen. Ich bin Pfeifer. Martin Pfeifer. Ich. Ich. Ich.

Tut mir leid. Familie geht da vor. Sagen Sie ihm, dass es mir sehr leid tut und verschieben Sie den Termin. Ja. Morgen früh schaffe ich nicht. Ja, in den nächsten Tagen. Ist mir recht. Ja. Vielen Dank. Ja. Finales Stadium. Kaum Kontakt. Jeden Geburtstag ein Anruf. Ja. Danke. Ich melde mich.

Was soll das? Ich muss raus. Klarstellen! Verdammt! Ich bin Pfeifer. Martin Pfeifer! Ich!

Beim zweiten Mal war Pfeifer nicht mehr erschrocken. Entschlossen öffnete er die Tür, trat in den Raum. Links ein Bett. Holz. Massiv. Auf der anderen Seite eine Kommode. Eine Decke und eine Vase darauf. Kurzer Rundblick. Tapete. Sechzigerjahre. Kein Kult. Das ist so geblieben. Es war still in dem Raum. Kein Geräusch. Ein toter Raum. Pfeifer hatte das Gefühl von der Abwesenheit eines Menschen. War er zu spät? Richard schon …? Sollte er die Alte oben benachrichtigen. Und dann weg. Zum Meeting.

Trotzdem. Ein letzter Blick. Er trat vor. Zwei, drei Schritte, bis ans Bett.

Wo ist Richard? Schon so eingefallen?

Noch näher. Er beugte sich über das weiße, aufgeworfene Laken.

Kein Atmen. Nichts. Ist das der Tod?

Ein Stich. Dunkelheit.

Martin?

Seine Stimme, die seinen Namen nennt.

Er kann nicht antworten. Will. Kann nicht. Aber hören. Verstehen.

Ich weiß, dass du mich hören kannst, Martin. Ich bins, Richard. Dein Bruder. Dein Zwillingsbruder. Alles gleich, alles doppelt in unserem Leben. Verstehst du?

Kopfschütteln. Nichts versteht er. Will nichts verstehen. Mach mich los!

Weißt du noch. 1979. Hier in Alzey. Da haben wir schon einmal das Spiel gespielt. Die Zwillingsbrüder tauschen ihre Rollen. Nein. Da hast du es gespielt. … Erinnerst du dich? Mein Vater, entschuldige, unser Vater war auf Geschäftsreise, als ich diesen Anruf bekommen habe. Die Einladung. Die keine war. Alles eine Lüge. Und wie ich zurückkam, waren die Konten leer. Von wem geplündert? Von mir selbst. Haben alle gesagt. Ich wusste ja nicht, dass ich einen Zwillingsbruder habe. Das habe ich erst viel später erfahren. Dass wir damals in Manila auf die Welt kamen. Unsere Eltern sich dort getrennt haben. Du bist mit der Mutter. Ich mit dem Vater. Nie mehr Kontakt.

Zu keinem ein Wort, die Verabredung der beiden. Und Vater kam nicht wieder von der Geschäftsreise. Ein Unfall. Hieß es. Alles weg. Mein Vater. Das ganze Vermögen.

Pfeifer hört zu. Gespannt. Er kennt die Geschichte. Von der anderen Seite. Ein guter Coup. Gut geplant. Gut durchgeführt. Niemand hatte etwas bemerkt. Seine Mutter hatte dieses Schweigen durchbrochen. Kurz vor dem Sterben. Die Leber. Völlig zerstört. Dauerdelirium. Da brach es aus ihr hervor. Das gemeinsame Trampen mit dem Vater durch Asien. Freiheit. Drogen. Sex. Dann die Zwillinge. Ungewollt. Da hatten sie sich schon nichts mehr zu sagen. Trennung. Einer zum Vater, der andere zur Mutter. Schweigen. Der Vater ging zurück nach Deutschland. Machte Geld. Viel Geld. Die Mutter kehrte später zurück. Machte weiter in Drogen und Alkohol. Verriet ihm das Geheimnis seines Bruders und seines Vaters. Und starb. Da war er siebzehn. Er stellte Nachforschungen an. Zwei Jahre lang plante er den Coup. Beobachtete den Bruder. Nahm den Vater ins Visier. Seine Geschäfte, seine Deals. Besonders die dreckigen. Wusste, dass er auf Dienstreise ging. Wusste, wohin, wusste, dass Richard Vollmachten hatte. Und dann lockte er Richard weg. Und schlug zu. Mit einem Mal war er reich. Der Grundstock zu seinem Vermögen. Wer hat, kann mehr draus machen? Wer hat das besser bewiesen als er. Er hatte lange genug mit der Mutter in Armut gelebt.

Willst du was sagen? Zu deiner Verteidigung?

Richard stellt die Frage kalt. Kein zynischer Unterton.

Ich kann nicht. Ich kann nicht. Ich kann nicht. Ich kann nicht, schreit Pfeifer in sein Inneres.

Du kannst nicht, stellt Richard fest. Und nickt.

Wir werden wieder die Rollen tauschen, Martin. Ich werde du und du wirst ich. Das heißt: Damals hatten wir sie gar nicht richtig getauscht. So wie jetzt, meine ich.

Das geht nicht, will Pfeifer schreien. Das kannst du nicht.

Ich kann das wohl. Richard weiß genau, was Martin sagen will.

Ich nehme mir nur zurück, was mir gehört.

Und ich? Wieder Martins stummer Schrei.

Endlich. Endlich verzieht Richard seinen Mund. Zu einem Lächeln.

Ich werde du. Und du ... Du wirst ... Ich.

Aber ...

Kein Aber.

Aber du liegst doch im ... Die jähe Erkenntnis.

Genau. Ich liege im Sterben. Alle meinen zu wissen, dass ich im Sterben liege. Erinnerst du dich. 1983. Da glaubten auch alle zu wissen, wer Richard ist. Aber keine Angst, lieber Bruder, lieber Zwillingsbruder, ich werde dir ein würdiger Darsteller sein. Und mir nur nehmen, was du mir vor dreißig Jahren genommen hast. Dreißig Jahre in Saus und Braus, mit fremdem Geld. Da ist dein Tod nur ein geringer Preis.

Ich will nicht sterben!

Es ist nicht schwer. Nur eine Rolle. Du hast mich damals so toll gespielt. Das wird dir jetzt wieder gelingen. Sterben lernen, lieber Bruder, ist nicht so schwer.

Nein ...!

Doch, lieber Bruder. Doch.

Nein ...!

Du glaubst mir nicht. Bitte, Martin. Du hast das damals so toll durchgezogen. Da kann ich dir doch nicht nachstehen. Glaube mir, dass ich mir viel Mühe gegeben habe. Nun dauert es nicht mehr lange. Und weißt du, was das Bemerkenswerte ist: Alle werden sagen, es ist besser so. Er ist von seinen Leiden erlöst. Das klingt fast zynisch. Aber ich will nicht zynisch sein. Ich bin dir nicht böse. Ich habe in den letzten dreißig Jahren viel über das Leben gelernt. Du hattest deine fetten dreißig Jahre. Meine ersten zwanzig waren es auch. Jetzt habe ich vielleicht noch mal zehn. Oder zwanzig. Wir haben das also gerecht verteilt. Wie wahre Brüder. Ich habe dich lange beobachtet, Martin, bewundert. Wie du das damals sicher auch gemacht hast. So viel Mühe wie ich jetzt. Was glaubst du, wie schwirig es war, der Welt um mich glaubhaft vorzugaukeln, dass ich sterbe, bald sterben werde. Den Sterbenden überzeugend geben, das ist nicht so leicht, wie es auf den ersten Blick erscheint … Aber sei versichert, Bruder, ich werde dir ein würdiger Nachfolger sein. Du musst auch zugeben, dass meine Rolle schwieriger sein wird als deine gewesen war. Du hast mich, damals in Mainz, als du in meinem Namen alle Verträge geändert und Vaters und mein Vermögen auf deine Konten transferiert hast, nur kurze Zeit spielen müssen. Ich werde dich für den Rest meines Lebens spielen müssen. Aber niemand wird bemerken, dass da ein anderer Mensch ist. Niemand. Sei versichert. Ich passe auf, dass unser beider Lebensspiel nicht zerstört wird. Und dass dein, mein Vermögen gemehrt wird.

Nein. Nein. Nein.

Richard sagt nichts mehr. Das ist noch schlimmer. Stattdessen nimmt er das Handy von Martin. Wählt eine Nummer.

Ja. Pfeifer hier. Ja. Er ist verstorben. Ja. Das Leiden ist vorbei. Es ist besser so. Ich werde hier noch ein paar Sachen erledigen. Ich denke, das Gespräch mit der Bauaufsicht können wir für übermorgen anberaumen. Ja, sicher. Bereiten Sie alles vor. Ja. Gerne ein Restaurant. Ja. Ich verlasse mich auf Sie. Die Beerdigung? Nächste Woche. Ja. Bis morgen.

Richard legt auf und steckt das Handy in seine Tasche. Dann beugt er sich über das Bett.

Fünfzehn
Heidrun Immendorf

Er weiß nicht, wie das damals war, vor seiner Geburt. Ich habe ihn immer belogen über seine Herkunft, warum wir weg sind aus Mainz und wer ich war, bevor ich seine Mutter wurde. Er sollte nichts wissen von den Löchern in meinem Körper und über den Mann, der mich töten wollte. Aber neulich, da haben sie ihn Opfer genannt, einfach so, wie Kinder das sagen, wenn sie einen klein machen wollen. Und er fragte mich, was das sei.

Was sagt man in so einem Moment? Ich suche seit Tagen nach Worten und muss mich entscheiden, ob er schon reif ist für die Wahrheit oder noch Märchen braucht. Und wie reif ich für die Wahrheit bin. Es lebt sich nicht gut mit Lügen, aber sie sind besser als Erinnerungen. Nun werde ich mich erinnern müssen. Das heißt einmal in den Keller und zurück.

Vom Rhein weht der schwüle, fischige Wind herüber, der im Sommer bis in unsere Wohnung heraufzieht, wenn man die Fenster nicht schließt. Ich überlege kurz umzukehren, lasse es aber. Soll Kurt doch an die Fenster denken und wenn nicht, dann stinkt es halt nach Fisch. Mein Auto parkt gleich an der Promenade und hat wieder ein Knöllchen unter dem Scheibenwischer. Es ist kurz nach sieben am Morgen. Machen Politessen neuerdings Nachtschichten? Als ich mich über die Windschutzscheibe beuge, fühle ich an meinem Rücken einen Körper und ein Tuch, das mir auf Mund und Nase gepresst wird. Wie schnell man das Bewusstsein verliert.

Als ich zu mir komme, ist alles dunkel. Ich taste die Matratze ab, auf der ich liege, und fühle ein glattes kühles Betttuch, darauf eine Decke, ein Kissen, es riecht nach Waschmittel, frisch jedenfalls, und ich nehme es als Zeichen, dass man mich nicht einfach abgekippt hat. Mit den Handflächen fahre ich die Wände ab und suche nach dem Ausweg. Die Wände sind verputzt, aber rau. Eine Tür aus Stahl, die sich nicht öffnet, danach wieder Wand, keine Fenster, noch eine Tür, diesmal gibt sie nach, als ich die Klinke herunterdrücke. Ich fühle Fliesen und Fugen und stoße mit dem Schienbein gegen eine Toilette, daneben ein Waschbecken. Ich drehe den Hahn auf und das Wasser läuft. Ich werde nicht verdursten.

Mit dem Daumennagel drücke ich eine Kerbe in den Fußboden. PVC oder Linoleum, pflegeleicht und abwaschbar jedenfalls und passend für einen Mittelklassekeller mit Klo und Waschbecken. Man ist auf Gäste eingerichtet.

Die Dunkelheit um mich ist vollkommen. Nichts wird mir Orientierung über Tag oder Nacht geben können. Die Uhr an meinem Handgelenk fehlt, Handy und Handtasche auch. Ich stehe herum in der Dunkelheit, mit verschränkten Armen und spüre schon, wie mir diese schwarze Luft schwer wird. Sie scheint mir dicker und zäher und schafft es kaum bis zu meinen Lungen. Ich atme tief ein und reiße den Mund auf zu einem stummen Schrei. Wie lange man es wohl aushält im Dunkeln?

Natürlich wird Kurt zahlen. Er hat Geld genug, und wenn nicht, soll er meins nehmen. Verdammtes Geld. Es hat mich hier reingebracht und holt mich wieder raus, was so gesehen eine ausgeglichene Rechnung ist. Aber wenn niemand kommt? Wenn etwas schiefgeht bei der Geldübergabe? Der Entführer erschossen und das Geheimnis um mein Verlies nimmt er mit ins Grab. Sie werden mich niemals finden.

Mir ist kalt. Ich habe Hunger. Regungslos verbringe ich Stunde um Stunde auf meiner Matratze und umarme mich selbst mit der Decke. Stillhalten, tief atmen, einschlafen. Dass man immer noch schlafen kann, obwohl man nichts zu tun hat und nur wartet. Nicht denken, einhüllen lassen und hoffen, dass es vorübergeht. Wo es kein Maß mehr gibt, keinen Wechsel von Nacht und Tag und nichts die Stille füllt, verliert die Zeit ihre Richtung. Die einzige Zeit, die mir bleibt, lebt mit mir in diesem Raum. Sie sitzt in den Ecken und nennt sich Gegenwart. Sie flüstert mir zu, dass ich keine Zukunft habe und mir auf meine Vergangenheit bloß nichts einbilden soll. Wir könnten Freunde werden, je eher, desto besser. Alles andere seien nur falsche Hoffnungen. Ich höre ihr zu, wie sie in meinem Kopf wispert und wäge ab, mich ihr zu ergeben. Das ist kein schlechtes Angebot. Wer nichts hofft, wird auch nicht enttäuscht. Ich werde eins werden mit der Gegenwart und der Dunkelheit, ich werde meinen Geist zum Stillstand bringen und mein Schicksal akzeptieren. Die Versuchung ist da, aber ich bin noch nicht so weit.

Ich reiße mich hoch von meinem Lager und taste mich vor zu der Tür, die sich mir in den Weg stellt. Sich dagegen zu werfen ist ein hilfloser Akt, und wenn ich mich sehen könnte, ich würde mich verleugnen. Aber die Dunkelheit löscht jede Scham aus und die Zeit soll einfach ihre Klappe halten. Ich rüttle an der Klinke, zerre und stemme mich nach hinten. Mit der Schulter boxe ich auf die Stahltür ein wie ein Kind, das den Riesen vors Schienbein tritt. Nichts wird diesen Sesam zum Öffnen bringen. Meine keuchenden Atemwolken kondensieren auf der kalten Oberfläche, während ich meine heiße Wange dagegen presse. Ich spüre mein Herz in den Schläfen pochen und wie sich der Puls auf den Stahl überträgt, als seien hier zwei atmende Wesen, die sich ein bisschen verausgabt haben. In der Ecke höre ich die Zeit gackernd lachen und halte mir die Ohren zu. Sei endlich still. Aber sie denkt gar nicht dran und steigert sich in ein Trampeln hinein, das wie Schritte klingt, die eine Treppe herunterkommen. Ich nehme die Hände von den Ohren und spüre es jetzt auch. Auf der anderen Seite des Stahls ist jemand.

Ich fliehe dahin zurück, wo ich die Matratze vermute und liege reglos mit donnerndem Herzen. Ein Schlüssel dreht sich im Schloss, die Tür öffnet sich und das Licht einer Taschenlampe schlägt mir ins Gesicht. Ein Mann sagt, ich solle bleiben, wo ich bin. Er trägt eine dunkle Maske mit Löchern für die Augen und stellt etwas auf den Boden. Das sei Essen und es dauere nicht mehr lange. Wie lange, will ich wissen und bekomme keine Antwort. War auch nur ein Versuch. Als er wieder gehen will, frage ich ihn, wie lange ich schon hier bin. Es sind drei Tage.

Das Licht verlöscht, die Tür schließt sich wieder und ich suche mit den Händen nach dem Essen. Ich fühle einen Löffel und einen Joghurtbecher, Brotscheiben, Bananen, eine biegsame Packung Käse und eine Plastikflasche mit Orangensaft, von dem ich gierig trinke. Ich brauche Vitamine, ich brauche Kraft, ich will hier nicht sterben. Drei Tage erst und ich war schon fast am Boden. Das passiert mir nicht noch mal. Ich schlage der Zeit die Freundschaft aus und sage ihr, sie solle verschwinden. Nach dem Essen mache ich im Stehen Liegestütze gegen die Wand und spüre, wie sich meine Schulterblätter schmerzhaft treffen. Ich dehne die Beine, beuge mich vor zu den Zehenspitzen und erreiche sie nur unter Mühen. Das muss besser werden. Ich muss auf alles gefasst sein. Eine schnelle Flucht, wer weiß, ich muss rennen können. Von der einen Wand zur anderen sind es fünf große Schritte. Mit ausgestreckten Armen vermesse ich meinen Parcours im Gehen und steigere langsam das Tempo. Eins zwei drei vier, Wand. Eins zwei drei vier, Wand. Eins zwei drei vier, Wand. Schneller: eins zwei drei, Wand. Eins zwei drei, Wand. Zwanzigmal, dreißigmal, ich weiß es nicht. Ich springe den roten Punkten nach, die vor mir in der Dunkelheit tanzen und sich mit gelben Wurmspiralen paaren. Sie locken mich in einen Strudel aus gelben und roten Schlieren, die mich in die Tiefe reißen und auf den Boden drücken, gestrandet wie Treibholz in tiefdunklem Sand. Es gibt nur noch diese eine

Sicherheit. Diesen harten, glatten Boden, auf dem ich liege, die einzige Dimension, in der ich mich noch zurechtfinde. Ich kann den Raum nicht mehr spüren und schiebe mich auf dem Bauch zurück zu meiner Matratze. Fünf Sinne hat der Mensch. Einer ist weg. Da waren's nur noch vier.

Was würde als nächstes gehen? Mein Verstand? Die Voraussetzungen waren gut. Dunkelheit, Stille, diese Ohnmacht und diese schmeichelnde Zeit, die mich in ihre Falle locken will. Aber ich werde kein Opfer sein. Den Gefallen tue ich euch nicht. Ich singe, schreie und rede mit mir über den Tag, den ich heute vielleicht gehabt hätte, erst Uni, dann in die Bibliothek und abends ins Incontro. Ich gehe am liebsten immer ins gleiche Lokal, Kurt experimentiert gern. Wir machen viele Schlemmerwochenenden mit dem Gastro-Atlas und den Tipps aus dem Handelsblatt. Ich glaube, wir hatten noch keinen Hochzeitstag ohne Dreigangmenü. Aber so viele waren es ja auch nicht. Ich hätte nicht geheiratet, aber Kurt wollte so gern. Alle dachten, ich suchte einen Vaterersatz, nur weil er fünfzehn Jahre älter ist als ich. Der arme Kurt. Wie er sich fühlen muss. Die Frau entführt und er soll entscheiden, ob er die Polizei einschaltet oder nicht. Wie schwer es wohl ist, schnelles Geld von einer Bank zu bekommen, deren Direktor man ist? Sagen die, kein Problem, nimm dir, was du brauchst, ist alles im Tresor?

An Kurt zu denken, heitert mich auf und die Zeit wird es ärgern. Ich setze mich senkrecht mit dem Rücken zur Wand und starre mit offenen Augen geradeaus in die Dunkelheit. Ich schaue mir Erinnerungsfilme an, unsere Motorradtouren durch den Taunus, den Sommerurlaub in der Bretagne. Wie hatte es geregnet und Kurt trug zwei Wochen lang Gummistiefel zu rosa und blau gestreiften Bermudashorts. Wenn wir privat sind, ist er so anders als im Beruf. Dann schiebt er sich die Haare in die Stirn und zieht sich das Hemd aus der Hose. Er will dann tollen wie ein Hund, der endlich aus dem Haus darf. Wenn ich ihn fragte, wie er das aushält, diesen Zwang jeden Tag, dieses Taktieren und kalte Entscheiden, dann sagte er, das müsse man trennen und Geld sei doch auch nur ein Spiel. Er hat so einen weichen Nacken.

Wie hatte ich damals gehofft, dass das alles nichts zwischen uns ändern würde. Ich stellte mir vor, wir könnten einfach weiter machen, wo wir unterbrochen wurden. Ich würde in mein Auto steigen und Kurt anrufen, er solle an die Fenster denken und abends würden wir von der Terrasse den Schiffen auf dem Rhein hinterhersehen. Wir würden köstliche Häppchen essen und nie wieder eingeschweißten Käse und Brot aus Plastiktüten. Manchmal machen schon Wünsche satt.

Vom Essen, das mein Entführer mir gebracht hat, ist nichts mehr übrig, und ich bereue, alles so hastig verschlungen zu haben. Mir ist jetzt oft übel. Die dunkle Luft, die durch Mund und Nase in mich eindringt, drückt meinen Magen zusammen und presst seinen Inhalt aus mir heraus. Beim ersten Angriff habe ich es nicht schnell genug zur Toilette geschafft und ein Schwall saurer Finsternis spritzte auf den Boden. Hilflos stehe ich vor der stinkenden Lache, mache die nüchterne Rechnung auf, wie viel ich von dem Klopapier entbehren kann, um sie aufzuwischen, und entscheide mich dagegen. Für Verschwendung ist nicht die Zeit. Ich muss haushalten. Irgendwann werden mir selbst die Gedanken ausgehen, weil nichts Neues sie auffüllt, außer Angst vielleicht, und Angst lasse ich nicht rein zu mir. Ich werde keine Angst haben, denn ich werde gerettet werden. Amen. Nein, beten werde ich auch nicht. Beten zuletzt.

Als der Mann wiederkommt, fragt er, was hier los war. Der Gestank sei erbärmlich. Er sagte tatsächlich erbärmlich und ich fragte mich, ob er Erbarmen haben würde. Seine Stimme war nicht feindlich. Er kam mir nicht vor wie der brutale Mensch, der er ja sein musste, sonst wäre ich nicht sein Opfer geworden.

Er hat wieder etwas zu essen gebracht, aber schon der Gedanke daran macht mich kraftlos. Ich bin immer nur müde. Mein tägliches Training wird schleppender. Ich habe die Matratze in die Mitte des Raums geschoben und gehe immer an der Wand entlang, eine Hand wie ein Sensor über den Putz streichend. Früher hatte ich mir oft vorgestellt, wie es wäre, mich von oben zu sehen und mir dabei zuzuschauen, wie ich lebe und wie sich das anfühlt, und plötzlich gelingt es mir, nur weil das Licht fehlt. Von fern betrachte ich meinen Körper, der mit hölzernen Schritten die Wände abfährt und seinen Kurs in jeder Ecke um 90 Grad korrigiert. Wie ein Pferd an der Longe. Ich schwöre mir, nie wieder zu reiten und muss an die vertanen Tage denken, die ich auf Pferderücken zugebracht habe, weil mir nichts Besseres einfiel. Ich rieche den Mist und das schweißnasse Pferdehaar und den Staub, der beim Striegeln aufsteigt. Was für ein Gestank und wozu? Mir wird schlecht.

Im Bad stehe ich zitternd am Waschbecken und schäume mir die Haare mit dem harten kleinen Stück Seife ein. Wasser und Schaum fließen an meinem Körper ab auf den Boden. Das Handtuch riecht nach schlecht getrockneter Wäsche und Schweiß. Alles riecht, selbst die Kotze hat wieder angefangen zu stinken, obwohl sie längst getrocknet ist. Ich will das alles ausblenden, aber meine Nase ist in Hochform. Sie schnüffelt zwischen meinen Beinen nach dem verwilderten Tier, das ich geworden bin, egal wie oft ich mich wasche. Ich trockne mich ab und fühle mich nicht besser. Ich zeichne die Konturen meines Gesichts nach und versuche mich zu erinnern, wie ich aussehe. Meine Augen sind blau, meine Haare rot. Kurt nennt sie erdbeerblond. Aber ich erkenne mich nicht. Von mir bleibt nur dieser nackte Körper mit nassen Haaren, der sich schwer auf den Rand des Waschbeckens stützt. Im Schlaf träume ich meinen Tod. Ich liege auf dem Rücken in einem Grab, sehe einen hellgrauen Himmel und Erde fällt von Schaufeln auf mich herab. Ich bin ganz ruhig und spüre, wie die Erde aufschlägt. Das Aufstehen fällt mir immer schwerer. Die Dunkelheit ist stärker als ich. Zusammengerollt liege ich auf meiner Matratze und interessiere mich nicht für das Geräusch an der Tür, das erneut meinen Entführer ankündigt, und ich beachte ihn auch nicht, als er leise eintritt und hallo sagt. Er fragt, wie es mir geht, aber ich bleibe stumm. Er steht unschlüssig da und hält die Taschenlampe in der gesenkten Hand, damit sie mich nicht blendet. Ich spüre seine Unsicherheit. Er weiß nicht, was er tun soll. Als er näher kommt und sich zu mir herunterbeugt, weine ich meiner Chance hinterher, jetzt aufzuspringen, seine Überraschung auszunutzen und durch die halboffene Tür zu entkommen. Ich bin viel zu schwach und mein Körper ist wie verwachsen mit der Matratze. Seine Hand legt sich auf meine Stirn. Morgen komme er wieder, sagt er und geht.

Was für ein Wort plötzlich: morgen. Da ist jemand, für den es heute und morgen gibt. Der weiß, wann ein Tag vorbei ist und ein neuer beginnt, und sicher sein kann, dass übermorgen und nächste Woche ihn erwarten. Ich will etwas abhaben von dieser Gewissheit und beginne laut bis sechzig zu zählen. Für jede Minute ritze ich mit dem Stiel meines Löffels eine Kerbe in die Wand, bis mir das Handgelenk weh tut von dem ungewohnten Druck. Als ich nachzählen will, wie viel Zeit vergangen ist, und mit dem Daumen nach meinem Kalender aus Strichen suche, ist die Wand so unverletzt wie zuvor. Ich schlage mit dem Stiel auf den Putz ein, bis mir der Löffel aus der Hand springt und bohre mir mit den Fingernägeln Kerben in meine Haut. Der Schmerz macht mich ruhig. Er tut es bis heute, wenn ich mit der Spitze der Nagelschere Muster über meinen Bauch ziehe.

Die Zeit schweigt, aber ich weiß, was sie denkt. Soll sie doch. Ich muss kotzen. Der Boden ist so elastisch wie ein Trampolin, auf dem ich mit rudernden Armen den Weg zur Toilette nehme. Ich habe ein Rauschen im Ohr, das lauter wird, je näher ich dem Bad komme, und aufhört, als ich mich über die Kloschüssel beuge. Als ich fertig bin, kehrt das Geräusch zurück und mir wird klar, dass es von außen kommt und nicht aus meinem Kopf. Es beginnt leise, wird immer lauter und ebbt erneut ab. Wenig später das gleiche wieder.

Das ist ein Flugzeug.

Auf dem Klodeckel stehend ertaste ich über mir das Gitter eines Lüftungsschachts, so groß wie ein Blatt Papier. Kein Ausweg, aber eine Luftbrücke. Über mir ist die Wirklichkeit und die Nadel meines inneren Kompasses beginnt sich im Kreis zu drehen. Er sucht nach Erklärungen, wie es sein kann, dass es mir jetzt erst auffällt. Es muss Ostwind sein. Nur bei Ostwind kommen die Flieger nach Frankfurt über Mainz rein. Ich muss noch in Mainz sein. Marienborn vielleicht, höchstens Ober-Olm, Essenheim vielleicht noch. Ich will daran glauben und die Zeit sieht mich mitleidig an. Jaja, hoffe nur, ruft sie mir zu, wirst schon sehen. Ich schleppe meine Matratze ins Bad und quetsche sie zwischen Klo und Wand und schlafe mit dem Kopf unter dem Waschbecken ein. Über mir weht der Ostwind und ich kann ihn fast riechen.

Warum ich das gemacht habe, will der Mann wissen, als er plötzlich im Zimmer steht. Ich hatte fest und gut geschlafen wie lange nicht mehr und bin überrascht, wie schnell er wieder da ist. So kurz sind die Tage also tatsächlich. Ich antworte ihm, es sei sicherer so, mir sei immer noch übel, und das ist nicht gelogen. Das Geräusch ist auch wieder da und ich hoffe, er beachtet es nicht. Diesmal leuchtet er mich vom Kopf bis zu den Zehen ab und scheint zufrieden. Meine Stirn bleibt unberührt. Er lässt wieder Käse da und etwas Brot und sagt Ja, als ich ihn nach morgen frage.

Es gibt jetzt morgen und es gibt dieses Rauschen und Dröhnen. Die Zeit wird immer kleinlauter und ich bin fast beschwingt. Mein Tag tickt im Rhythmus der Luftströme über mir und ich mache lange Spaziergänge im Rechteck meiner abgesteckten Welt. Wenn ich hier raus bin, dann werde ich einfach losgehen, immer geradeaus und an kein Ende kommen. Den Rhein runter oder rauf, ich lasse eine Münze entscheiden und in der Nacht wird mir kein Dach den Blick nach oben nehmen, mich keine Wand einengen. In der Ecke schrumpft die Zeit vor sich hin und verliert ihre Macht. Ich pumpe mich voll mit dem Gegengift und halte mich wach, solange die Flugzeuge fliegen. Wenn die Abstände länger werden, kann ich schlafen und am Morgen wecken sie mich für einen neuen Tag. Ich kann die Tage jetzt zählen und ihnen Namen geben und komme bis Freitag. Dann bleibt plötzlich alles still. Ich warte den Samstag ab und weiß schon nicht mehr, wann Sonntag ist, so schnell verliert sich jede Gewissheit. Mein Zeitpfeil hat die Richtung gewechselt und rast auf mich zu. Ich fange ihn auf und zerbreche ihn über dem Knie. Die Matratze ziehe ich zurück auf ihren alten Platz und lasse mich mühsam auf ihr nieder. Soll sie doch mein Elefantenfriedhof werden. Die Zeit in der Ecke fängt an sich zu regen. Spar dir die Mühe, ich bin schon erledigt. Nur letzte Fragen sind noch zu klären.

Wie lange ich schon hier bin, will ich wissen, als der Mann meine Zelle betritt. Morgen sind es fünfzehn Tage, antwortet er so prompt, als habe er die Frage erwartet. Dann zieht er die Tür behutsam hinter sich zu und dreht den Schlüssel fast lautlos um.

Warum hat er nicht vierzehn gesagt? Er hätte sagen können, heute sind es vierzehn Tage. Wieso fünfzehn?

Die Angst, die ich nicht haben wollte, liegt plötzlich neben mir. Ich warte auf morgen, auf die Fünfzehn, es wird irgendetwas passieren, das ist mir klar. Die Stimme des Mannes und die Fünfzehn haben mir alles erzählt. Die Aussicht darauf stimmt mich nicht heiter, denn mir fehlen Geschichten von geglückten Befreiungen. Das Geld ist nicht echt, die Täter entdecken die Polizei, der Geldüberbringer verliert die Nerven, zieht eine Waffe und will im Alleingang zum Helden werden. Am Ende hat das Opfer eine Kugel im Kopf. Bitte Kurt, mach jetzt nichts falsch.

Jede Minute rechne ich damit, dass die Tür aufgeht und ich mit verbundenen Augen die Treppe hinaufgeführt werde. Ich strecke und beuge mich, um für diesen Gang gerüstet zu sein, laufe auf und ab und probiere meine Stimme mit unsinnigen Worten und Lauten aus.

Als ich die erwarteten Schritte näher kommen höre, stelle ich mich mit dem Rücken zur Wand und starre auf die Tür gegenüber. Im Vorraum geht das Licht an, es fällt durch einen hauchdünnen Spalt zu mir herein. Jemand spricht und der Schlüssel wird umgedreht. Im Türrahmen steht Kurt wie der Schattenriss eines Mannes, der gekommen ist, um mich zu befreien. Das Licht, das ihm von hinten durch die Haare leuchtet, lässt sie wie einen Afrolook aus Engelshaar flimmern. Ich kneife die Augen geblendet zusammen, renne auf ihn zu und kann nicht aufhören, Gottseidank Gottseidank zu schreien.

Er streicht mir über den Rücken, während ich mich an ihn presse und nicht loslassen kann, und sagt jaja. Auch ihn muss meine Gefangenschaft mitgenommen haben, denn er wirkt kraftlos und wie erstarrt. Ich schiebe mich ein Stück weg von ihm und lächle ihn an. Es geht mir gut, sage ich, alles ist gut, wir haben es geschafft. Er antwortet wieder nur mit jaja, und da endlich sehe ich auch den Mann mit der Maske, der sich im Hintergrund hält und so unschlüssig wirkt wie an dem Tag, als er mir die Hand auf die Stirn legte.

Wie du aussiehst, sagt Kurt und rückt ebenfalls ein Stück von mir ab. In seinem Blick liegt nicht nur ein aktueller Ekel. In seinen Augen sehe ich alte, gewachsene Abscheu und die Vorfreude auf einen Triumph, der schon raus will, aber noch nicht darf, den er dosieren will, wie es ihm passt, um ihn auszukosten, bis ich am Boden liege. Die Erkenntnis müsste mich verzweifeln lassen und ich sollte Todesangst empfinden oder den Versuch unternehmen, um mein Leben zu verhandeln. Aber ich stehe nur da und staune über mein schnelles Begreifen, als hätte mich die Dunkelheit auf alles vorbereitet. Ich frage ihn nur, ob es so schlimm war mit mir, aber davon will er nichts wissen. Als ob es darum ginge.

Worum ging es dann?, frage ich. Da grinst er und sagt, ums Geld, was dachtest du?

Als ob er nicht genug davon hätte, aber das lässt er nicht gelten. Er will Geld ohne Mühe für ein anderes Leben und ich zahle den Preis. Wie hatte ich das nicht bemerken können?

Und warum all das hier? Warum so lange?, frage ich ihn. Er sieht mich nur an, ich nerve ihn schon. Ach so, sage ich, verstehe. Vorher noch ein bisschen mit Angst und Dunkelheit mästen.

Ich war sein Hänsel gewesen, nur dünner. Sie sind zu zweit und ich bin allein, nun landest du doch im Ofen, armer Hänsel.

Kurt winkt den Mann zu sich und zieht eine Waffe aus seinem Mantel. Er hält sie ihm hin und sagt ihm, mach du das, ich geh schon mal hoch. Die Waffe schlackert unwirsch in seiner Hand, weil es ihm zu lange dauert, bis der Mann sich in Bewegung setzt. Los jetzt, schreit er ihn an, aber der Mann zögert.

Er zieht sich die Maske vom Kopf und steckt sie in die Tasche seiner Jacke. Fast noch ein Junge mit weichem Gesicht, ein williges Werkzeug, wo Kurt den wohl herhat? Er nimmt Kurt die Waffe aus der Hand und richtet sie auf ihn. Er erschieße keine schwangere Frau, sagt er und schaut mich an, dann wieder Kurt. Was redet der da?

Für einen kurzen Moment sind wir wieder das Paar, das wir einmal waren und das sich gegen den Überbringer einer unglaublichen Nachricht verbündet. Während ich benommen in mir nach der Wahrscheinlichkeit fahnde, die diesem Jungen recht gibt, hat Kurt seine Verblüffung bereits überwunden und klargemacht, dass das nichts ändert.

Es gibt kein Zurück, sagt er, jetzt reiß dich zusammen.

Aber der Junge scheint immun geworden zu sein gegen die Autorität seines Herrn, denn er zielt unvermindert auf Kurt, während er mir mit der anderen Hand zu verstehen gibt, dass ich an ihm vorbei den Raum verlassen und die Treppe nehmen soll. Der Fuß, den Kurt mir in den Weg stellt, bringt mich zu Fall und ich schiebe ihn ohne Absicht dem Jungen in die Arme. Sie ringen um die Waffe bis sich ein Schuss löst und mich ins Bein trifft. Kurt ist der Sieger und zielt auf mich, da stößt ihn der Junge zur Seite und schreit mich an: Lauf! Der nächste Schuss schlägt in meiner Schulter ein, ein dritter im rechten Arm, aber da bin ich schon an der Treppe und ziehe mich am Geländer hoch. Was unter mir passiert, während ich Stufe für Stufe nehme, gilt nicht mehr mir. Im Moment, als ich die Tür zum Keller hinter mir schließe und den Schlüssel umdrehe, fällt der letzte Schuss und es ist still. In die Diele scheint das gelbe Licht einer Straßenlaterne, das mir den Weg nach draußen weist. Hinter mir wirft sich jemand gegen die Kellertür. Ich muss weg.

Mein Blick zurück auf das Haus nimmt kurz den weißen Rauputz wahr und den Briefkasten mit dem bronzenen Posthorn. Dann sehe ich die blutige Spur, die meine Hand auf der hellen Haustür hinterlassen hat, und die glänzenden Tropfen, die sich wie eine Linie aus Erbsen bis zu meinen Füßen über den gepflasterten Weg ziehen. Wenn es Kurt ist, der sich mit wütender Gewalt gegen die Kellertür stemmt, dann muss er nur der roten Spur folgen und vollenden, woran er gehindert wurde.

Ich habe nicht die Illusion schneller sein zu können als er, aber ich versuche mich bergab in Bewegung zu setzen, auf die Lichter von Marienborn zu. Es ist tatsächlich Marienborn und irgendwie erleichtert es mich, das Richtige vermutet zu haben. Ich konzentriere mich auf meine Füße, wie sie sich stockend abwechseln, als müssten sie sich immer erst absprechen, wer den nächsten Schritt macht. Blut läuft an mir herunter und ich stelle mir vor, wie sich die Kugel in meinem Schenkel bis zu dem Wesen treiben lässt, das neu in mir ist. Ob es Ball spielt damit?

Wenn wir beide überleben, dann werden wir weggehen von hier, ganz weit und ganz schnell, ohne Spuren und Zurückschauen. Ich schwöre es mir und bete jetzt doch ein bisschen, vielleicht hilft es mir ja. Kurts Schrei ist noch fern, aber er trifft mich in den Rücken. Wenn er noch eine Kugel hätte, dann wäre ich jetzt tot. Er wird mich erwürgen müssen oder totschlagen, irgendetwas in der Art, und er wird es selbst tun müssen. Kein Knecht wird ihm die Arbeit abnehmen, und als ich erkenne, dass es zu weit ist bis zum ersten Haus an der Ecke, bleibe ich stehen und erwarte ihn.

April 1945. Das letzte Gefecht
Andreas Wagner

NSDAP-Gauleitung
Hessen-Nassau
An die Herren Kreisleiter des Gaues Hessen-Nassau

Betr.: Vorgehen seitens der Partei zur Inschachhaltung der Volksgenossen bis zum Kriegsende

[...] Jeder Volksgenosse muß einer strengen Kontrolle betr. seiner politischen Festigkeit und Willenskraft unterzogen werden. [...] Werden Volksgenossen festgestellt, die verbreiten, daß der Krieg für uns verloren sei. Und wir kurz davorstehen, so ist mit allen Mitteln diesen Gerüchten entgegenzutreten. Die Herren Kreisleiter sollen sich diese Volksgenossen melden lassen und für solche je nach der Lage des Gerüchts bei der Gestapo die Verhaftung durch die Gestapo beantragen. Ich halte hier und da eine Verhaftung oder die Zuführung einiger Volksgenossen ins KZ als die geeignete Maßnahme zur Beseitigung der Gerüchteverbreiter. [...]
Daß unsere Feinde auch noch über den Rhein und in unser Gaugebiet kommen, ist mir klar, aber ganz Groß-Deutschland werden sie nicht besiegen und den Nationalsozialismus erst recht nicht. [...]
Ich gebe auch hiermit den Befehl, Volksgenossen, die sich bei Annäherung des Feindes nicht verteidigen oder die Flucht ergreifen wollen, rücksichtslos mit der Waffe niederzuschießen oder, wenn es angebracht ist, zur Abschreckung der Bevölkerung mit dem Strang hinzurichten.

Frankfurt am Main, den 15. März 1945
Jakob Sprenger, Gauleiter und Reichsverteidigungskommissar

Stöhnend atmete er aus und sog die warme Frühlingsluft ebenso geräuschvoll wieder ein. Das Gewicht auf seinen Schultern drückte ihn in die Knie. Sein Schlüsselbein und die Muskeln schmerzten. Die Kanten des Metalls pressten unerbittlich. Das Blut staute sich dort oben pochend. Es waren die gleichmäßigen Schläge seines Herzens, die er in seinen Schultern spürte. Sie hoben in einem entschiedenen Takt das metallische Ungetüm, das er mit seiner rechten Hand im Gleichgewicht hielt, sacht in die Höhe. Der Schweiß rann ihm über die Wangen, während er langsam durch das hohe Gras weiterstapfte.

So musste es dem Jungen auch ergangen sein in den Wochen seiner Qualen. 26 Tage waren es gewesen. Er wusste es noch ganz genau. Die Angst um den Sohn hatte jeden Tag des Wartens in ihm eingebrannt. In ihm und in seiner Frau.

Wenn er sich sammelte und die wirren Gedanken in seinem Kopf in den Griff bekam, wäre er sicher in der Lage jeden einzelnen dieser 26 Tage aufzurufen. Jeder Tag ein Bild, eine Farbe dazu, das Licht, der Geruch dieser quälenden Stunden, die nicht enden wollten. Er müsste sich nur hier hinsetzen oder besser noch das Stück weitergehen, unter den Apfelbäumen. Die Qualen, die er dabei empfinden würde, bei der Erinnerung an jeden einzelnen Tag in seinem Kopf, erschienen ihm plötzlich weniger schlimm, als das, was er gerade zu ertragen hatte. Sein Kopf schmerzte jetzt und auch im Brustkorb spürte er einen Stich.

Sein Atem ging lauter. Er verlangsamte seine Schritte. Es machte keinen Sinn, hier zusammenzubrechen. Er musste durchhalten, egal wie. Die Zeit drängte, wenn auch die Durchhalteparolen aus seinem Volksempfänger noch die Wende und den nahenden Sieg herbeizureden versuchten. Denen glaubten selbst die Verblendesten nicht mehr. Der Feind war schon auf dem Weg hierher mit seinen Panzern. Die versprengten Soldaten, die sie vor sich hertrieben, hatten heute Morgen bei Sonnenaufgang das Dorf im großen Bogen umlaufen. Schleichend, mit hängenden Köpfen aber wachem Blick. Er hatte sie beobachtet. Die Reste der großen Wehrmacht. Alte Landser und junge Kerle, die hofften, nicht von einem Ortsgruppenleiter oder einem SS-Trupp eingesammelt und dem verlorenen Endsieg geopfert zu werden. Deswegen waren sie im großen Bogen ums Dorf gezogen, heute Morgen, die Feiglinge! Um ihr Leben zu retten, kurz vor dem Ende. Tot geschossen von der letzten Kugel vor dem Frieden, das wollte doch keiner mehr von denen. Sie zogen schnell weiter, um sich in Sicherheit zu bringen vor dem letzten Aufgebot und den feindlichen Panzern.

Er war nicht der Einzige gewesen, der die zurückziehenden Soldaten heute Morgen beobachtet hatte. Auf den Straßen hatten sie geflüstert, es geraunt vom einen zum anderen. Den Feindsender hörten sie doch alle. Wahrscheinlich die ganze Nacht hatten sie in ihren dunklen Wohnzimmern gelauscht. Die knackenden Berichte über Landgewinne und vorrückende Einheiten. Jeder für sich und mit der bangen Angst vor dem morgigen Tag. Und jeder mit seiner ganz eigenen Hoffnung. Der Hoffnung, den Sturm heil zu überstehen, möge er doch schnell vorbeiziehen, an ihnen und an dem, was sie besaßen. Und möge er die verschonen, die aus der eigenen Familie noch draußen standen, gegen die Panzer der Feinde. Viele Gebete hatte der heutige Morgen deshalb schon gehört. Kurze und lange, hastige und ganz innige. Bitten für die Söhne an der Front und Flehen, dass sie bald unversehrt vor der Tür erschienen. Das kleine Glück im großen Zusammenbruch. Aufhalten wollte die Panzer keiner mehr.

Er musste anhalten. Für einen Moment nur, um ein paar Mal tief durchzuatmen. Vor seine Augen war alles schwarz, dann blitzende kleine Lichter, die keine Helligkeit erzeugten, ihn aber dennoch blendeten.

Jetzt wurde es besser, ganz langsam nur. Die Wiese hatte

noch nicht wieder ihr sattes Grün. Grau schimmerte das alles noch und nahm erst allmählich mehr Farbe an. Mehr Grün im Gras vor ihm und mehr Blau im Himmel darüber.

Die Last auf seiner rechten Schulter drückte ihm jetzt das Blut ab. In seiner rechten Hand, die das von der Sonne aufgeheizte Metall umfasste, spürte er schmerzende Nadelstiche. Er musste weiter. Die kurze Strecke nur noch. Er hatte dann immer noch mehr als genug Zeit, sich auszuruhen, wenn er nur erst einmal dort war. Vorsichtig setzte er den ersten Schritt. Sein Fortkommen wirkte eher wankend, die Füße Schritt für Schritt unter Schmerzen gesetzt. Die Nägel seiner Schuhsohlen spürte er deutlich unter seinen alten, geschundenen Füßen.

Klein und schwach kam er sich vor, obwohl er doch der letzte Mutige hier war, in diesem feigen Nest. Nur sehen konnte ihn keiner. Seit etlichen Stunden schon herrschte absolute Ruhe. Sie hatte die nervöse Geschäftigkeit des Morgens erdrückt, langsam aber unerbittlich. Fast jeden der hundert Einwohner dieses Dorfes hatte er in den vier Stunden zwischen sechs und zehn heute Morgen gesehen. Er war an seinem Platz gewesen, auf der verwitterten Bank vor seinem Haus an der einzigen Straße durch den Ort. Er saß viele Stunden dort, jeden Tag, bei jedem Wetter. Verwachsen fast mit dem krummen Holz unter ihm. Eins geworden mit der Hecke neben ihm und kaum noch wahrgenommen von denen, die vorbeikamen. Ein kurzes Nicken, ein knapper Gruß für den, den sie gar nicht mehr sahen. Wahrscheinlich würden die meisten der Bank auch zunicken, wenn er nicht mehr dort säße.

Heute Morgen hatten sie ihn alle genau angesehen. Mehr Blicke als sonst waren an ihm hängen geblieben. Er hatte es gefühlt. Zwei offene Augen konnte man nicht nur sehen, man konnte den Blick, den sie aussandten, auch spüren. Er konnte das. Er hatte das in den letzten Jahren gelernt. Heute Morgen waren die Blicke stärker gewesen. Manche fragten mit ihrem

Blick, wollten scheinbar eine Antwort von ihm. Menschen, die in den letzten Jahren nie ein Wort an ihn gerichtet hatten. In anderen Blicken lag ein stilles Bitten oder sogar etwas Drohendes.

Nur einer war bei ihm stehen geblieben: der Hans Schrader. Alle anderen hatten an ihm vorbei gemusst, weil sie zum einzigen Laden im Dorf wollten. Dort gab es zwar kaum noch etwas Brauchbares, aber sie wollten vorbereitet sein. Der Schrader nicht. Der musste nicht an ihm vorbei. Der Laden war bei ihm direkt gegenüber. Der kam nur wegen ihm, auch wenn er das zu verbergen versuchte. Er wusste es doch sofort. Und er roch es. Der Schrader hatte gesoffen. Er stank und hatte einen hochroten Kopf. Er stand breitbeinig vor ihm. Die Pose, die er über viele Jahre geübt hatte. Fast perfekt beherrschte er sie mittlerweile. Mit seiner braunen Uniform und den golden glänzenden Verdienstorden der Partei, die er sich auf die Brust geheftet hatte, sah er wie eine recht günstig geratene Kopie Görings aus. Sein Körper passte dazu. Über dem Bauch drohte die Jacke zu bersten.

Heute morgen waren seine Augen rot unterlaufen gewesen und gelb seine schlechten Zähne, die er sonst immer breit grinsend zur Schau gestellt hatte. Seine Uniform hatte er wahrscheinlich schon in der Nacht gut versteckt. So sicher, dass sie keiner fand, aber auch ganz bestimmt so, dass er sie zur Not wieder hervorholen konnte, falls doch noch die SS käme oder sein ersehnter Befreiungsschlag des letzten Volkssturmaufgebotes, an den er selbst kaum noch zu glauben schien. Das große Emailschild des Ortsbauernführers, das seine Hofeinfahrt geziert hatte, war schon im Laufe der Nacht verschwunden. Vorsichtshalber hatte er es abgenommen, vorbauend für das, was in den nächsten Stunden und Tagen über sie hier hinwegrollten würde.

So hatte er dagestanden heute morgen, breitbeinig, aber

längst nicht mehr so sicher, wie sonst noch. Der Schrader sagte kein Wort. Er hatte vor sich hingeschnauft und ihn einige Zeit angesehen. So, als ob er auf etwas von ihm wartete. Der hatte sich Mut angesoffen für diesen Gang. Getrieben von seiner Frau. Du musst dorthin, du musst mit ihm reden, auch wenn er nicht mehr ganz klar im Kopf ist. Die bringen uns um, wenn der auspackt! Verdammt, willst du uns alle hinter dem Haus hängen sehen. Du hast uns das alles eingebrockt, also bewege dich!

So stand er vor ihm, bemüht um Sicherheit, leicht wankend.

Stockende Worte einer heißeren Stimme, die nicht wusste in welche Richtung sie sich bewegen sollte. Drohen oder Bitten, bei jemandem, den keiner wirklich ernst nahm. Ein Verrückter, der Alte. Das hatten sie sogar oft im Vorbeigehen gesagt, wenn er auf seiner Bank saß. Verrückt geworden von all dem. Kann einem leidtun, so wie der da sitzt jeden Tag. Als ob er auf ihn warten würde. Bis in alle Ewigkeit.

Ich habe nichts damit zu tun gehabt! Wir mussten ihn damals holen. Befehl von oben. Was sie dort mit ihm gemacht haben, weiß ich nicht.

Rote Augen sahen auf ihn hinunter. Ein Blick, der fragte.

Er hätte doch einfach nachgeben können, dann wäre es bestimmt nicht so weit gekommen.

Er hatte heute Morgen genickt, nach diesem Satz aus Schraders Mund. Es war keine Zustimmung gewesen, sondern der Versuch, das alles zu beenden. Schrader hatte das Nicken als Erfolg verbucht. Er straffte sich und wirkte nun wieder ein wenig selbstsicherer.

Über den Rest können wir reden, wenn alles vorbei ist. Wir finden da eine Lösung.

Er nickte wieder. Der Schrader hatte mittlerweile seine Hände in die Hüften gestemmt. Das war die Pose, die er von ihm kannte. So hatte er immer seine Befehle erteilt. Breitbeinig, die Ellbogen spitz zur Seite abstehend und seine gelben Zähne zeigend. Widerspruch grinste er weg. Für die Schläge waren die anderen zuständig. Er machte sich die Finger nicht schmutzig. Das hatte er nie getan, auch am Anfang nicht.

Du hättest das alleine doch gar nicht geschafft. Das Volk, das riesige Reich, es musste doch ernährt werden. So große, gute Äcker konnten wir nicht brach liegen lassen. Es war unsere Pflicht. Die wenigen Männer, die wir noch hier an der Heimatfront waren. Es war unsere Pflicht, dieses Volk zu ernähren.

Der Schrader hatte kurz geschwiegen und nach beiden Seiten die Straße entlang geblickt. Sie waren mittlerweile alleine. Um kurz vor zwölf waren alle anderen in ihre Höfe und Häuser verschwunden. Ein paar beobachteten sie sicher durch dichte Vorhänge hindurch. Das ungleiche Paar, das sie darstellten. Das große Finale hier im Dorf. Bestimmt hatten auch welche ihr Ohr ganz nah an der Scheibe. Sie warteten darauf, dass sie sich anschrien. Er hatte immer nur genickt.

Wir machen die Äcker weiter. Meine Söhne und ich, wenn die beiden aus dem Krieg zurück sind. Er senkte seine Stimme. Lange kann das ja nicht mehr dauern. Und du bekommst eine ordentliche Summe dafür, wenn das alles vorüber ist.

Jetzt nickte der Schrader ihm auch zu. Er zögerte einen Moment, sah auf ihn hinab. Seine Arme hingen schlaff an ihm herunter, leicht bewegte sich seine Rechte. Ob er in diesem Moment den Gedanken hatte, ihm die Hand entgegenzustrecken, um seine Worte per Handschlag zu ihrem Pakt zu machen? Er war froh, dass der Schrader das nicht getan hatte.

Er schnaufte laut. Die Nadelstiche waren jetzt in seinem gesamten rechten Arm zu spüren. Kein Blut kam mehr an, abgedrückt durch die metallene Last auf seiner Schulter. Aber weit war es nicht mehr. Wenn ihn keiner aufhielt, war er in ein paar Minuten dort, wo er mit dem schweren Ballast hinwollte. Ganz sicher würde er auch auf dem letzten Stück über die Wiesen um das Dorf herum keinen Menschen treffen. Nach der Geschäftigkeit heute Morgen, der Nervosität auf der Dorfstraße, dem Getuschel und Gerenne war Ruhe eingekehrt. Eine absolute, bangende Stille, die sich über alles gelegt hatte. Auf seiner Bank an der Straße hatte er noch lange gesessen und versucht, die Ruhe zu verstehen. Sie war anders, als die, die er kannte. Die Ruhe um zwölf, wenn alle vom Feld kamen und sich dann an den Tisch setzten. Niemand lief mehr auf der Straße. Das hatte er bisher für Ruhe gehalten. Die Stille jetzt war eine andere. Sie war absolut. Selbst die Tiere schienen sich an sie zu halten. Die Anspannung hatte sich auf sie übertragen. Kein Huhn, keine Kuh, kein Hund gab einen Ton von sich. Sie alle schwiegen jetzt und warteten. So, wie ihre Besitzer auch. Still im Kreise der Familie, am Küchentisch oder in der Stube. Angstvolles Schweigen. Die große drückende Ungewissheit vor dem, was mit den Panzern und den fremden Soldaten über sie kam. Sie saßen alle geduckt daheim. Hielten die Luft an oder waren damit beschäftigt die letzten Spuren verschwinden zu lassen. Die Uniform in den Brunnen, das Führerbild in den Herd oder die Fotografie der alten Tante darüber, die auch damals für ihn hatte weichen müssen. Ein Glück, dass man sie doch dahinter gelassen hatte.

Gerne hätte er gewusst, wer sich sogar im Kartoffelkeller verschanzte. Alle Türen fest verrammelt. Den kläglichen Rest der blind keimenden Kartoffeln so umgeschichtet, dass er doch ein wenig leichte Deckung bot. Feige Schutz suchend vor den Eroberern, von denen sie jetzt Gnade erhofften. Die weißen Leinentücher lagen alle schon bereit für den entscheidenden Moment. Bloß nicht zu früh! Darauf stand der Strick, wenn doch noch die eigenen Soldaten zurückkamen. Solche Geschichten wurden aus anderen Ortschaften erzählt. Irgendwo hatten sie den Bürgermeister aufgeknüpft, weil er das Dorf kampflos übergeben wollte. Mit dem weißen Bettlaken hatte er an den ersten Häusern auf der Straße gestanden. Die Soldaten, die kamen, waren die eigenen, die ihn am nächsten Baum aufhängten. Wenig später waren die Feinde da, aber das half ihm auch nicht mehr.

Er musste noch einmal anhalten und verschnaufen. Es war jetzt wirklich nicht mehr weit. Eine kleine Senke musste er noch hinunter und dann wieder hinauf, auf hundert Metern ein wenig abwärts und wieder hoch, mehr nicht. Ohne das drückende Gewicht auf seiner rechten Schulter und die Last des vollgepackten Rucksacks, den er nun auch spürte, war das nicht der Rede wert. Die Stelle war aber immerhin fast schon zu sehen. Die Grube hinter der großen Scheune, die er sich ausgesucht hatte, für den heutigen Nachmittag. Hinter der Scheune vom Schrader, in der sie seinen Jungen festgehalten hatten. Er spürte den Druck auf seiner Brust schlagartig. Das Gefühl, das ihm die Luft nahm, jedes Mal, wenn er an diesen Morgen im April dachte, vor zwölf Jahren. Zusammen hatten sie die Schweine gefüttert, Harry und er. Eine Arbeit, die er nicht mochte. Das war ihm immer anzusehen. Er verzog die Nase. Der Geruch der Schweine im Stall widerstrebte ihm. Damals hatte ihn das geärgert. Ein Bauer, der seine eigenen Schweine nicht riechen konnte, das kann nicht gut gehen. Es ging nicht gut, aber dafür konnte Harry nichts und auch nicht die Schweine.

Langsam schlich er gebeugt weiter. Mit der rauen Linken rieb er sich den Schweiß vom Gesicht. Sie hatten ihn an diesem Morgen vor zwölf Jahren geholt. Der Schrader war dabei gewesen, als frisch gebackener Bürgermeister in der braunen Uniform mit einem guten Dutzend ebenso gekleideter SA-Männer. Der SA-Sturm des Dorfes und ein paar Mann aus dem Nachbarort zur Verstärkung. Klägliche windschiefe Gestalten allesamt, die ihr Führer für ein paar Wochen stark gemacht hatte. Danach waren sie wieder die Knechte, Lehrjungen und kleinen Bauern, die sie auch davor schon gewesen waren. Nur der Schrader war damals einer der großen Bauern und blieb es auch danach. Harry wehrte sich nicht, warum auch? Er hatte doch gar nichts getan. Seine blonden Locken bewegten sich im Wind, als sie ihn abführten.

Vater, das wird sich alles aufklären.

Mit Politik hatte er nie etwas zu tun gehabt, deswegen glaubte er Harrys Worten und beruhigte seine Frau.

Der Junge kommt bald wieder. Das muss ein Missverständnis sein.

Als er erfuhr, warum sie ihn geholt hatten, war es längst zu spät. Am nächsten Tag schafften sie ihn fort mit dem Wagen. Er stand nur ein paar Minuten vor dem Hof vom Schrader. Die Nachbarn haben es gesehen und erzählten es jedem. Sie mussten den Harry stützen. Alleine hätte er es nicht mehr geschafft. Als sie dort ankamen, waren sie alle längst schon abgefahren, in ihr Schutzhaftlager, das sie viele Ortschaften entfernt in einer alten Möbelfabrik eingerichtet hatten. Zur Um-Erziehung sollten die Sozis und Kommunisten dort untergebracht werden. Bis keine Gefahr mehr von ihnen ausging. Das Lager existierte nur in getuschelten Worten. Leise zugeraunt. Die, die nach einigen Wochen rauskamen, sagten kein Wort. Aus Angst, sofort wieder abgeholt zu werden. Kahl geschoren waren sie, verstört, aber äußerlich unversehrt, am Leben. Den einzigen Kommunisten weit und breit hatten sie im Nachbarort schon Mitte März geholt. Nach zwei Wochen war er wieder frei, jetzt ein stiller, alter Mann, ihre Um-Erziehung hatte funktioniert.

Den Harry hatten sie geholt, weil er Schraders Sohn Heinrich verhauen hatte. Im Januar schon war das passiert. Auf dem Maskenball im großen Festsaal zwei Ortschaften weiter. Es ging um eine Frau. Sie waren stärker, die Frau hatte mit dem fetten Sohn vom Schrader ohnehin nichts anfangen wollen. Sein Sohn war nie politisch gewesen. Und er hatte noch nie klein beigegeben. Als einziges Kind hatte er das auch nie lernen müssen.

Der April war zum Monat ihrer Rache geworden. 26 Tage warteten sie darauf, dass er wieder frei kam. Seine Frau ist zum Schrader gegangen, immer wieder. Hat gefleht und gebettelt, ihn an der Hand gepackt. Am Ende hat sie ihm sogar gedroht. Dem Schrader und auch seinem Sohn, dessen SA-Kumpanen die Aufsicht in ihrem ganz privaten Gefangenenlager führten. Ihrem Gefängnis, gegen das nicht einmal die Polizei etwas unternahm.

Sie müssen sich an die zuständige SA-Stelle wenden. Wir haben mit dem Verschwinden Ihres Sohnes nichts zu tun! Und können dagegen auch nichts unternehmen! Er wird schon wieder frei kommen.

Den Totenschein erhielten sie am 26. Tag nach Harrys Verhaftung. Es war ein Tag wie heute gewesen. Er beschleunigte seinen Schritt auf den letzten Metern die kleine Anhebung hinauf. Auch damals im April hatte die Sonne geschienen von einem matten blauen Himmel und das Gras stand hoch. Die Apfelbäume blühten schon. Ein Geruch, den er damals noch mochte, weil er den Frühling ankündigte und neues Leben. Heute erinnerte ihn jeder blühende Strauch an diesen Tag Ende April. Den Duft nahm er gar nicht mehr wahr. Seine Frau war schluchzend auf der Sandsteintreppe vor dem Hauseingang zusammengesunken. Wimmernd lag sie da, als er vom Füttern zurückkam. Die wenigen Schritte über den Hof taten ihm weh. Sie schmerzten so wie die letzten Schritte heute. Eine erdrückende Last auf seinem Körper.

Selbstmord. Tod durch Öffnen der Pulsadern an beiden Armen, oberhalb der Handgelenke. Ein Arzt aus der Kleinstadt, die zum Lager gehörte, hatte den Totenschein unterzeichnet. Den Karton mit der Asche, der ihnen eine Woche später überbracht wurde, vergruben sie im Familiengrab auf dem Friedhof. Dort lag er neben seinen Großeltern. Sie wussten nicht einmal, ob es seine letzten Reste gewesen waren.

Ganz sachte spürte er das Vibrieren unter seinen Sohlen. Seine gequälten Füße nahmen es wahr, noch bevor seine Ohren den ersten Ton aufschnappten. Die Kuhle an der Rückseite der mächtigen Scheune hatte er jetzt erreicht, genau im richtigen Moment. Der kleine Wall, der sich vor dem Loch erhob, gehörte zum alten Verteidigungsgraben, der in früheren Jahren um das ganze Dorf herumführte und notdürftigen Schutz vor wilden Tieren und ungebetenen Gästen bieten sollte. Er gewährte ausreichend Deckung, damit die nahenden amerikanischen Panzer ihn nicht sofort entdecken konnten. Noch waren sie nur zu spüren, aber nicht zu sehen. Gestern hatten sie Alzey beschossen und die Stadt dann kampflos übergeben bekommen. Heute rückten sie noch weiter vor. Sie kamen aus dem Nachbardorf, das ein Stück westlich lag. Hier mussten sie aus dem Schutz des Waldes heraus, um auf der Straße die Ebene bis zu ihrem Dorf hin zu überqueren. Offene Felder, einige wenige Bäume und ein paar Wiesen dazwischen. Er war gespannt, wie lange sie für die Strecke von knapp zwei Kilometern brauchten. Vielleicht sammelten sie sich auch zuerst am Waldrand und stockten mit dem Vormarsch. Egal, was sie machten, er würde vorbereitet sein.

Sein rechtes Schlüsselbein dankte es ihm, als er es von der Last der schweren Panzerfaust befreite. Auch den Rucksack mit den vier Eiergranaten ließ er von seinen Schultern gleiten und stellte ihn vorsichtig neben sich. Unter Stöhnen streckte er sich und drehte seinen Kopf in alle schmerzenden Richtungen. Endlich war er diesen Ballast los. Die davonschleichenden Soldaten hatten einen Teil ihrer schweren Ausrüstung heute Morgen in den Graben am anderen Ende des Dorfes geschmissen. Er hatte das nur beobachtet und sich keine weiteren Gedanken darüber gemacht. Die notwendige Verbindung hatte sein Gehirn erst hergestellt, als der Schrader heute vor ihm gestanden hatte. Breitbeinig in der Pose des Ortsgruppenleiters, der den Frieden im Untergang suchte.

Bis zu diesem Zeitpunkt hatte er nie an Rache gedacht. Die Kraft dazu hatte ihm gefehlt. Dumpfe Trauer und Schmerz lagen seit jenem April über allem. Über ihm, seiner schweigenden Frau und ihrem täglichen Tun. Zwei sonderbare Alte, die gebrochen vom Leben dahinvegetierten. Zu müde zum Leben, aber noch nicht schwach genug zum Sterben. Ein sonderbares Zwischenstadium, in dem sie sich beide befanden. Sie beide, zusammen, aber doch getrennt voneinander. Jeder mit sich selbst beschäftigt, ohne mehr als ein paar tägliche Worte zu tauschen. Ein schwerer Schleier über jedem Tag, der ihn zur Tatenlosigkeit zwang.

Als der Schrader heute vor ihm gestanden hatte, war ihm schlagartig klar geworden, dass er davonkommen würde. In Zivil, ohne seine braune Uniform und die blitzenden Orden der Partei, praller Bauch und glühendes Gesicht. Er würde sich winden und drehen, um die nächsten Wochen zu überstehen. Die Befehle der Anderen waren es doch gewesen, die er nur auszuführen hatte. Die Schuldigen waren längst gefallen. Die SA-Männer, die seinen Sohn mitgenommen hatten, waren in Russland geblieben.

Tief in ihm hatte sich ein letzter Funken Leben gerührt, ein Funken, der die Frische in seinen Kopf zurückbrachte. Bilder, die sich dort oben ineinanderfügten. Die zurückgelassene Panzerfaust, die noch irgendwo im Graben liegen musste. Er hatte noch mehr Zeug dort gefunden. Uniformen, Achselklappen und Orden, ein paar Sturmgewehre. Das alles war nutzlos für ihn. Die Panzerfaust nur nahm er mit und die Granaten.

Das Vibrieren des Bodens unter seinen alten Füßen wurde stärker. Jetzt waren auch die Ketten der Panzer auf dem Pflaster der Straße zu hören. Vorsichtig schob er sich nach oben, um über den Rand des Walls zu spähen. Sie waren gerade aus dem Schutz des Waldes herausgefahren. Vier Panzer und ein paar Geländewagen in ihrem Schutz. Soldaten dahinter konnte er noch nicht erkennen. Dazu waren sie noch zu weit entfernt. Ausreichend Abstand, damit auch sie ihn nicht sehen konnten. Er hatte also noch ein paar Minuten. Mit ruhigen Händen öffnete er den Rucksack und beförderte das rote Stoffbündel heraus, das er gleich oben aufgepackt hatte. Der blühende Apfelbaum direkt an der Scheune war sein Ziel. Mit dem Bündel in der Hand ging er die wenigen Meter bis an den Stamm heran. Den dicken Strick, der das Stoffbündel zusammenhielt, wickelte er behutsam auf und warf ihn dann geübt über einen der ausladenden Äste des mächtigen Baumes. Gemächlich zog er am anderen Ende, das nun vor ihm baumelte. Zwischen den rosa Blüten stieg in gleichmäßiger Bewegung unter dem zarten Rattern der Panzerketten die rote Hakenkreuzfahne in die Höhe. Leicht bewegte sie sich im Wind, während er den Strick einige Male um den Stamm band.

Er trat einen Schritt zurück und besah sich den Apfelbaum vor der großen, fensterlosen Scheune. Er nickte kurz und trieb sich dann zur Eile an. Jetzt war keine Zeit mehr zu verlieren. Sie waren näher gekommen und das leuchtende Rot, den weißen Kreis und das sich darauf abzeichnende Hakenkreuz sahen sie aus dieser Entfernung sicher schon gut. Schnell hob er die Panzerfaust in die Höhe und ging wankend ein paar Schritte den Wall hinauf. Er legte sie oben auf den Rand des Walls ins Gras, sodass sie sicheren Halt hatte. Mit drei flinken Schritten war er wieder unten und zurück bei seinem Rucksack, aus dem er die vier Granaten herausnahm. Zwei legte er neben den Rucksack, die anderen beiden behielt er in der Hand, während er sich vorsichtig wieder nach oben bewegte. Die Panzer waren bis auf einige hundert Meter herangekommen. Noch schienen sie ihn nicht wahrgenommen zu haben. Vorsichtig entsicherte er die erste der beiden Handgranaten und schleuderte sie mit aller Kraft in die Richtung der ratternden Panzer. Sie sollten sehen, wo der Feind stand. Hinter Schraders Scheune und seinem Wohnhaus. Ein stattliches Gehöft aus gehauenen Steinen. Schnell entsicherte er die zweite Granate und schleuderte sie hinterher. Ein paar Sekunden waren es noch bis die erste detonieren würde. Er griff auf dem Weg nach den beiden letzten Granaten, die er im Laufen entsicherte und hinter sich fallen ließ. Er rannte, so schnell er nur konnte, durch die Senke, die sie aus ihren Panzern nicht einsehen konnten. Er wollte nicht mit dem Schrader sterben.

Donnernd explodierte die erste Granate und zwei Sekunden später auch die zweite. Er spurtete, so schnell ihn seine alten Füße trugen.

Was jetzt passierte, lag nicht mehr in seiner Hand. Es würde gerecht sein, auch wenn er ein klein wenig nachgeholfen hatte.

Die AutorInnen

Vera Bleibtreu alias Angela Rinn
entstand im selben Jahr wie die Berliner Mauer, erwies sich jedoch als haltbarer. Sie lebt seit 1993 in Mainz und kann sich seitdem ein Leben ohne Rhein, Wein und Meenzer nicht mehr vorstellen. Ihre Brezeln verdient sie als Pfarrerin in Gonsenheim, sie ist Autorin in der Rundfunkarbeit und Moderatorin bei gutenberg.tv. Veröffentlichungen: „14 Gründe, warum es sich lohnt zurückzublicken", „Lebenslinien" (beides EVA Leipzig), „Trauerspiel" (Knecht-Verlag), „Reden ist Silber, Schweigen ist Gold" (in: Gleich nebenan, Leinpfad Verlag 2010), „Wer anderen eine Grube gräbt oder: Das Haar in der Suppe" (in: Perfekte Opfer, Leinpfad Verlag 2009) und „Schneezeit. Ein Krimi" (2011, Leinpfad Verlag).

Antje Fries
lebt seit 1997 in Osthofen/Rheinhessen, Studium der Germanistik und Anglistik sowie Lehramt an Grund- und Hauptschulen, derzeit an einem außerschulischen Lernort sowie in diversen pädagogischen, journalistischen und literarischen Projekten tätig. Hat fünf Anne-Mettenheimer-Krimis und die Kurzgeschichten „Hägar" (in: Perfekte Opfer 2009) und „Einmal im Jahr" (in: Gleich nebenan 2010) im Leinpfad Verlag veröffentlicht. www.antjefries.de

Friederike Harig
lehrt am Internationalen Studienkolleg der Universität Mainz. 2009 erschien ihr Krimi „Professorenmord". Sie ist Mitherausgeberin der Anthologie „Einblicke. Die Dichter und ihre Werkstatt" sowie des 16. Jahrbuchs für Literatur. Mit ihrem Mann, zwei Katzen und einem Pferd lebt sie seit zehn Jahren in der rheinhessischen Metropole. Im Leinpfad Verlag ist von ihr in der letzten Anthologie des Mörderischen Rheinhessen 2010, „Gleich nebenan", die Kurzgeschichte „Beichtstuhl" erschienen. www.professorenmord.de

Jürgen Heimbach
wurde 1961 in Koblenz geboren; studierte ab 1985 Germanistik und Philosophie in Mainz, arbeitet seit 1996 als Redakteur bei 3sat und dem ZDFtheaterkanal; er lebt mit seiner Familie in Mainz. Veröffentlichungen: der Jugendroman „Johannes' Nacht" (Societäts Verlag) und die beiden Krimis „Plötzlicher Tod einer Nutte" und „Chagalls Rache" (Leinpfad Verlag), außerdem die Kurzgeschichten „Ein Holz, aus dem man Träume macht" (in: Perfekte Opfer, Leinpfad Verlag 2009) und „Witterungsbedingte Verzögerungen" (in: Gleich nebenan, Leinpfad Verlag 2010). www.juergen-heimbach.de

Heidrun Immendorf
1962 in Aachen geboren, dort auch Studium der Germanistik und Geschichte, danach Redakteurin im Hörfunk bei WDR, SFB und Radio FFH. Sieben Jahre lang lebte sie in Mainz, wo ihre beiden Krimis „Falters Schrei" und „Falters Zweifel" (beide Emons Verlag) entstanden. Heute wohnt sie in Bremen, arbeitet unter anderem als Dozentin für kreatives Schreiben an der Uni Bremen und veröffentlicht regelmäßig Kurzkrimis aus dem Rheinhessischen, im Leinpfad Verlag: „Finderlohn" (in: Perfekte Opfer 2009) und „Gleich nebenan" (in: Gleich nebenan 2010).

Peter Jackob
Peter Jackob wurde 1965 in Mainz geboren. Studium der Allgemeinen und Vergleichenden Literaturwissenschaft, das er mit der Promotion abschloss. Er lebte vierzehn Jahre in Italien und kehrte 2008 nach Mainz zurück. Seine kriminellen Veröffentlichungen: „Die Jagdgesellschaft. Ein Sherlock Holmes Roman" (Konrad Kirsch Verlag 2007), „Narren-Mord. Ein Mainzer Fastnachtskrimi" (Leinpfad Verlag 2009), „Aus die Maus" (in: Gleich nebenan, Leinpfad Verlag 2010). www.peterjackob.de

Wolfhard Klein
Studium in Publizistik, Soziologie und Sport; arbeitete als Journalist für Stern, konkret und Twen, ist Programmchef von SWR4 Rheinland-Pfalz. Zuletzt erschienen die Krimis „Flughafen Ibiza" und „Schwarzgeld Ibiza" (beide éditions trèves). Klein lebt in Jugenheim. Im Leinpfad Verlag sind von ihm erschienen: „Mordshass" (in: Perfekte Opfer 2009) und „Der Mann vor meinem Haus" (in: Gleich nebenan 2010). www.wolfhard-klein.de

Olaf Paust
ist in Alfeld an der Leine geboren, in Pirmasens aufgewachsen und wohnt seit dreizehn Jahren in Rheinhessen. Er arbeitet als Redakteur und Sprecher in der Nachrichtenredaktion des SWR in Mainz. Im Leinpfad Verlag sind von ihm die Kurzgeschichten „Die Sünderfalle" (in: Perfekte Opfer 2009) und „Blutsbande" (in: Gleich nebenan 2010) erschienen. www.olaf-paust.de

Christian Pfarr (Herausgeber)
Journalist, Autor, Komponist; geb. 1959 in Hanau, lebt seit 1980 in Mainz; veröffentlichte im Leinpfad Verlag die Mainz-Krimis „Zaubernuss", „Königsweg" und zusammen mit Richard Lifka „Hilfe! 10 Beatles-Krimis" sowie die Kurzgeschichten „Mainzer Triptychon" (in: Perfekte Opfer 2009) und „Stadtmusikant" (in: Gleich nebenan 2010); außerdem 2010 die Kurzkrimi-Sammlung „Märchen, Verbrecher und Füchse" im Dr. Gisela Lermann Verlag. www.christianpfarr.de

Claudia Platz
geboren in Ludwigshafen/Rhein, MTA-Ausbildung und Anthropologiestudium, seit 2001 freie Autorin, verheiratet, drei Kinder, lebt in der Nähe von Mainz.
Veröffentlichungen: „Der Lubberer", „RosenmonTod", „Der Korridor" (alle Rhein-Moselverlag), „Der zweite Blick", „Die falschen Caesaren" (beide Leinpfad Verlag), außerdem diverse Kurzgeschichten, u.a. im Leinpfad Verlag: „Einen Schritt zu weit" (in:

Perfekte Opfer 2009) und „Notruf" (in: Gleich nebenan 2010).
www.claudiaplatz.de

Astrid Reck
Geboren 1966 in München kam Astrid Reck 1980 nach Mainz; sie studierte Geographie, Publizistik und Politik, volontierte bei der Mainzer Allgemeinen Zeitung und arbeitet seitdem als Hörfunk- und Fernsehjournalistin. Nach Jahren auf Reisen lebt sie jetzt wieder in Mainz. Letzte Veröffentlichungen: die Kurzkrimis „Perfekte Opfer" in der Anthologie „Perfekte Opfer" (2009) und 2010 „Zahltag" in der Anthologie „Gleich nebenan" (beide Leinpfad Verlag).

Marion Schadek
geboren 1968 in Hildesheim, Niedersachsen. Nach dem Studium in Göttingen Einstieg in den Journalismus durch ein dpa-Volontariat. Lebt seit 1995 in Mainz und veröffentlicht Krimis für Kinder und Erwachsene, zuletzt „Joe de Mayence – Löwenstark" (2008) und den Doppelband „Sündenfall in der Sakristei/Bilderwut" (2009), beide im Verlag DK Dieter Kumpf, Heppenheim, außerdem im Leinpfad Verlag die Kurzgeschichten „Taxi 39" (in: Perfekte Opfer 2009) und „Taxi 39 reloaded" (in: Gleich nebenan 2010).

Andreas Wagner
Jg. 1974, ist als Winzer Quereinsteiger: Der promovierte Historiker führt das von den Eltern übernommene Weingut seit 2002 zusammen mit seinem Bruder Ulrich. Er ist verheiratet, hat drei Kinder und lebt in Essenheim. Veröffentlichungen im Leinpfad Verlag: „Herbstblut" (jetzt bei Piper), „Abgefüllt", „Gebrannt", „Letzter Abstich", „Auslese feinherb" und „Hochzeitswein", außerdem die Kurzgeschichten „Sein Leiden" (in: Perfekte Opfer 2009) und „Drei Stunden fünfzehn" (in: Gleich nebenan 2010).
www.wagner-wein.de

Lieben Sie Krimis? Wir haben noch mehr!

Vera Bleibtreu: Schneezeit
ISBN 978-3942291-20-0, 172 Seiten, Broschur, 9,90 €
Franziska Franke: Der Tod des Jucundus
ISBN 978-3942291-18-7, 292 Seiten, Broschur, 11,90 €
Antje Fries: Kaltgestellt oder: Die Rechte des Fälschers
ISBN 3-937782-43-5, Broschur, 252 Seiten, 10,90 €
Antje Fries: Knielings Garten oder: Gegen jeden ist ein Kraut gewachsen
ISBN 978-3-937782-69-0, Broschur, 240 Seiten, 10,90 €
Antje Fries: Kleine Schwestern
ISBN 978-3-937782-81-2, Broschur, 188 Seiten, 9,90 €
Antje Fries: Nibelungen-Tod
ISBN 978-3-937782-97-3, Broschur, 256 Seiten, 10,90 €
Jürgen Heimbach: Plötzlicher Tod einer Nutte
ISBN 978-3-937782-86-7, Broschur, 312 Seiten, 11,90 €
Jürgen Heimbach: Chagalls Rache
ISBN 978-3942291-19-4, 324 Seiten, Broschur, 11,90 €
Peter Jackob: Narren-Mord. Ein Mainzer Fastnachts-Krimi
ISBN 978-3-937782-87-4, Broschur, 200 Seiten, 9,90 €
Richard Lifka/Christian Pfarr: Hilfe! 10 Beatles-Krimis
ISBN 978-3942291-24-8, 160 Seiten, Klappenbroschur, 11,90 €
Christian Pfarr: Zaubernuss
ISBN 978-3-937782-78-2, Broschur, 206 Seiten, 9,90 €
Christian Pfarr: Königsweg oder: Der steinerne Zeuge
ISBN 978-3-937782-84-3, Hardcover, 80 Seiten, 9,90 €
Claudia Platz: Die falschen Caesaren. Ein historischer Krimi aus dem römischen Mainz, ISBN 978-3-937782-65-2, Broschur, 314 Seiten, 11,90 €, 2. Auflage!!
Andreas Wagner: Letzter Abstich. Ein Weinkrimi
ISBN 978-3-942291-08-8, Broschur, 208 Seiten, 9,90 €
Andreas Wagner: Hochzeitswein
ISBN 978-3942291-21-7, 232 Seiten, Broschur, 9,90 €

Perfekte Opfer. 13 neue Kurz-Krimis aus dem Mörderischen Rheinhessen
Wolfhard Klein (Hg.), ISBN 978-3-937782-89-8, 240 Seiten, Hardcover, 14,90 €
Gleich nebenan. Neue Kurzkrimis aus dem Mörderischen Rheinhessen
Antje Fries (Hg.), ISBN 978-3942291-05-7, 232 Seiten, Broschur, 10,90 €

**Leinpfad Verlag –
der kleine Verlag mit dem großen regionalen Programm!**
Leinpfad Verlag, Leinpfad 5, 55218 Ingelheim, Tel. 06132/8369, Fax: 896951
www.leinpfad-verlag.de, info@leinpfadverlag.de
Wir schicken Ihnen gerne unser Programm!